康太の異世界ごはん

KOUTA no ISEKAI GOHAN

7

Aruta Nakano
中野在太

Illustration 七和 禮

十祭
「うん、けっこうちゃんと
赤ちょうちんに
なったんじゃないかな」

ターキッシュデライトを、
榛《はしば》美《み》さんはぽこんと
口に放り入れた。
「んふぁあ……」

鵆川《ちどりがわ》さんは、
ぐいっと引っ張り、
『あぶぁ』
すてーんと尻もちを
つきながら、
そいつを引っこ抜いた。

ミリシアさんは
黒はんぺんにかぶりついて、
じっくりと味わった。
「うん…うまい」

「お待たせいたしました。れんこ鯛《だい》白《パイ》湯《タン》ラーメンです」
「んずっ、んずずっ」

「あ、くちびるおいしい！」
「素晴らしい麺だな」

INTRO DUCTION

ラーメンと首謀者

疫病対策で康太《こうた》が出した結論は——屋台。
「十祭ヘカトンケイル店、本日これよりオープンです。
みなさまのご来店を、心よりお待ちいたしております」
今できることを、今できるだけ。
市民が家にこもり、街が閉ざされ、流通網が麻痺《まひ》し、
何もかもが凍って朽ちていく世界で、康太は屋台を牽《ひ》き、
ひとびとを暖める。ゆたかなれ、と、願いながら。
一方でピスフィの前には、エイリアス・ヌル、
残桜症《ざんおうしょう》を世界に放った惨劇の首謀者が姿を現していた。
めおと神のアノン・イーマスとして各地の神話に名を残す白神は、
小さく完璧な世界とそのレシピについてピスフィに語り始める。
「白神にデザインされたこの世界はかつて一度も歴史を持ったことがなく、
あるのは時間の堆積だけです」
凍れる冬の冷厳に、死を招く疫病に、古く強大な白神に、
抗する術《すべ》など持たないままで、康太たちは力の限り生きて抗《あらが》う。
全ての夢と呪いと因縁が吹雪の中に収束する、
〝ヘカトンケイル編〟完結巻。

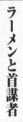

康太の異世界ごはん　7

中野在太

ヒーロー文庫

康太の異世界ごはん 7

CONTENTS

Illustration 七和 禮

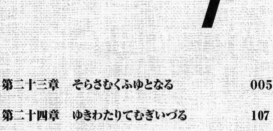

イラスト／七和 禮
装丁・本文デザイン／5GAS DESIGN STUDIO
校正／佐久間 恵（東京出版サービスセンター）
ＤＴＰ／天満咲江（主婦の友社）

この物語は、小説投稿サイト「小説家になろう」で
発表された同名作品に、書籍化にあたって
大幅に加筆修正を加えたフィクションです。
実在の人物・団体等とは関係ありません。

第二十三章　そらさむくふゆとなる

死んだ人のことはいつも、できたのにしなかったこととといっしょに思い出す。

たくさんの人にたくさんのものをもらって、あたしには、なにができるんだろう?

ぎざぎざに切り取られた石畳の、海までほんのすこしのところに立つ。

見上げて、見下ろす。

粘土でつくったパンケーキみたいに分厚い雲が、空をのろのろと這《は》っている。海は曇った空を反射して灰色に濁っている。白くて細かい波がひっきりなしに押し寄せてきて、ざらざらの舌みたいだとあたしは思う。島そのものを舐《な》めあげて、削り落とそうとしているみたいだ。

あたしには、なにができるんだろう?

海に背を向ける。マントのはしっこが風にふわっと浮き上がって、ローファーのかかとが石畳をこつっと踏む。

紺屋《こうや》さんと榛美《はしばみ》さんが釣りをしている。

え?

なんかいるな。どう見ても釣りしてんなあれ。え？　釣り？　どう見ても釣りだ。石畳のふちに立って、細長い棒を海に向けてる。頭がいかれて棒を海に向けたがっているんじゃなかったら釣りだ。

「何してんの」

あたしは二人に声をかけた。

「白茅《ちがや》ちゃん！　わああ！　白茅ちゃんですね！　ちがっ」

「うお……お？」

走り出した榛美さんが、なんか二歩目で踏ん張って、片足でてんてん跳ねるとあたしから数歩の距離で立ち止まった。それから榛美さんは、あたしの周囲をぐるぐるまわりはじめた。

「なんだなんだ、月か？」

あたしもつられて自転した。

「ほんとだ、同じ面を向けて公転してるね」

紺屋さんが死ぬほどどうでもいいことを言った。たしかにずっとこっち見てるけど。

「たぶん、くっつきたいけど遠慮してるんじゃないかな」

「あー」

腑《ふ》に落《お》ちた。今のヘカトンケイルでは、ちょっと近づくだけで人でなしだと思われる。

「ううう……」

棒美さんは公転しながらしょげてうなった。待てされたでかい犬みたいだ。

「別にいいけど」

「わあああ！」

許可を出した瞬間、棒美さんはあたしの胸に頭突きすると、そのまま鼻先を腋《わき》に突っ込んでふんふんした。でかい犬だ。

「んふふふふ！」

気軽にじゃれつけないしんどさは、あたしにも分かる。

「で、紺屋さんはなにしてんの」

「こんにちは、衢川《ちどりがわ》さん。実は六角竿《ろっかくざお》を作ってさ。竹をこう、切って貼り合わせてみただけなんだけどね」

「白茅ちゃん、これはすごい棒ですよ。すごくよくしなる棒なんです」

「ね、いい棒だよね」

紺屋さんは釣り竿をひゅんっと振ってみせた。

「それにほら、見て、リールだよ。太鼓《たいこ》リール、の、すくなくともご先祖様だね。落とし込みで根魚《ねうお》でも狙えないかなーって」

なにひとつ分かんないことを早口で言ってくるし、腋に潜り込みすぎた棒美さんはあたしの腕をくぐってもはや背後に回っている。

「ほら、このへん漁礁みたいになっちゃったからね。こういうところには魚が居つくんだよ」

雲の切れ間から光が差し込んで、いっとき透明になった海の底をあたしたちは見る。

丸太とがれきの山と、砂に斜めに突き刺さった屋根と、横たわって半分ぐらい埋もれた列柱。

息継ぎみたいに海からちょっとだけ顔を出す、すり鉢状の大きな丸い部屋。

大評議会と呼ばれた建物の残骸をあたしたちは見る。

「隠れ場所にはよさそうね」

あたしの言葉に紺屋さんはにこにこした。

「そうそう。根魚《ねうお》がね。あとは長物なんかも狙って、おっと」

紺屋さんはリールをかりかり巻いた。白っぽい糸が水滴をまき散らしながら巻き取られていった。南京錠みたいな形の錘《おもり》が海面からびゅっと飛び出してきたのを、紺屋さんはぱしっと掴《つか》んだ。

「なんか……黒いのが！」

榛美さんがあたしの背後でぴょんぴょん飛び跳ねた。釣られた魚もびちびち暴れていた。

「やった、ムラソイだ。こいつはねえ、いい根魚だよ」

「いいやつなんですね！　おいしいやつですか？」

「どうしたっておいしいからねえ」

紺屋さんは針から外した魚のえらをナイフで切って、バケツに放り込んだ。魚は血を流しながらバケツの内側を高速でぐるぐる周り、やがて体を横にすると動かなくなった。

「黒い！」

バケツに駆け寄った榛美さんが、しゃがんで跳ねた。いつも跳ねてんな榛美さん。

「黒いねえ、立派に黒いよ。ただごとじゃないね、おっとまた来た、これもムラソイかな」

紺屋さんは次々に魚を釣っていった。見るたびに思うんだけどこの人ほんとにどこでも生きていけるな。

「いっぱいなんですねえ。はやく食べ、たっふぇっ、ふぇ、っぷしん！　っぷしん！」

ちっちゃくくしゃみをした榛美さんが、ぽかんと口を開けて空を見た。緑色の瞳がゆっくりと下に動いていって、自分の鼻先を見る寄り目で止まった。

「なんか、冷たいのが、なんか」

「ありゃあ、降って来ちゃったかあ」

紺屋さんはタオルで榛美さんの鼻先をぽんぽんした。

マントの毛羽立ったところに、白くて薄っぺらいかけらが載っているのをあたしは認めた。触れてみると、なんの感覚もなくそれは消えた。

「雪ね」

あたしは口に出して、紺屋さんと榛美さんは頷《うなず》いた。

人気《ひとけ》のない広場の跡地が、ますます静まり返ったみたいだった。世界が終わってずいぶん経《た》った後みたいだなってあたしは思った。

どおおおんって音がした。ヘカトンケイルモールの一部が崩落して、海に落ちた音だった。

地面が揺れた。海がうねって、塊みたいな波が石畳にぶつかった。

「帰ろうか」

からだを竦《すく》ませ、息をつめていたあたしに、紺屋さんが声をかけてくれた。

「衞川さん、お昼まだ？　よかったらうちで食べていきなよ」

「ありがと。そうする」

あたしたちは海に背を向ける。

空は寒くて、冬が来た。

なにもかもを凍らせる冬が。

◇

僕を含めヘカトンケイルに住んでいる人間にとって、この数か月の仕儀といったら、まったくもって踏んだり蹴ったりとしか言いようがなかった。

秋口、干潟がまっかに染まって、どうやらそれがとりわけ寒い冬の始まりだった。ヘカトンケイルの古老に言わせれば、むかしむかし、潟《ラグーナ》がまるごと赤くなった年にはヘカトンケイル人《びと》の半分が凍死したそうだ。

ピスフィやナバリオーネが懸念していた通り、寒冷化がヘカトンケイルを捕まえたらしい。この世界は、今後数百年ほどの小氷期に直面することになるのかもしれない。

赤い干潟に動転するヘカトンケイルを、晩秋、高潮が襲った。その結果が、水没した大評議会と半壊したヘカトンケイルモールだ。

元来ヘカトンケイルは、たびたび高潮を浴び、そのたびに被害を出していた。ヘカトンケイルの国王マナ陛下は、即位される前、高潮の被害を受けた国営造船所を見舞ったと聞いている。

それにしたって国土のどまんなかがぼこっと海没するというのは、なまなかなことではない。これには衛川さんが関係している。

かつて衛川さんは、このへんで魔述《まじゅつ》をぶちまけた。時間を早回しにする敗血の力で、島の深部をひっぱたいたのだ。僕も現場にいたのだけど、石畳がびしばし割れてあっちこっちが陥没して、それはもう往生したものだ。

衛川さんの狼藉《ろうぜき》は、とはいえ無理からぬことだった。いわれなき債務でがんじがらめにされ、一生かけて干潟を干拓しろと強制されたとしたら、もぉー! ぐらいじゃ収まらないよね。とにかくその際、広場の基礎はぼろぼろに朽ちた。ヘカトンケイルは、潟《ラグーナ》に散らばる小島を削ったりくっつけたりしてつくった人工都市だ。基盤が劣化するのは、歯の根っこが虫歯にやられるようなもの。

いやいや分かってるんだったらさっさと直して高潮に備えなさいよ。ごもっとも。しかしながら、そうもいかない事情があった。

残桜症《ざんおうしょう》――むちゃくちゃな感染力とべらぼうな致死率を誇る悪疫はまだまだこの地にはびこっている。伝染病の常として弱毒化してはいるものの、疫学的《えきがくてき》な備えが十分とはいえないこの異世界では、どれだけ注意深く生きていたっていつ感染するか分からない。罹患《りかん》すれば、さいころを振るような日々を祈りながら過ごすだけ。ファンブルの代償は、もちろん死だ。

ヘカトンケイルは残桜症対策に国家の全リソースを注ぎ込んだし、人が密集する土木工事なんてどのみち働き手が集まらなかっただろう。そうこうしている内に気温はぐんぐん下がっていく。病気でばたばた人が死ぬ。資産家が逃げる。政治家も逃げる。役人も逃げる。高潮が来る。それはまあ、こうもなろう。

いやはや、驚異の年とはこのことだ。大彗星《だいすいせい》出現とペストとロンドン大火と英蘭戦争をいっぺんにやっていた十七世紀の英国人は、僕たちと似たような心持ちで日々を過ごしていたことだろう。あまりにもあれこれ込み入りすぎて、もう何もかもがどうでもよくなるような気分だ。

そういえば、十七世紀のヨーロッパはちょうど小氷期のまっただなかだったっけ。

「さてさて、やっていこうか」

そうは言っても僕たちは食べなきゃ生きていけないし、どうせならおいしいものを口にしたい。むなしいものを食べていると、むなしさが加速しちゃうからね。

四尾のムラソイは、すぱっと三枚におろす。塩を当てた身はひとまず置いといて、あらにたっぷりの塩を利かせ、臭みを出す。

「今日はどういうおいしいやつですか？」

ドライトマトをボウルにざらざらあけながら、榛美さんがこっちを向いた。

「芯から冷えるこういう日には、あったかいズッパでもやろうかなーって」

「ずっぱ……」

榛美さんは口を半びらきにしてから、

「ずっぱ！」

元気よく反復した。言葉の響きが気に入ったらしい。ズッパっていうのはなんてことはない、具だくさんのスープのことだ。

どんどん作業を進めよう。小鍋に水を張ってあたため、粒のままの小麦をざらーっとぶちこむ。

「草の臭いしてきたわね」

ほこほこ立ち上がる湯気の香りをかいで、銜川さんがちょっとむせた。

小麦をゆでているあいだに、ムラソイのあらからだいぶドリップが出た。水気を拭って
やったら強火でがっと炙《あぶ》り、お鍋にどぼん。静かにあたためて、あらだしを引く。

あらと小麦が対流でくるくる踊っているうちに、にんにくやら玉ねぎやらにんじんやら
なんやら、香味野菜をあるだけ刻んでお鍋でざかざか炒め、香りが出たらあらだしを注ぎ
入れる。

鍋肌に触れただしがぶわーっと弾《はじ》けて、にんにくとだしの香り。すると銜川さんが、

「うー……」

くるくる鳴ったおなかをおさえて唸《うな》るという寸法だ。

「めっちゃいいにおいするんだもん」

「おなか減っちゃうよねえ」

榛美さんが水戻しして裏ごししてくれたドライトマトも、ここらで入れる。再沸騰した
らあくを取り除き、塩をしてことこと煮ていこう。

「あとなんか、かぶあるな、かぶ入れちゃうか」

というわけで、そのへんに転がっていたかぶを四つ割にして入れてみた。

「そろそろ小麦もいいかな」

鍋から引き揚げて水を切った小麦も入れる。スープにとろみがついたところで、ムラソ

イの切り身を加える。

「いろんないいにおいです」

榛美さんが鼻をふんふんさせた。炒めたにんにく、玉ねぎ、にんじんの甘い香り。トマトの胸がすくようなにおい。小麦の粉っぽさ。ぽこぽこ音を立てて沸騰する鍋から、やわらかな湯気があふれて厨房《ちゅうぼう》を満たしていた。冬に立ち向かう、頼もしいあたたかさだった。

魚に熱が入りすぎないかげんで火からおろし、ムラソイのズッパができあがり。お皿に盛って、なんとなくドライパセリなんか散らしてみよう。

「いただきます!」

リビングに移って、いただきますをする。

「んんん! む……ふむむ……」

一口ほおばった榛美さんは神妙な顔をした。

「これは……おいしいやつです!」

非の打ちどころのない感想だ。ありがたさだけがある。

「これ、小麦、なんだろ、すっごいもちもちしてる。こういうサラダあるわよね、おしゃれなやつ」

衞川さんは小麦をけっこう長いこともちもちした。

ヘカトンケイルで流通している小麦は、スペルトコムギという品種に近い。ふつう小麦は粉にしちゃうものなんだけど、こいつはイタリアなんかだと粒のまま食べられることが多い。これがまたもちっとしていて、押麦《おしむぎ》みたいな感覚で使えるから便利だ。いちいち挽《ひ》かなくてもいいし。

「魚いいねえ、ムラソイえらいな、ちゃんと根魚《ねうお》だ、えらいえらい」

ゼラチンたっぷりの厚い皮はぎょりぎょりした食感で、白身もぶりっぷりの力強い歯ごたえ。噛《か》みしめて味わいたくなる白身だ。カサゴにそっくりの姿をしていながらほとんど顧みられない魚だけど、ムラソイにはムラソイのよさがある。

スープはあたたかく、炙《あぶ》ったあらとトマトの酸味がきりっとしている。ほこほこのかぶも、なんとなく入れたとは思えない仕事ぶりだ。

「はー……あったまりました。いっぱい入ってて懐かしいですねえ」

「具材がね。あるものあるだけ入れたからね」

「懐かしいやつです」

榛美さんが言っているのは、踏鞴《たたら》家給地《けきゅうち》で毎日食べていたごった煮のことだろう。その日に採れた野菜やら魚やら豆やらをなんでも煮込み、味噌で仕立て、最後におもちを入れる。あれを辛くて酸《す》っぱいどぶろくでやるのが、僕たちの日課だった。

主菜入りのスープということで、今日のズッパとあの日のごった煮の構造はよく似ている。なんだかしみじみしてしまった。踏鞴家給地から持ち込んだ米や黒豆、麹《こうじ》も味噌もとっくに底を尽き、もしかしたら、二度と食べられないかもしれない。

「康太《こうた》さんが、新しくしてくれましたね」

ちょっとしゅんとした僕に、榛美さんが微笑《ほほえ》みかけてくれた。

「そうだね。ないものはない、あるものはある。またいっぱい釣ろうか」

「はい！　次はわたしも釣りますよ。もしかしたら向いてるかもしれませんからね」

榛美さんは架空の竿《さお》を架空の海めがけてひゅんっと振った。投げ釣りだったら百メートルぐらいはぶっ飛ばせそうな良いフォームだった。

「なんかしらのなんやかやです」

「釣りが？」

銜川さんが疑義を呈した。これはもっともなものだ。

なんかしらのなんやかやは、かなり複雑な概念だ。榛美さんとはけっこう長い付き合いの僕も、ときどき面食らってしまう。観察していると、どうも利他的な気分が高まったときに出てくるようだ。それを銜川さんもだいぶ飲み込めてきたと見える。

「いろいろ考えていてさ。なにができるかなーって。ピスフィとミリシアさんはほら、行政にフルコミットしてるでしょ」

僕たちは『ピーダーとネイデル、クエリアの会社』と雇用契約を結んでいる。かつ、僕はちょっと前まで政府の『感染症研究討議会』なる諮問《しもん》機関に参加していた。前者はそんなことをしている場合ではなくなり、後者は大評議会が崩壊してこれまたそんなことをしている場合ではなくなった。

というわけで今の僕たちは、純然たるごくつぶしだった。ずっとなにもかもがうまくいかなくて参っちゃうよね、まったく。

「で、釣り」

「そう、釣り。実はさ、屋台でも引こうかなーって思ってるんだ。それで、仕入れの足しになりそうなことをね」

衛川さんは首をひねった。言いたいことは分かる。ヘカトンケイルで巻き起こる政治的問題にかたっぱしから首を突っ込んでおいて、いきなり屋台を始めるというのはちょっと振れ幅に問題がありそうだ。

「ほら、みんなけっこうものがなしいものを食べているからね。ちょっとでもおいしいものを食べてもらいたくて」

政府は土俵際でふんばって、市場に穀物を供給し続けている。病《やまい》を怖《おそ》れない行商や本土の農家さんも、本島にものを売りに来る。そうは言っても物資不足は明らかで、食生活は日を追うごとに貧しくなっていく。厳冬はそうした流れを加速させてしまうだろう。

ちょっとでもおいしいものを食べてもらいたいという思いは、居酒屋店主の譲れないところだ。

「エイリアスのことは？　どうするの？」

白茅さんは、この異世界に残桜症《ざんおうしょう》をばらまいた時空規模のろくでなし、エイリアス・ヌルの名前を出した。

またの名をアノン・イーマス、あるいは鷹嘴穀斗《たかのはしこくと》、あるいは紺屋大《こうやだい》。僕の義父にして榛美さんの実父だ。思い出すだけで全身が震えてくるので精神によくないし、なにより目的遂行のための手段が汎人類的《はんじんるいてき》にたいへん迷惑な存在なので、どうにかしたいと思っている。

「うん、それもあってさ。追いかけたところであてもないし」

相手はどうやら不老不死だし、しょっちゅう雷が落ちる山頂にかまえた居城でふんぞり返っているわけではない。僕はどうがんばってもおよそ数十年で死ぬし、破壊的な魔法であらゆる存在を地表から吹き消せるわけでもない。命と引き換えに核融合ぐらいできればよかったんだけどね。

「それに、悪くない考えだと思うんだ。これはちょっと、まだ自分でもうまく説明できないんだけど」

僕がぼんやりしたことを言うと、衡川さんはやや思慮深げな沈黙の間《ま》を置いた。

「で、屋台」

「そう、屋台」

衡川さんは腕組みして、大きく息を吸い、鼻からゆっくり吐き出した。

「何ができるかって、あたしも考えてる。ずっと」

「それは、なんかしらですね」

榛美さんがものすごく親身な表情でものすごくふわふわしたことを言うと、衞川さんはひそめた眉をほどいて苦笑した。

「そうね。なんやかやね」

「はい！」

いざってきた榛美さんの頭をぽんぽん撫《な》でて、衞川さんは僕を見た。

「あたしも、手伝っていい？」

「もちろん大歓迎だよ。ありがとう、衞川さん」

悪疫にも冷害にも、僕たちは無力だ。世界を劇的に一変させるようなことはできない。だから、今できることを、今できるだけ。

「そうと決まればさっそくやってもらいたいことがあるんだけどさ」

「おいでなすったわね」

衞川さんが前向きだ。とてもありがたい。僕はいそいそと立ち上がった。

「こないだ岬で山ぶどうの群生地を見つけちゃってさ。カレンズっぽくしてみたんだけど、これアマローネみたいになんないかなって」

「待って、押し寄せないで」

「ごめん、興奮しちゃった」

「気を抜くとだめなときの顔になるのよね紺屋さん」

「白茅ちゃん、これはいいときの康太さんですよ。巡り巡って最後にはおいしいです」

榛美さんのふところの深さにはいつも助けられている。

「順を追って説明すると、カレンズっていうのは山ぶどうみたいな、小粒のぶどうを使ったレーズンだね。アマローネは、干したぶどうを使ったワイン」

甘くて渋くて重たくて、たいていの料理をやっつけてしまう強烈なお酒だ。ジュニパーベリーを散らしたまっかっかな鹿肉のローストなんかで立ち向かいたい。

「それなんか聞いたことある気する、干したぶどうの。貴腐《きふ》ワインだっけ?」

「そうそう、似ているかもね。貴腐ワインはべらぼうに甘いんだ」

かびの力を利用する貴腐ワインもいつかはやってみたいけれど、僕の手には余りそうだ。気候の良い土地に自前のシャトーを持つところから始めないとならないからね。

「というわけで、これが試作してみたものなんだけど」

陰干しした山ぶどうを万力で圧搾し、発酵した果汁を瓶詰《びんづ》めしてみた。こいつに衞川さんの魔述をくらわせ、二年ほど熟成させてみたい。まともなお酒にはならなくとも、ひとまず取っ掛かりにはできるだろう。

衞川さんは、受け取った瓶を顔の前に持ってきた。ちゃぷちゃぷ揺らしたり、強めに振ってみたり、机上に置いてみたり、机上に置いてみた瓶に向かって両手をかざしたり、口の中の肉を奥歯でもごもご甘噛《あまが》みしたりした。

かつてない勢いで冷や汗かいてる。

やがて衛川さんは、青ざめた泣きべそを僕に向け、がたがた震え出した。

どうやら、考えたくもないようなことが起きているようだった。

「白茅ちゃん？　寒いんですか？」

どう話を進めたものか悩んでいたら、榛美さんが切り込んでいった。衛川さんは瓶に両手を向けたまま榛美さんを見て、僕を見て、瓶を見て、その場に突っ伏して、マントに身を隠した。

「わあぁ！　白茅ちゃんが、なんか……なんか、ぺしゃんこに！」

すごい、もののたとえじゃなくて本当にぼろ雑巾みたいになってしまった人、生まれてはじめて見た気がする。

「やばいやばいやばいなんでこんな、え？　え？　なんで？　うそでしょこれはさすがに、え？　え？　がらくた？　役立たず？」

ぼろ雑巾がとんでもない速さで人生の隘路《あいろ》めがけ疾走している。困ったなあ、超常の力をいきなり喪《うしな》った経験がないから、どう慰めていいものかちょっと分からないぞ。

「ばかでしょなにそれ、いやいやいやふざけすぎてる、おかしいおかしいおかしい、やりたくもないのにできてたでしょ今までずっと」

ふと僕は、ミリシアさんが魔述について説明してくれたことを思い出した。すごく簡単に要約すると、魔述というのは、述師の世界観の表明らしい。

たとえば榛美さんは、点《とも》した火の勢いを自在に操れる。火種と柴木の用意さえあれば火おこしの手間を省けるということで、僕はいつもお世話になっている。それは榛美さんが、火ってこういうものだぞ！　と、強く思い込んでいるからだ。

以前、銜川さんの過去について、ちょっとだけ話したことがある。外に出られなくて、布団にくるまって、時間がただ過ぎ去ることばかり望んでいた日々のことを。

銜川さんから魔述を奪ったものとは、なんだろうか。

「なんでしょう」

銜川さんがめちゃくちゃ卑屈な顔でこっちを見てきたので、僕はできるかぎりにっこりした。

「まあ、できなくなっちゃったものはしょうがないよね」

「はああ？　だってあたし、え、しょうがなくないでしょ。だってこれ一本で食ってきたのよこれ一本で。この異世界でこれ一本で」

職人さんみたいなことを言うなあ。

「良くも悪くもね」

「んぐむ」

フードをすっぽりかぶった衛川さんは、組んだ腕を枕にうつ伏せになった。

「でもいくらなんでもふざけてるでしょ。終わりすぎててもう終わり、終わり川、おわり川白茅」

急にちょっと面白いこと言うねえ。

「おいでなすったわねだって。だっさ、だっっっさ。おいでなすったわねえ？　あーあもうイキリ川するから。あーあ無理。もう無理。むりり川。ほらもうりりが余ってる」

ちょっと面白いやつすごい勢いで擦《こす》るねえ。

衛川さんがけっこう無理してふざけていることには、気づいていた。踏み込まれまいと、自分を守っているように、僕には見えた。

「白茅ちゃん！」

榛美さんがフードをぺろっとめくって衛川さんに呼びかけた。

「なんかしら！」

それ一本で食っていくねえ榛美さん。

僕と榛美さんは、衛川さんをなぐさめるのに午後を費やした。

◇

低い空に淀んだ雲は、白く冷たいかけらを思い出したようにはらはらと地上めがけて投げかけた。

潮風に巻かれた雪片は、しばらくのあいだ灰緑色《かいりょくしょく》の海面すれすれを踊るように漂い、舳《へ》先《さき》の立てる白波に捕えらえた。

舟は本島より北西、アディリオーネ川河口にほど近い小島へと漕《こ》ぎ寄せた。

「どうぞ、嬢」

漕ぎ手のミリシア・ネイデルに促されて桟橋に降りたピスフィ・ピーダーは、眼前に広がる荒れ果てた菜園とヘカトンケイル様式の邸宅をじっと見据えた。

「スプレンドーレ島は初めてでありましたか」

ミリシアの言葉に、ピスフィは頷《うなず》いた。

「我らヘカトンケイル人、そのはじまりの地。あるいは、終わりの地ともなるじゃろうな」

ピスフィは外套《がいとう》の肩口に漂ってきた雪を鋭く払った。

スプレンドーレ島は、潟《ラグーナ》からやっとの思いで顔を出したわずかばかりの平地だった。ヘカトンケイル人が最初に開拓を進めたこの土地に、今や暮らす者はいない。

「お待ちしておりました、ピスフィ様、ミリシア様」

邸宅の入り口で、父ピスディオ・ピーダーの秘書官であったトゥーナがピスフィを出迎えた。軽くうなずいて挨拶したピスフィは、外套を受け取ったトゥーナに案内されてアトリウムに至った。

枯草の合間には各管区長がたたずみ、門閥《もんばつ》市民が土と雪でまだらになった水盤を囲み、官僚が人々のあいだをせわしく行き来していた。

大評議会は、なかば歴史的遺構と化していた貴族の邸宅を接収し、臨時の官邸と定めた。ヘカトンケイルに残る貴族や各管区長を寄せ集めたつぎはぎの行政府が、ヘカトンケイルの命を辛うじて繋《つな》ぎとめている。

大評議会崩落直後の混乱期、どこのだれがこの地を行政中心地に据えようと発案したものだったか、だれも覚えていない。このアイデアが政治家と官僚をいっとき熱狂させたのは事実だ。勇敢なる国家の護《まも》り手よ！　ヘカトンケイルはじまりの地にて、我らが舳先を正しく未来に向けようではないか！

稚気《ちき》じみた郷土愛《パトリオティズム》も、最初は市民に広く受け入れられた。もうそれ以外にすがるものが無かったからだ。

しかし、干潟が厳冬を予言して赤く染まり、実際に凍れる冬が訪れたとき、ひとびとはむしろ不吉な目をスプレンドーレ島に向けた。苦労に苦労を重ねて中つ海に広がったヘカトンケイルは、再びちっぽけな小島に押し込められて歴史の終わりを迎えるのだ。

痩せたレモンの木の脇で、なにやら議論が白熱しているのをピスフィは聞きとがめた。

歩み寄ると、エルダ氏がピスフィに気づいて手招きした。

「おうい、ピーダー！　ピーダーんとこの！　ちょうどよかった、聞いちゃくれんかね！」

「またご息女の自慢話かの」

エルダ氏は儀礼的に笑ってみせた。

「こういうなりゆきじゃあ、アンベルを踏鞴家に送ったってのは、おれの差配も慧眼《けいがん》じゃったっちゅうこったね」

笑みを消したエルダ氏は、目を細め、声を低くした。

「リズコの件、ピーダーんとこのは何か聞いてるかね」

ピスフィは首を横に振り、エルダ氏の言葉を待った。リズコはアディリオーネ川中流域に構えたヘカトンケイル本土の都市だ。

「あそこんところの市長が、ロンバルナシエへの編入を希望しとんじゃって、こりゃあ捨て置けねえ話じゃろ」

ロンバルナディア川に沿って広がるこの都市国家は、中つ国諸国の南部に無視できぬプレゼンスを示している。やつれきった本島を見捨てて身を寄せるのであれば好適だ。

「一抜けはリズコじゃったか」

「続くぜ。民意ってもんじゃからなあ。ラパイヨネんとこのが死んじまったら、みいんな枷《かせ》なんぞむしり取っちまう」

ナバリオーネ・ラパイヨネの獄死以降、本土派は統制を欠いた。ナバリオーネひとりが大衆を野心と弁舌でくすぐり、愛国心の鎖で繋《つな》ぎとめていたのだと、ヘカトンケイルは彼の死後に気づかされた。本島から離れた地に豪族化の予兆が萌《きざ》したのは、悪疫と寒冷化のせいばかりではない。けっきょくのところ、人はでかい国のでかい家に住みでかい顔をしたいのだ。

「リズコがロンバルナシエの膝下《しっか》となれば石炭の供給が危うくなることでありましょう」

ミリシアの言葉に、ピスフィは渋い顔でうなずいた。

「して、議論の行く末はどうなったのじゃ？」

「いいとこ非難の表明じゃねえ」

「リズコはいっそ景気づくじゃろうな」

「そりゃあねえ」

エルダ氏は乾いた笑みを浮かべた。こら！　と拳を振り上げたところで、殴れないのを見透《みす》かされては意味がない。

ピスフィはアトリウムを見渡し、役人のひとりをとっつかまえた。

「フィラーニ、主《にし》ゃはたしか、森林監督官を兼任しておるはずじゃな」

「覚えていただけてうれしく思います、ピスフィ・ピーダー。ええ、およそ人間ひとりの身には余るほど光栄な業務です」

水利監督官フィラーニは、やつれた顔に皮肉っぽい笑みを浮かべた。

「樫《かし》の備蓄はどうなっておる？」

本島は水上都市であり、木材の自給は不可能だ。そのため常に数種の木材の備蓄が定められていた。とりわけ樫は中つ海で船材に用いられることが少なかったため、比較的安価で入手できた。主に建材、それも運河の隔壁や小さな堤防、潟内《ラグーナ》に打ち込まれる標識用丸太、建造物の水中用土台として用いられている。

「樫であれば、ピーダー、ラパイヨネ両閣下のご命令通り、例年の三倍量を維持していますね」

「お父さまが指示を？」

「そのようですね。前任が引き継ぎも済ませず国外脱出したため、詳しい事情は分かりませんが」

「それは……ふむ、そうか。ありがとう。苦労をかけるの、フィラーニ」

「いえ、規定の手続きですので」

フィラーニはふらふらと、過労の危うい兆候を見せる足取りでどこへともなく歩いていった。

ピスディオ・ナバリオーネによる十頭会《じゅっとうかい》が立法・行政を統制していたあのひと時、数多くの不可解な法案が密室で可決され、数多くの不可解な行政執行《しっこう》が公然と大盤振る舞いされた。その結末は護民官ナバリオーネによる歴史的わんぱくであったわけだが、どうやら樫材の過剰な備蓄もそのうちの一つらしい。

「のう、ミリシア」

「樫といえば、薪《まき》にすばらしい適性を発揮しますね。火力、火持ちのよさ、ともに優れております」

「なるほど。むずかしい問いではなかったか」

父か、あるいはナバリオーネか。時代の巨人は、凍れる冬の到来にまで目配りしていたわけだ。

「しかしあの二人とて、リズコの離脱までは予見していたであろうか。厳しい冬になりそうですね、嬢」

「各管区長に節約の布告をしてもらうよう、みどもから提言する。燃料を配給制とすることも考えねばならぬじゃろうな」

「ピスフィ様、こちらを」

役人に話を聞いて回っていたトゥーナが、ピスフィにフォルダを渡した。挟まれていた紙片を一瞥《いちべつ》して、ピスフィはため息をついた。

「ありがとう、トゥーナ。前代未聞の失業率じゃな。市民の半分が途方に暮れておる」

「ナバリオーネ・ラパイヨネ閣下の死後、監視員の成り手が急減しているようです」

感染者が出た家屋を封鎖し、脱走に睨《にら》みを利かせるのが監視員だ。護民官を僭称《せんしょう》したナバリオーネが私兵を率いてうろついているあいだ、この仕事は国土防衛の誇りに満ちたものだった。彼がヘカトンケイル史に類を見ない白色テロの首謀者としてみじめな死を遂げた——ごく少数の熱狂的な信奉者を除き、市民は死後のナバリオーネをそのように評した——後は、評価が反転した。監視員をあざむき、あるいはぶちのめし、逃亡する市民は後を絶たない。

「寡婦や移民といった社会的弱者を救済する政策でもありますからね。私も、パトリトのアパートで待ちかまえていたご老人を説得するのに苦労しましたよ」

ミリシアの付け足しに、ピスフィはますます渋い顔をした。

「見下されるべきものが、戸口に立ってえらそうにしているわけじゃな。不満も出よう」

ささくれだった皮肉に、笑みを浮かべる者はいなかった。

「百貨迷宮《ひゃっかめいきゅう》の品出し番は常に慕っていますが、こちらは人材の選定に難航しています」

ヘカトンケイルモールの深奥たる百貨迷宮には、残桜症《ざんおうしょう》の特効薬が流れ着く。だが、品出し番を軽々に増やすわけにもいかなかった。歴史上、ヘカトンケイルモールは品出し番の横領や高額転売、その他ありとあらゆる詐欺行為に悩まされ続けてきた。ましてや残桜症にただひとつ抗する薬ともなれば、ごくまともな倫理観の人間すらも誘惑するであろう。

高潔で篤実で、私心を捨てられる者のみが品出し番にふさわしい。

「今にしてよく分かった。専制と全体主義とを、ナバリオーネが夢見るわけじゃ」

ピスフィの皮肉はいよいよ捨て鉢な色彩《いろ》を帯びた。品出し番にふさわしい人材を促成するのならば、ナバリオーネのやり口ほどすぐれたものはないだろうと思い至ったのだ。

「トゥーナ、なにか一つでも耳に心地よい話を聞かせてくれぬか」

「王立貨幣鋳造所《ちゅうぞうしょ》の稼働率は前年対比百パーセントですよ。本島における唯一まともな経済活動と言えましょう」

「ありがとう。良い話など聞けぬことがよくよく身に染みた」

野放図な植栽の、名も知らぬ木にピスフィは背を預けた。

「エイリアス・ヌルの件は？」

「お触れは手配いたしましたが、効果となると怪しいものですね」

「そうじゃろうな。黒幕をでっち上げたように思われても仕方なかろう」

政府はエイリアス・ヌルについて、残桜症をもたらし、移民の暴動とナバリオーネの白色テロを扇動した犯罪者として、見つけ次第通報するよう布告した。冬と悪疫に怯《おび》える市民が、見た目どころか国内にいるかも分からない凶悪犯罪者を相手に捕り物をしようと思えるはずもない。

アトリウムに足を踏み入れてたったの数分で、まる一日分も疲れたようにピスフィは感じた。はてしなく、底の見えない徒労の感覚だった。

「みどもの生まれが十年違っておったらば、どうであったかの」

「そうですね……早ければ、商いの旅路で故郷の危急を知り、慌てて帰参した港で火矢でも射かけられて焼け死んだことでしょう」

弱音に、ミリシアはすげなく応じた。

「では、遅ければ？」

「大量死にて萎《しな》びた市場と未知への恐怖の中に育ち、海に打って出ようなどとは考えなかったかもしれませんね」

家庭教師にしてステークホルダーの皮肉は度外れて配慮に欠け、しかしもっともなものだとピスフィは感じた。逃げ出したければそうすれば良いのだ。多くの貴族や王族がそうしているように。だというのに、こうして小島にこもっている。できもしないまま、政治家と官僚のまねごとをしている。なぜか。愛郷心のゆえではない。

ピスフィ・ピーダーが、呪われているからだ。開かれた貿易によって諸国をつなぐ、グローバリズムの夢に。

感染症が大陸全土を席捲《せっけん》し、街という街が門戸を閉ざしたこの時代にあって、凍れる冬の冷厳は、心を灼《や》く夢の温度をいささかも冷まさない。

事業を叩《たた》き潰され、政敵に打ちのめされ、父を喪《うしな》い、自由が死に絶え、なおピスフィは灼けている。ピスフィの夢にはヘカトンケイルの理想が要りようで、彼女は死を厭《いと》わない。だからピスフィはこの地に留《とど》まる。沈みつつあるヘカトンケイルに。

自ら刻印した呪いは、死ぬまで解けることはない。

◇

「魔述がだめになっちゃうって、けっこう聞くなー俺」

すっかり葉っぱを落とした落葉樹が密集するゆるやかな斜面を、パトリト君はすいすい登っていった。

「信じられなくなったら終わりってとこあるもんね。まーでも大丈夫っしょちがちゃんなら」

「ぜひっ、は、ひっ、ひっ」

パトリト君のなぐさめに、白茅さんは「ありがとう」のニュアンスが含まれていそうなぜろぜろの口呼吸で応じた。

「白茅ちゃん、休みますか？」

「ひゅひっ、ひゅっ、ひゅひー」

心配そうに近寄って来た榛美さんに、白茅さんは「お気づかいなく」のニュアンスが含まれていそうなぜろぜろの口呼吸で応じた。

「あとちょっとでいっぱい生えてるとこ着くよ。ちがちゃんがんばれる？」

「すひー」

「いけそうですね」

「えどこ見て判断してんの康太くん」

僕たちが何をしているかといえば、もちろん食材調達だ。

ヘカトンケイル湾の湾口は、東西から張り出した二つの岬によって形成されている。手つかずとはいかないまでも、はんぱに手が入ってほったらかしにされた森が広がっているらしい。そこに求めているものがあるとの情報をパトリト君から得た僕たちは、さっそく冒険に打って出た。

「あ、いちごあるよいちご。ふゆいちごだ。衢川さん、ちょっと摘《つ》まんでく？」

「い、いま止まっ、たら、二度と動かない」

「そっか、じゃあ帰りに摘んでいこうか。おいしいからね」

さて、人がばたばた死んであっちこっちが寒くなって、市場への食糧供給力がどんどん落ちていくような場合についてはちょっと考えてみよう。

主食となる穀物については考慮しなくていいだろう。穀物まで尽きるような状況ではさすがに死ぬしかないからだ。小麦が、安価で生産性の高いとうもろこしや米に代わる可能性はあるけれどね。

野菜はどうだろう。もともと季節に左右されるものではあるけれど、かなり厳しそうだ。とはいえ、直接買い付けることは可能だろう。

「しばらくやってたよ俺、その仕事。アディリオーネ川をばーっと遡行して、農家さんと直で交渉すんの。で、船上貴族に引き渡してお駄賃もらう。御用聞きだね」

船上貴族は、残桜症《ざんおうしょう》が猛威をふるいはじめてから膾炙《かいしゃ》した言葉だ。人の多い市街地を避け、船で生活するひとびとのことを指す。それにしても、パトリト君はなんでもやっているなあ。

獣肉は今のところ、むしろだぶついている。長雨と厳冬に襲われた酪農家の多くが廃業し、牛だの豚だのをことごとく潰すはめになったからだ。いわば供給の前借りみたいなものなので、ある分がなくなればそれでおしまい。これに伴い乳製品も消滅するだろう。

魚類。これはそこそこ安定している。ヘカトンケイル湾の先、真珠海《しんじゅかい》での近海漁業に関して言えば今も操業が続いている。

最後に、早くも市場から姿を消しつつあるもの。それは砂糖だ。

砂糖には、さとうきびの生育する高緯度帯と、加工のための工業力が必要だ。今のヘカトンケイルでは、前者も後者も担保できない。

糖分を得るだけだったら、そんなに難しいことはない。小麦を糖化するだけで麦芽水あめ《ばくがみず》が得られる。十七世紀のロンドン市民は、ペストが猖獗《しょうけつ》をきわめる中でビールの自家醸造にはげんでいたらしい。糖化は醸造の一過程だ。

とはいえ麦芽水あめには特有のくせがあって、使いこなすのはなかなか難しい。

そこで、拾い食いの出番というわけだ。

「立派な枝ぶりですねえ」

「でしょー?」

僕たちが辿《たど》り着いたのは、オニグルミの樹林だった。

「え、なに……樹? ただの?」

衢川さんがその場にうずくまった。

「でもくるみなんだよ、衢川さんくるみは好き?」

「歯がきしきしするからそんな好きじゃない」

けっこうあく強いよね、くるみって。

「そっか、それはごめんね。でも今日探しに来たのは実だけじゃないんだ」

僕とパトリト君は、鋳鉄《ちゅうてつ》の手回しドリルを樹皮に突き立てた。

ドリルをくるくる回して、開けた穴に銅管をねじり入れる。透明な樹液が滴《したた》ってくるので、そいつを瓶《びん》で受けてやろう。

「え……樹液？　その、なんか、虫がなめる樹液？」

「クヌギとオニグルミはね、本命だよね」

夏の夜明けのクヌギ林ほど心躍らせる場所も、そうそうないものだ。

「うそでしょ紺屋さん、もしかしてクワガタ捕りに来たの？」

「この世界にいるのかなあ。僕はやっぱりミヤマクワガタだね。捕れたときのうれしさが別格だから」

滴った樹液を、ちょっとなめてみる。さらっとしていて、なんていうか水だ。カブトムシがありがたがる感じはないな。

「これ甘くなんの？」

不安視しはじめたパトリト君に、僕はにっこりしてみせた。

「ええ、煮詰めてあげるんです。それに使いやすいですからね」

オニグルミの樹液は糖分を含んでいる。メイプルシロップの原料であるギンヨウカエデのいいとこ六割程度だけど、成分がだいぶ異なる。ほとんどがショ糖——これはふつうのお砂糖の主成分だ——であるメイプルシロップに対して、オニグルミ樹液には多くのブドウ糖、それから果糖が含まれている。

人間の舌はショ糖よりも果糖を甘く感じるようにできているため、カロリーあたりで考えると果糖はたいへん効率の良い糖だと言える。ちなみに麦芽糖に含まれるマルトースは、ショ糖の三分の一ぐらいしか甘く感じられないそうだ。

　後を引かずすぱっと甘さが消えたり、浸透圧が高くて食材に味を入れやすかったり……何かと料理に便利な果糖をそこらの樹から得られたら、それはもう楽しすぎちゃうよね。

「さあ、樹液を集めてるあいだにくるみを拾っていちごを摘《つ》もうか。どんどん元気になってきちゃったぞ」

「いいときの康太さんですね！　わたしも集めますよ！」

「うえーい！」

　なんだかぶちあがってしまってから、ふと、僕は衢川さんを見た。

　ぼろ雑巾みたいになっていた。

「ちょっと、行ってて。ごめん。疲れてもう」

「うい。じゃーぐるっと回って戻ってくるね。いこいこ」

　パトリト君がとっとと歩き出し、僕たちは雪化粧と枯れ葉の藪《やぶ》に踏み入った。

　いくらも歩かないうちに、背後でがさがさ音がした。振り返ると、衢川さんがオニグルミの樹にすがっていた。泣きそうな顔で、歯を食いしばっていた。

「白茅ちゃん」

「やらせといたげよ」

　駆け出そうとした榛美さんを、パトリト君が止めた。ややむくれた榛美さんに、パトリト君は苦笑を向けた。

「ちょっと分かるんだ、ああいうの俺。なんでもないから心配すんなよって顔でさ、こっそりなんとかしたいんだよ」

「むう！」

「はっしーはさ」

「え、わたしですか？」

急にあだ名で呼ばれた榛美さんはやや面食らった。

「あれ？　だめ？」

「はっしー、はっしー」

榛美さんはたっぷり時間を使い是非について検討し、

「んふふ！」

なんか、ごきげんになった。

パトリト君の距離の詰め方と会話の運び方、けっこう頻繁に襟を正したくなる。

「はっしーはさ、そういうのない？　今めちゃしんどいんだけど、自分のしんどさで他人を困らせたくないときって」

「わたしは」

榛美さんはかなり長いこと口を半びらきにした。

「はぷっ」

空気を押し出しながら閉じると、自分の気持ちを確かめるみたいに何度かうなずいた。

「わたしが病気になっちゃったとき、死んじゃうのかなあって思って、夜すごく静かで怖かったんです。わああ！　ってなりそうでした」

榛美さんは掲げた両手と頭を振り回し、「わああ！」の感じを出した。

「でも、なんか……康太さんもわたしぐらい怖いかもしれないって思って、だから、わああ！　ってなるのをやめました」

「大変だったねえ二人とも。生きててくれてよかったよ」

パトリト君がちょっとなみだぐんでしまった。

榛美さんが残桜症《ざんおうしょう》で生死の境をさまよっていた日々のことは、もうあまりにも大変すぎてだいぶ記憶が薄れている。咳払《せきばら》いの音ひとつで全身がかちこちに冷えて、行ったら死んでいるんじゃないかと思って扉を開けるのが怖かった。

もちろん、榛美さんが感じていた恐怖は僕とは比べものにならないだろう。だけど僕たちは、怖さをぶつけ合うのではなく、できる限り穏やかなふりをした。それが正しかったのか、間違っていたのかは分からない。幸いなことに、榛美さんは残桜症から回復した。エイリアス・ヌルがもたらした抗生物質によって。

「そっかあ。白茅ちゃんもそうなんですね」

「ちゃんと自分のペースで助けてーって言いに来れると思うからさ、ちがちゃんは。ちょっとだけ様子見してあげたいなーって、俺は思うかな」

「はい！　見ますよ、わたしは！」

榛美さんが納得してくれた。

「実際のところ、どうなんですかね。魔述って戻るものなんですか？」

訊《たず》ねてみると、パトリト君は首を傾け、ひとさし指をうさ耳に巻きつけた。

「んー……しょーみ厳しいかもね。聞いたことないな俺は。人生がらっと変わっちゃうぐらいの経験したってことだから」

僕は落ちていたくるみを拾いながら、魔述について考えてみた。

ミリシアさんによれば、魔述を動作させるには、なんでも述瑚《じゅつご》というものが必要らしい。これを既知のなにかにむりやり当てはめると、ＭＰだとか、ＩＮＴやＭＮＤのステータスみたいなものっぽい。とんでもない経験をして魔述が使えなくなっても、素養は残っていそうだ。

となると、がらっと変わってしまった世界観や人生観をもとに、再び魔述を編み上げることは可能に思える。

僕が考察を話してみると、パトリト君はうなずいてくれた。

「そだね、原理的に言って。じゃーどんなもんになるかって、それは分かんないけど」

僕も実は、魔述が使える。双方向の翻訳機能みたいなもので、それは異世界に転がり込んだ人間の標準機能じゃないかなあとつねづね不満に思っている。

だけどたとえば、僕が極度の人間不信に陥るようなできごとに直面し、魔述が機能しなくなったとすればどうなるだろう。新しく身に帯びる魔述は、もしかしたら殺戮《さつりく》の嵐が吹き荒れるようなものになってしまうかもしれない。

破滅的な力の奔流《ほんりゅう》には憧れちゃうけど、今あるものを捨ててまで欲しいかって言われたら、それはちょっとね。

「おー、あったあった。これこれ」

パトリト君が、ヤマハゼの幹に巻き付いたつるをぐいっと引っ張った。枯れてかさかさになったつるはぼろぼろに崩れ、パトリト君が手を払うと、葉っぱだったらしいくしゃくしゃのかたまりが溶け残る雪の上に散らばった。

「あ、これが長いもですか」

「そそ、たまーに掘る手伝いしててさこの辺で。けっこうお金になんだよね」

マグロ漁から芋掘りまで、なんでもやってるなあパトリト君。

「知らんおばあちゃんのとこでさ、揚げてもらったの食べさせてもらったなー」

みんなのお孫さんだ。

「おいしいやつなんですか？　からからですよ」

「こいつは根っこを食べるものなんだ。ちょっと掘ってみようか」

かちかちになった地面を、僕たちは木ぐわでさんざんしばき回した。やっとの思いで掘り出した芋は、痩せていて、ひげ根がぼさぼさで、なんだか猿の脚を思わせる小ぶりなものだった。

「まー食えんこたないって感じだね」

パトリト君の寸評から判断するに、この世界の基準でもあんまり良いものではないらしい。

「ちょっと時期がずれてますもんね。あれこれくふうしてみますよ」

来たるべき屋台には、ぜひともほしい食材だ。いっぱい集めておこう。

いいだけ食材をかき集め、戻ってみると、衛川さんは相変わらずぼろ雑巾のふりをしていた。瓶《びん》にはそこそこ樹液が溜《た》まり、いいあんばい。

「よしよし、それじゃあ次に行ってみようか」

「おー！」

パトリト君が元気よく拳を突き上げてくれた。襟を正したくなっちゃうね、まったく。

というわけで僕たちがやってきたのは、いつもの干潟だ。マナさんにばったり出会って、マテガイだのアナジャコだのを捕ったりガタスキーに挑戦したり、ここには良い思い出しかない。

「さっむ！　さっむい！　やべーな！」

ごうごうと吹き荒れる風に向かってパトリト君が叫んだ。テンション上がっちゃうよね、強風。

「あううう」

「榛美さん、マント入る？」

「あうううう」

榛美さんは衛川さんにぴったりくっつき、とんがり耳を両手でやわく握っている。そういえば知り合ったばかりの頃、耳からやたら熱が逃げるので寒さにことのほか弱いと言っていたっけ。

「これは、さっさと切り上げないと命に関わっちゃうね」

砂の上には、潮の満ち干で取り残された海藻が帯になっている。拾って選り分けて、お目当てのものはすぐに見つかった。

「やっぱり、アッケシソウだ。これスジアオノリかなあ？」

「あおのりあるんだこの世界」

榛美さんをくっつけたままで衛川さんが寄ってきた。

「この時期の潮間帯にはぼさぼさ生えているからね。スジアオノリだと思うよ。ほらこれ、ひょろひょろでバイカモみたいだよね」

「なにひとつ分かんないけど多分そうなんでしょうね。へえー、あおのり……お好み焼き……」

衛川さんが連想でおなかをすかせてしまった。

「いいねえ、今度つくっちゃおうか」

からからに干していわゆるあおのりにしてもいいし、生のを吸い物に放ったり、あるいは天ぷらもいい。なにかと便利な香り高い緑藻だ。

「康太くん、こっちの太いのあれじゃない？　呪いのやつじゃない？」

「ああ、これですか」

パトリト君がこわごわつついた緑色の茎を、僕は口にぽこんと放り込んだ。

「うわ食った！　え康太くん食っちゃったよ！　呪われない？」

「んんん……しょっぱくてしゃきしゃきですね。議論の余地なくアッケシソウだ」

海外資本のでっかいスーパーで、シーアスパラガスとして売られているのを見かけた方もいるだろう。こいつは寒い土地の塩性湿地によく生えているヒユ科の植物だ。塩気があってぽきぽきして、なんとなくハーブっぽい香りがするのでサラダなんかに重宝する。

アッケシソウの特徴は、なんといっても紅葉だろう。晩夏から晩秋にかけてのアッケシソウは、さんごのように赤く色づく。名前の由来になった厚岸町《あっけしちょう》では、シーズンになるとお花見できるらしい。

平均気温が下がったことでアッケシソウが優位になり、干潟をまっかに染めたのだろう。知らない人がいきなり出くわしたら、凶兆《きょうちょう》と思いかねない光景ではある。

「先付けに使えそうですね。うん、いいなこれ。塩味えらい」

ここらへんで榛美さんが寒さを忘れ、ふらふら近づいてくるという寸法だ。

「はいどうぞ」

無警戒に開かれた榛美さんの口に、アッケシソウを押し込む。ぽきぽき咀嚼《そしゃく》した榛美さんは、にこにこになった。

「しょっぱくておいしいやつです」

「ね、いいよね」

汀《みぎわ》の緑色、山に生える草と違ってそうそう毒も含んでいないし、拾い食いするのにたいへんすぐれている。ヘカトンケイルにも漁業権はちゃんとあるけど、海藻はけっこうゆるゆるで拾い放題だからね。

「やっぱ康太くんやべーわ」

パトリト君がやや呆《あき》れた。まあ、これ一本で食ってるからねこっちは。

「よしよし、けっこうめどが立ってきたぞ。次に行ってみよう」

「はい！」

「おお」

ごめんねパトリト君、もうちょっとだけ付き合ってください。

「次どこなの」

衞川さんが鼻をすすった。

「移民島《いみんとう》」

「あー……」

衞川さんはあーって言った。

「分かった。行こ」

で、榛美さんをくるんだまま、のそのそ歩き出した。

ヘカトンケイルを構成する島じまのうち、移民島ほどややこしい変遷を辿《たど》ったものもないだろう。

本島と砂州《さす》で結ばれたこの陸繋島《りくけいとう》は、飢饉《ききん》や疫病で故郷から逃げ出してきた移民を押し込めるのに用立てられてきた。移民たちはさして広くもないこの島に木造建築をみっちりと集積し、言葉やしきたりを学ぶひまもなく、うんざりするほどの低賃金と長時間労働にあえぎながらばたばた死んでいった。人類史を見渡せば、いつの時代のどんな場所にもあった光景だ。

なんやかんやあって、移民島はごくわずかな期間、光を浴びることになった。資産家のあいだで移民島への寄付が大流行したのだ。このなんやかんやには僕たちも関わったわけだけど、それはさておこう。

　移民島の方々——とりわけ、管区長であったキュネーさん——は、寄付をインフラ整備にぜんぶ突っ込んだ。危険で、おまけに法律違反でもある木造建築を解体して石造りの建物に建て替え、りっぱな堤防で島を取り囲み、移民に教育の機会を与え、前途が開きかけたところで残桜症《ざんおうしょう》がやってきた。

　悪疫に限らず、社会的ストレスは人をおかしくさせてしまうものだ。ヘカトンケイル市民はいくつもの陰謀論に走った。これは単なる皮肉だけど、明確な悪者を用意して苛烈《かれつ》に責任を追及したり、義憤に身を委《ゆだ》ねてなじったりするのはとても気持ちのいいことだ。残桜症は移民たちがヘカトンケイル市民を全滅させるためばらまいたもの、というのは、陰謀論のうち主要な一つだった。

　だれにも聞こえないところでこっそり怒っているうちは、なんの問題もないだろう。だれだって、とんちんかんな悪口のひとつやふたつ言っているものだからね。

　とはいえ、移民島を襲撃して丸焦げにしてしまうというのは、いくらなんでもやりすぎだ。

　下手人はナバリオーネ・ラパイヨネに射殺されたと聞いている。更にナバリオーネは、私兵とした国営造船所の職員を、護民官の権限で移民島に駐留させた。これはなんだか分からないうちに既成事実化し、後追いで立法された。ひまと健康と血気をもてあました若い男性に、揃《そろ》いのジャケットと使命感と公務員の立場を与えたわけだ。

ヘイトクライムによって生まれた致命的な分断がなにか一つでも解消されたわけではないけど、すくなくとも、二度と付け火されることはないだろう。

「姫様！」

「巫女様《みこさま》！　お久しぶりです！」

「姫巫女様がいらっしゃったぞお！」

波止場に漕《こ》ぎ寄せるなり、熱烈な歓迎が僕たちを襲った。衞川さんは愛想笑いを浮かべ、口の中の肉を奥歯でもごもご甘噛《あまが》みした。

「久しぶりなの？」

訊《たず》ねると、衞川さんはいっそう激しく口の中の肉を甘噛みした。

「その、なんか……気まずくて」

敗血姫《はいけつき》にして戦《いくさ》おとめにして時述べの巫女。それが、移民島における衞川さんの立場だ。とんでもない魔述を操る強大な白神《しらかみ》で、しかもキュネーさんと肩を並べて本島に噛みついた勇敢な戦士なのだ。これぐらい遇されるのは仕方ないし、これぐらい遇されたら気まずいのも仕方ない。

「さっすさっいっきん、最近、どう？」

衛川さんは気の毒なぐらいあたふたしながら、いっしょうけんめい尊大そうな顔をした。

「どうもこうもってとこですがね。まあなんとかやっとりますよ。だれもおれらの網を燃やすひまなんかねえんでね」

「病気は？」

「そりゃあ、ねえ。でも毎年のこってすよ。冬は死んじまうもんですからね。本島の連中みてえに取り乱したりゃしません」

移民の男性はからっと笑った。

「俺たちちゃびびってねえぞ！」

駐留部隊の男が、通りすがりに笑いながら野次を飛ばした。

「言ってやがれ！　腹がいてえってんでまじない師を呼びつけたガキがよ！」

どうやら、駐留部隊と島民のみなさんの関係はそう悪くないようだ。なにごとも、まずはお互いを知ることからだよね。

「それで姫巫女様、今日はどうしましたんで？」

「あ、あー、あー、えと、それは」

衛川さんはちらっと僕を見た。

「こんにちは、今日は畑の様子を見に来たんです。どうですか、あれから」

「やぁー、こりゃ白神さま。どうぞどうぞ、ご案内しますよ」

上陸した移民島には、焼け落ちたあとの焦げた酸《す》っぱい臭いがまだ漂っている気がした。うすく積もった雪が陽光をまぶしく照り返し、焼けた家の基礎をいっそうみじめに輝かせていた。

一方で、燃え残った石造りの建物——これはさる貴族のお屋敷を移築したものらしい。寄付ブーム華やかなりし頃にあった、ポトラッチ同然のばか騒ぎが目に浮かぶような逸話だ——の周囲にはバラックが建ち並び、ぼろぼろのなりをした子どもたちが泥まじりの雪をすくっては投げつけあっていた。

生き延びようと身を寄せ合うくわだては、どんな場所でも変わらないものだ。はしけに乗った僕たちは、樫《かし》の丸太でささやかに守られた砂州《さす》まで連れていってもらった。

「茂ったもんでしょう」

平畝《ひらうね》に等間隔で植えられた作物は、青あおとしたぎざぎざの葉っぱを地面に放射状に広げていた。

移民島では、農業が勃興《ぼっこう》してはただちに滅亡する。

というのも移民たちは浚渫《しゅんせつ》で出た残土やそこらへんの木材をちょろまかし、勝手に畑を普請《ふしん》しては、故郷から持ってきた作物を育てはじめるからだ。知らない土地だからこそ、故郷の食べものに執着《しゅうちゃく》したい気持ちはよく分かる。

とはいえそれは無法なだけでなく、てきめんに危険なふるまいだった。無秩序な建築は潟内《ラグーナ》の水流を阻害し、沼沢地《しょうたくち》や塩性湿地を生み出してしまう。ちょっとでも気を許せば、美しい潟《ラグーナ》は人の住めない一面の泥だまりに逆戻りだ。

というわけで移民たちがこつこつ築いた畑は、たいていの場合、役人に容赦なく破壊された。こうして移民島の農業は、興るなり滅ぼされた、というわけだ。

もちろんこれは、だれが悪いという話ではない。移民たちはそんな事情を知らないし教えてもらってもいないし、どこにどう取り次いでいいのかも分からない。役人は潟《ラグーナ》を守らなければならないし、移民に教育を施すための部署も予算も充てられていない。

「どうぞ姫巫女様。お好きなもんを抜いてみてください」

「あっうぁっあたし？」

すすめられるがまま畑に近づいた銜川さんは、おどおどしながら葉っぱをひっつかみ、ぐいっと引っ張り、

「あぶぁ」

すてーんと尻もちをつきながら、そいつを引っこ抜いた。

「おおー」

銜川さんは、まっしろで太い根っこを、伝説の名剣みたいにかざした。

「大根だ」

そいつは、けっこうしっかり立派な、大根だった。

しばらくぽかんと大根を眺めていた衛川さんは、やがてのろのろ立ち上がり、お尻をぱんぱん叩《たた》き、大根を手に戻ってきた。

「キュネーの遺《のこ》したもんですよ。おれたちの誇りなんだ」

「そう……そうね」

どうしてこの畑が無事に残っているのかといえば、移民島の管区長だったキュネーさんが押し通したからだ。大評議会の審議を通過し、陛下のご署名も賜っている。なにごとも手続きと根回しだね。

「はいこれ」

「ありがとう、衛川さん。ぶつけたとこ平気？」

「いっつも高さ見誤ったり肩幅見誤ったりして体のどっかをなにかにぶつけてんのよ、あたしは」

土のついた大根を、衛川さんから受け取る。

ずっしりと重たくて、ひんやりしている。

「あっ」

衛川さんは僕を見て口を開いて、目を逸《そ》らしてくちびるを結んだ。僕は大根の、ちょっとマンドラゴラっぽく入り組んだところの土を落とすふりをしながら、衢川さんの言葉を待った。

「なっ、こっ、その、これっ、この、大根、大根で、なにか、つくれる？　みんなの、食べられそうなもの」

僕はにっこりした。

「もちろん。僕に任せてくれる？」

「……ありがと、紺屋さん」

「まあ僕はなにしろこれ一本で食ってるからね」

「えなに、いじってんの？」

「ごめんね。衢川さんのおもしろいやつ、気に入ったから押収しちゃった」

衢川さんはぶんむくれてから笑った。

さてさて、それではやっていこうか。

バラック通りにある共同の炊事場《すいじば》をお借りすると、お子さんから駐留部隊の方まで、わらわらと集まってきた。

「料理の白神さまがやるってよ」「ありゃあちげえねえ、ラパイヨネ閣下の最期のお食事を作られた方だぞ」「まじか、すげえじゃん」「ピーダーの、ほら、代替わりしたろ。当代のお抱えだよ。大商人の料理番だぜ」「ふるまってもらえるかねえ。白神の料理なんてもんはねえ」

　わいわいがやがや、寄ってたかってハードルを上げてくる。ぜひともご期待に添いたくなっちゃうじゃないか。

　まずは、スジアオノリ。真水でじゃぶじゃぶ洗ってぎゅっと絞り、かまどの熱風に当てて急速乾燥しておこう。

　乾くのを待っているあいだに、オニグルミの樹液だ。一瓶《ひとびん》ばちゃっと鍋にあけ、火にかける。沸騰するとそうとう派手な勢いでしゅわしゅわとあぶくを噴《ふ》きはじめるので、焦げつかないようじっくりいこう。

　かさが減ってくると、だんだん、森っぽくも甘いにおいがしてくる。へらで鍋の底を撫《な》でて、しばらく跡が残るぐらいにとろみがついたら火からおろそう。余熱と温度低下でちょうどいい固さになるはずだ。

「よしよし、オニグルミあめのできあがりだね」

　僕はちらっと榛美さんを見て、かなり息を呑《の》んだ。いつもだったらひな鳥みたいになっているはずの榛美さんが、口を開いていないのだ。

　榛美さんは決然とした表情だった。なるほどオーディエンスの前で鋼のような自制心を発揮しているんだな。とすれば、声をかけるのは野暮というものだね。

　次の工程に移ろう。拾ってきたくるみの実をとんかちで叩《たた》き割り、たがねかなんかで仁《じん》をこそげる。取り出した仁《じん》は、からからっと乾煎《からい》りしたら粗熱《あらねつ》を取っておこう。

僕は再び榛美さんを見た。決然とした表情はやや決壊しつつあった。

あとで食べようね。

さあ、いよいよ移民島大根の出番だ。剥《む》いた皮は葉っぱといっしょに除けておいて、あとでつくだ煮かなにかにするとして、まずは水気たっぷりのこいつの、はしっこを味見してみよう。

「んあお、おあ、あー、なるほどなるほど。こういう感じか。すごいな」

甘くて苦くて辛くてしゃきしゃきで、はつらつとしている。

「どう?」

銜川さんが、おそるおそる訊《たず》ねた。

「かなり解像度が高いよ」

「そんなモニタみたいに言う?」

「はいどうぞ」

押し付けられたかけらを噛《か》みしめた銜川さんは、顔をしかめてうなった。

「……解像度高いわ。すごいなんか、くっきりしてる。要素が」

「でしょ?」

佐波賀《さばか》だいこんに似てるな。品種改良の奥行きをはっきりと感じる味だ。おそらくは移民のだれかが持ち込んで栽培し、だけど畑が破壊され、その後は野良でひっそり生き延びてきたのだろう。こういう、畑から逃げ出して野生に帰ったものを逸脱種《いつだつしゅ》という。

「康太さん！」

榛美さんが決然としたまま口を開けたので、きれっぱしをえいやと放り込む。

「ふむむむ！　なんか、かいぞうどですね！」

分かってもらえて何よりだ。

高解像度の大根を竹の鬼おろしでがしゃがしゃ砕きおろし、鍋に入れて火にかける。ざっくり混ぜたところに水溶き米粉を加え、塩を一つまみきかせたら、ごくごく弱い火にあてて木べらで練っていこう。例によって、ひとりかふたりの人間がくたびれるまでだ。

しゃばしゃばだった鍋の中身が、だんだんと混ざりあって、ねっちりしてくる。ここでいよいよ、くるみとあおのりの出番だ。

「パトリト君、どうですか？」

「かさついてきた感じあるね」

パトリト君は、実はさっきからずっとスジアオノリを見張ってくれていた。熱を加えすぎるとべらぼうに苦くなってしまうから、なかなか目が離せない繊細な作業なのだ。

「ありがとうございます。乾いたとこを揉《も》み潰して、そうそう、いいですね」

「めっちゃ粉になったわ。ほんでこれ鍋に入れたらいい？」

粉々になったあおのりを、鍋に散らす。どことなく粉っぽい、海のいい香りが寒風にたなびいた。

「ついでに、ちょっと練っていてもらえますか？」

「あいよ、うわ重《おも》っ」

くるみも、ここで入れちゃおう。熱が取れたのを一つかみ、両手で拝むようにがしゃがしゃやって渋皮を外す。粗刻《あらきざ》みにしたのを鍋にざらーっと入れ、練り混ぜる。だいぶしっかり透明感が出てきたら、平たい容器に流して広げ、冷ます。

「できたんですか？　おいしくなりましたか？」

「もうちょっとでおいしくなるよ。楽しみに待っていてね」

榛美さんがにこーっとしたので、僕もにこーっとした。

外の寒さで、あっという間に粗熱《あらねつ》は取れた。平皿から外し、まな板に移す。半透明でぷりぷりしたこいつを適当に切り分けてやる。おひとり様一切れぐらいは行き渡るだろう。

「そろそろ並んでいただきましょうか」

「お、あれじゃん」

パトリト君がうれしそうにした。

「はい、あれです」

「お願いします」

「じゃー列つくってくるね俺！　はい並んでー！」

あれとはもちろん、ビュッフェスタイルのことだ。

かつて僕は、マナ陛下のご提案で干潟にばかでかいビュッフェを展開し、移民島のみなさんに料理をふるまった。今回はそれのかなり小規模な再現だ。どちらかと言えば炊《た》き出しとかスープキッチンに近い気がするけれど、そこはそれ。ビュッフェと言い張った方がなんとなく華やかな気持ちになれるからね。

パトリト君が列整理をしてくれているあいだに、こっちも仕上げにかかろう。フライパンに油を引いて、切り分けたもちを並べる。焼き目がついたら、醤油《しょうゆ》とオニグルミあめをどわーっと注いじゃおう。

ぶわぶわ沸騰して、胸をつくようなアルコールの臭い。次第に、焼けた醤油と糖の、甘くずっしりした匂い。水気が飛んで、てりてりのとろとろになったのをしっかりとからめ、引き上げる。

「お待たせしました！　くるみとあおのりの大根もちです！」

声を張り上げると、歓声が返ってきた。みなさんのノリの良さに支えられて生きていると実感する。

「それじゃあ銜川さん、僕は人数分焼きまくるから、あとはお願いします」

「あ、ここでターン回ってくるのね」

「そんな気はしてたでしょ？」

衛川さんはうなずいて、大根もちの並んだバットを手にした。

「じゃっあっその、これ、これなんだっけなんか料理、配っ配る、から、並んで！　あもう並んでたわ。あああ向いてない、何もかもガバり川」

たどたどしくも、衛川さんは自分の役割を果たそうとがんばっていた。

「あっうめえ」「これ、なんだ、甘くて辛くて」「なんだ！　なんだこれは！」「大根だっつってんだろうがよ、キュネーのよ！」「そうだぞ、キュネーがくれたもんだ！」「そいつをだな、白神さまの料理人がだな」

ほおばったお客様が、さっそく盛り上がってくれている。いやはや、がんばってよかったーって気持ちになっちゃうね。

「康太さん！　どうぞ！」

榛美さんがいよいよ意気揚々と口を開いたので、熱すぎないのを確認してから給餌《きゅうじ》する。

「はぷ」

神妙な表情の榛美さんから、さくさくしょりしょりもちもち、じっくり咀嚼《そしゃく》する音が聞こえてくる。口の中の大根もちを右に左に舌で送って、食感と味のぜんぶを慎重に確かめているのだ。

「おいしいやつです！」

最終的に榛美さんから出力されたのは、とびきりの評価だった。うまくいってよかった。

「これならなんか、屋台のやつもうまくできますね。なにしろ康太さんですから」

榛美さんはいつでも、ほしいときにほしい言葉をくれる。どうしてそんなことができるのか、どうしてそんなことをしてくれるのか、まったくもって信じられないことだ。食べ終えたみつくった分があっという間にはけて、僕たちは後片付けに取りかかった。

なさんは、なんとなく去りがたい雰囲気で感想を口にしあっていた。

「おれぁな、陛下にえびをいただいたんだぜ。恩賜のえびだ」

「やめろよ、年寄りの自慢話はよ！」

移民と駐留部隊が、荒っぽく言葉をやり取りしながら笑っているのを、衛川さんは見ていた。

「仲良くなってんのよね。いつの間にか」

僕の視線に気づいた衛川さんは、口を開いた。

「そうみたいだねえ」

「良いことなのかな」

本島のひとびとは、あらゆる暴力をちらつかせて移民たちを威嚇《いかく》した。移民たちは、怒鳴って喚《わめ》いてそれに応じた。その繰り返しが歴史をつくっていた。

「ちょっと喋《しゃべ》っただけでころっと変わるような仲なら、またすぐに悪化しちゃうかもしれないね」

「そうね。知ってる。そんなことばっかりだった。でも……こつこつやっていくの」

銜川さんは苦笑した。

「ばかみたいでしょ」

僕は首を横に振った。

「それなら僕も聞いたよ」

キュネーさんから、同じ言葉を聞いた。それがせんせいの——カンディード・パングロスさんのくれた言葉であることも。

移民島の財源になりそうなものを探して、僕と榛美さんとキュネーさんは、あっちこっちほっつき歩いた。見出《みいだ》された大根の実を、僕はピーダー閥のパーティだの、ナバリオーネに仕掛けた饗宴《きょうえん》だのに用いた。

大根なんてのは、なんてことはない、ただの農産物だ。それでもキュネーさんは、残桜《ざんおう》症《しょう》に苦しめられて、いつ死んでしまうかも分からない恐怖と戦いながら、役人と切り結んで畑を守った。きっとこれは、未来をつくるひとつの礎《いしずえ》だったのだろう。

「なにができるかな。あたしに」

涙を流すすこし手前で、衞川さんはじっと立っていた。

「魔述も使えないのにね」

衞川さんは、できるだけなんてことないみたいな顔をしていた。

「まあまあ、ないものはない――」

「あるものはある。さすがに覚えたわよそれ」

僕はにっこりした。

「焦ってじたばたもがくと、だいたい状況って悪化するからね。今できることを、今できるだけ。ひとまずは僕の屋台を手伝ってくれる？」

「飲食のバイトだけはしないって決めてたんだけどあたし。絶対にオーダー間違えるしテーブル覚えらんないしお皿割るし」

お、調子出てきたんじゃない？

「だれもが通る道だよ。それに安心して。僕はパートさんにねえ、教え方うまいですねってけっこうほめられていたんだよ」

「うん、まあ、なんか、そこは信頼してる。怒鳴ったり人格否定したりはしないだろうなって」

「ありがとう。それじゃあ、よろしくお願いします」

「よろしくお願いします」

◇

屋台でお出しするものについて、ここであれこれ考えてみよう。

お寿司は一回やったことがある。でも、真冬にはちょっとしんどいよね。おそばは、近隣でソバを育てているところがないから、原材料の入手が難しい。天ぷらも、食用油の確保で引っかかりそうだ。

ラーメンはどうだろう。小麦はあるし製麺は楽しいし、スープもなんとかなると思う。鮮魚系のスープに、全粒粉《ぜんりゅうふん》を使ったぱつぱつの細麺なんか沈めたら、それはもうことだよね。

しかしラーメンには問題がある。歩留《ぶど》まりだ。

もうすこし工業技術が発展した世界だったら、棄《す》てるしかない動物のがらと醤油《しょうゆ》、科学調味料とラードで雰囲気の良いラーメンを仕立てられただろう。しかし僕が住んでいるのは、いままさに物資が窮乏しつつあり、悪疫《しょうけつ》が猖獗をきわめ、おまけにたんぱく加水分解物の発明まであと二世紀ぐらいかかりそうな異世界だ。

こうした状況下で奥行きのあるスープを仕立てようと思ったら、けっこうな量の廃棄物が出てしまうだろう。ついでに言えば、スープを可食部とみなすかどうか、みたいな問題も発生する。歩留《ぶど》まりがよくないわけだ。

「ないものはない、あるものはある。というわけで、おでんをやろうかなーって思い至ったんだ」

「わああ！」

榛美さんが大声と両手をあげてくれた。この無条件の肯定に支えられて今日まで生きて来られた。

僕たちは自宅の厨房《ちゅうぼう》にいて、レンジではばかでかい鍋が煮えたぎっている。悪い色をしたあくがもろもろ出てくるのを取り除けると、茶褐色《ちゃかっしょく》の、なんか、かけらみたいなものが浮きつ沈みつぐるぐるしている。

「牛すじってめっちゃ臭いのね煮てるとき」

衛川さんは鍋からしっかり距離を取っていた。おなかにうっとくるような臭いするよね、牛すじの下ゆで。

あくが出尽くしたところでざるにあけ、今度はたっぷりの醤油《しょうゆ》と焼酎《しょうちゅう》、水でくつくつ煮ていこう。

その間に、だしの準備だ。といっても大したことはしない。まぐろ節《ぶし》とさば節をさっと煮たてるだけ。なんだったらこの工程は省いてしまってもかまわない。

「どれどれ、お、だいぶぷやぷやしてきたね」

牛すじを竹串でつっついてみると、つぷぷ、と沈んでいっていいあんばい。肉は引き揚げ、煮汁はさっきのだしにぶちこんでしまおう。ついでに醬油とオニグルミみつもどばどば足しておく。

なんだかどす黒く、牛すじから出た脂でてらてらする、凶悪な面《つら》がまえの汁ができあがった。

「えっ黒い、おでんって、なんか、金色の感じじゃ……あ！　知ってるこれ、待ってね、待って待って、これ、静岡おでんだ！」

「そうそう、よく分かったね」

「あれでしょあのなんかまぶして食べるやつ！　黒はんぺん！　でかいなると！　へえー！　静岡おでん！　食べたことない！」

白神には、地球のものごとを持ち出されるとはしゃいでしまう性質がある。衛川さんは興奮してちょっと跳ねた。

「どれ、どんなもんかな」

汁を、ずずっとすすってみる。ああそうそう、こんな感じ。べたーっと甘くて、もやーっとしょっぱくて、ぼやーっと酸《す》っぱい。だしの立体感を感じるより先に、くどさが口の中を塗り潰していくのが静岡おでんのつゆだ。

「康太さん！」

「はいどうぞ」

榛美さんは受け取ったさじでスープを呑《の》み、

「ふうむむ？」

なんか、むずかしい顔をした。

「むむむ……」

むずかしい顔のままもうひとさじ。

「むううう？」

更にもう一なめ。

「む！」

なにか気づいたようだ。

「これは、康太さん、なんか、なんか！　なんか、やめられないやつです！」

榛美さんはさじをねぶりながら、ちょっと恐怖を感じたみたいな顔をした。

「そうなんだよねえ」

「ほんとだこれ、なんだろ、食べた後にじわじわずっとおいしい、なんだろこれ、味、脳に効く味がする」

味見した衞川さんも困惑している。味の優劣を超えた先にある中毒性こそ、静岡おでんの奇妙で愉快なおもむきと言っていいだろう。

「秘密はこれだね」

　僕は牛すじを串でつっついてぷるんとさせた。

「静岡おでんは牛すじ肉でだしを引くんだ。これのなにが良いかって、むちゃくちゃな量の脂とコラーゲンを出してくれるんだよ」

「コラーゲン！　膝にいい！」

　衛川さんはまた興奮してまたちょっと跳ねた。それグルコサミンじゃない？

「コラーゲンが粘りを与えてくれるから、つゆがずっと口の中に残る。つまり、牛脂の甘さが居座ってくれるんだ。そのせいで、食べたときに多幸感が尾を引くんだよね」

　付け加えれば、だしを引いたあとのかすかすのお肉もおいしく食べていただける。歩留《ぶど》まりが良いわけだ。

「この汁を煮詰めて、そこに黒はんぺんやばかでかいなるとで魚介のおいしさも乗せていく。しかも汁は再利用できるんだよ。お客様には具だけ提供するスタイルだし、この時期なら沸かせばそうそう傷まないし、どのみちがんがん注《つ》ぎ足していくからね。本当に合理的なメニューだなあって感心しちゃうよ」

　静岡おでんが牛すじでだしを引きはじめたのは、戦後、食糧難の時代のことだという。廃棄される牛すじや地場の下魚を、どうにかおいしくいただくためのくふうが詰まっているのだ。

ヘカトンケイルには牛肉食の文化があるけど、内臓肉はいかもの食いの範疇《はんちゅう》だと聞いている。衞川さんとキュネーさんはうに牛たんをふるまってもらったことがあるらしいけれど、それにしたってパトリト君がただ同然で引き取ってきたものらしい。

「というわけで、ただ同然で引き取ってきたものをいただこうか」

僕は冷蔵庫からピンク色の肉塊を取り出した。

「うわ。肉」

衞川さんがかなり絶句した。

「え、めちゃくちゃ肉なんだけど、どこ?」

「ふわ。肺だね」

「肺、あ、肺……肺って食べるんだ」

衞川さんは自分の胸骨のあたりをいたわるようにさすった。たしかに、肺となるとなんだか生々しさが出てくるよね。

「触ってみる?」

衞川さんは、ふわをおそるおそる指先でつつき、意外な柔らかさにちょっと笑ってからまた自分の胸をさすった。

「そうよね、肺だもんね。なんか、その、酸素をどうこうするところだもんね」

なんらかの納得を得てくれたらしい。

静岡おでんの具材といえば、だれもが黒はんぺんを思い浮かべるだろう。けれども由来を考えてみれば、内臓肉が使われるのは行きがかり上当然だ。実際に静岡では、精肉屋さんがやってる惣菜店《そうざいてん》なんかで内臓肉のおでんが食べられる。

ふわの気管や血管を包丁で掃除してあげたら、ぐらぐら沸かしたお湯にどぼんと沈めよう。胸がむかつくような異臭をふりまきながら、どんよりしたあくがごぼごぼ溢《あふ》れてくることだろう。しっかり耐えて、十五分ほど下ゆでする。

ぐったりと灰色になったうえ、自重で潰れかけてはしっこがひびわれた肺をざるにあけ、かっこよく切り分けるついでにちょっと掃除してあげよう。そしたら串打ちし、だしに沈めて煮る。あんまり煮すぎると溶けて消滅するので注意だ。

不健康な灰色がだしの赤褐色《せっかっしょく》に染まったあんばいで、ふわ串のできあがり。

「ようやく食べものになってくれた感じするわこれ」

「んふふ！　絶対おいしいやつですよ！」

「さあ、ここに静岡おでん特有のあれをやっちゃおうか」

静岡おでんと言えば、なにをおいてもだし粉だろう。これは雑節《ざつぶし》――かつお以外の魚で作った節《ふし》の総称――の削《けず》り粉《こ》とあおのりを適当に混ぜたもので、わけ分かんないぐらいぼさぼさに振りかけてやるのが流儀だ。

「まずはあたし素材の味でいってみぶっ」

この「ぶっ」は、無警戒に牛ふわを噛《か》みしめた衛川さんが、内臓系の臭いにやられてしまったときの「ぶっ」だ。

「おぶ、ぶぐぇっ、んぶぉっ」

口を手で押さえ、目をうるうるさせながら、衛川さんは必死でふわを飲み込んだ。

「これ、なんだろ、ごめんこれあたし無理かも」

「レバーとハツの悪いところを合わせたような味だよね」

「おいしいですよ！　血の味で、なんか、しゃくしゃくです！」

榛美さんは好き嫌いがない、というか、嫌いがないからなあ。しかも食材のいいところをただちに見抜いてくれる。

「そうそう。歯当たりの軽い鶏《とり》ハツってところだね。これに、だし粉をぼさぼさ振ってあげて……はいどうぞ」

だし粉まみれになった串を顔の前に持って行くと、榛美さんはぱくっと食いついた。

「わああ！」

榛美さんは粉を僕にふきかけながら大声を出した。

「ますますですね！」

前歯にあおのりめちゃくちゃついてるよ榛美さん。

つゆに足りないうまみと香りを外付けで強引に確保する荒っぽさも、静岡おでんのひとつの魅力だ。

「これがちょっと、お客さまに受け容《い》れていただけるかどうかは分からないけれどね」

市場調査なんかしていないから、なんでもぶっつけでやっていくしかない。

「うーん、いや、どうなんだろ。あたしそこまで偏食だと自分で思ってないけど、これちょっと喉を通らなかったわ」

どうせならがつやはちのすなんかもやりたいし、黒はんぺんにしたってまずまずくせのある食べものだし、定番のしのだも、考えてみれば変な食べものだ。あれ？　立ち止まって考えてみると、僕はもしかして、ものすごくおかしな方向に手探りで突き進みつつあるんじゃないだろうか？

「紺屋さん……もしかして深く考えてなかった？」

僕はにっこりし、衡川さんは愛想笑いを浮かべた。

一瞬にして空気がめちゃくちゃ息苦しいものになってしまった。これはまずいぞ。底抜けのあほだと思われているし、底抜けのあほだと思われることに正しい理由しかない。

すると、厨房《ちゅうぼう》の扉が開いた。

「おいっすー。康太くんやってる？」

「こうた、なにやら楽しんでおるようじゃの」

「家の外まで匂いがするぞ。私たちも楽しませろ」

奇跡的なタイミングで、市場調査の機会が向こうから来てくれたのだ。

僕は両手を広げ、ヘカトンケイル人を迎え入れた。

「ちょうど試食会をしていたところなんです。よろしければぜひ、お味見していってください」

◇

ところ変わって、僕の家のリビング。僕たちはテーブルに載せた土鍋を囲んでいる。

「うん、佳良《かりょう》である」

牛ふわをほおばったミリシアさんは、目じりを下げた。

「はらわたの味というのは、実以《じつもっ》て、本土の味であるな」

「へえ、文化があるんですね」

ミリシアさんはうなずいた。

「本土に土地を持つ多くの市民と同じく、ディタ兄上もまたうさぎ狩りを趣味としていてな。狩って、焼いて、私たちにふるまってくれた。骨もはらわたも、鳴き声以外は余さず口に入れたものさ」

「ねー。うんまいよね兎《うさぎ》。たしかに似てるわこれ」

たしかにうさぎのレバーやハツは、鶏《とり》のもつみたいで食べやすい。

「なんだ？　どうした、康太」

「康太くん？」

ミリシアさんとパトリト君の顔を、僕は思わずしげしげと見つめてしまっていた。銀色の髪からてろんと飛び出すロップイヤーは、まごうかたなきうさ耳だ。

なんか、その……いいんだろうか。

「嬢？　どうされました？」

ピスフィが、小刻みに震えていた。

両手でがっちり口を押さえ、ほっぺをぱんっぱんにふくらませ、助けを求めるようなうるんだ目でミリシアさんを見上げている。

「分かる」

衛川さんがしみじみとうなずいた。牛ふわを口にしたはいいものの、飲み込むこともできずかといって吐き出すこともできず、にっちもさっちもいかなくなってしまったようだ。

「なんたること！　嬢、ぺーしてください！　こちらにぺーしてください！」

ミリシアさんがマントを差し出した。ピスフィはほっぺぱんぱんのまま首を横にぶんぶん振り、目線を机上のコップに向けた。ミリシアさんは水をなみなみと注ぎ、ピスフィの口もとに持っていってやった。

「んむぐ……なさけない姿を見せたようじゃな」

どうにか水で流し込んだピスフィは、涙を小指でぬぐい、しゃきっと背筋を伸ばした。

「前にもこんなことがありましたっけ。腐乳《フールー》のとき」

僕がちょっといじると、ピスフィは苦笑した。

「あの時分は見栄を張りとおせたものじゃがな」

ピスフィとミリシアさんが、踏鞴家給地にやってきた当日に起きた事件だ。ピスフィは腐乳——豆腐を発酵させた、強烈な臭いと激烈なしょっぱさを持つ大迫力の食べもの——を食べ、もどしてしまった。人前ではなんでもありませんよの顔をして、なんならおいしかったですぐらいのリップサービスを付け加えたあと、外でこっそり吐いたのだ。

考えてみれば、僕たちもけっこう長い付き合い。気を許してもらえているのは、うれしいことだ。

「みどもの口には合わぬが、本島では容《い》れられる味じゃろう。ミリシアの言葉どおり、はらわたの臭みを妙味とする者は多い」

ひとまず安心だ。

「それじゃあ、こっちもいってみましょうか」

鍋から串を引き揚げて、配る。

「すり身か」

「ええ、黒はんぺんです。二種類仕込んでみたんですけど、どっちが良いかなーって思いまして」

はんぺんといえば、さめの肉と山いもを使い、ふわっふわに仕上げたものだろう。一方で黒はんぺんは、あじやさば、いわしなんかの青魚を叩《たた》いて、片栗粉みたいな安いでんぷんでつないで作る。ぺったんこで、魚肉の灰色で、食感はでんぷんのぷりっとした感じが強い。

「どれ、予断はせずに楽しませてもらおうか」

ミリシアさんは二つの黒はんぺんを、まずそのまま食べ比べた。次にだし粉をぼさぼさ振りかけて口にした。もちもち噛《か》んで、水で口を洗って、またもちもち噛んだ。

「分かった。結論としては、酒の有無であろうな」

めちゃくちゃ理解が早すぎてみんなぽかんとしてしまった。

「はい！　くみゃくみゃなのはお酒で、ぷきぷきなのはそのままですね！」

「実以《じつもっ》てその通りであるな、榛美」

その通りなんだ。

「えなに？　パトリト君ついていけてる？」

「まーうっすらと。ちがちゃん、たぶん硬い方が好きでしょ」

「えなんでばれてんの？　顔に出てた？」

衛川さんは自分のほっぺを両手でむにゅっと挟んだ。

「ええと、製法と煮込み時間をちょっと変えてみたんだ」

静岡おでんをあれこれ調べると、時代のどこかで二種類に分化したことに気づく。これを、駄菓子屋系と屋台系、とでも呼んでみようか。

静岡では、本当に思いがけないところでおでんのイートインに出くわす。おにぎり屋さんの店内奥深くに突如としておでん鍋が現れ、そこでいただけるのだ。

おにぎりとおでんなら、取り合わせとしてまあ理解できる。けれどもこれが、やきいも屋さんとなるとちょっと怪しくなってくるだろう。とりわけ意表を突かれたのは、ごくふつうのパン屋さんにおでんのイートインコーナーが併設されているのを見たときだ。

どうやら静岡県民、こと中部のひとびとにとって、おでんは駄菓子のくくりに入っているらしい。学校帰りの子どもたちが、どこかそのへんのお店で気軽に三、四本つまんでいけるものなのだ。

駄菓子屋さんなんてほとんど見かけない時代になってしまったけれど、一部のやきいも屋さんやパン屋さんが、精神的な後継者となっている。知らないところで知らないうちに知らない文化がきちんと保全されているの、目の当たりにするとなんだか感動しちゃうよね。

これが、駄菓子屋系の静岡おでん。具材をそこまで煮込まないことが、ひとつ特徴として挙げられるだろう。すでに味のついたおでんを、保温したお鍋に逐次投入していくかただ。

一方で、夜の静岡には、赤ちょうちんが軒を連ねるおでん横丁が散見される。ここでいただけるのが屋台系のおでん。しっかり煮られたおでんはつゆを吸ってまっくろで、わりと苛烈《かれつ》に甘じょっぱい。また、ものすごい量のかつお節《ぶし》を使ってみたり、醤油《しょうゆ》をいしるで代替したり、はたまた関西系のだしにしてみたり、つゆに多様性があるのも屋台系の特色といえるだろう。ひとりでも多くの酒飲みを誘引しようと、店主さんが日々努力を重ねているわけだ。

「駄菓子屋系の黒はんぺんはつなぎを多くして、塩のかわりに醤油を使ってみたんだ。食べやすかったでしょ？」

「めっちゃおいしかった。ぷりぷりで。あたし練り物で感動したのはじめてかもしれない」

「ぷきぷきでおいしかったです」

「ふたりともありがとう。それで屋台系の方はつなぎを控え目にして、小骨もいっしょに叩《たた》いたからね。柔らかいし、味も入りやすい。こっちは時間を取って煮たんだ」

「くみゃくみゃでおいしかったです」

「よく煮られ、青魚の匂いも好ましい。叩《たた》かれた骨も歯に快いものじゃ。ヘカトンケイル人はこちらを望むことじゃろう」

「しかし、青魚を下賤《げせん》とする向きもある。酒の有無というのはそういうことだ」

ちょっと乱暴で品のない料理でも、お酒に合うなら受容されるってことかな。

「時間帯かお酒のありなしか、はたまた名前を変えて併売するかってところですね。楽しくなってきたぞ」

この世界のひとびとに静岡おでんのよさを知っていただける、またとない機会だ。なんの関係者でもないけど。

「細部をここまで詰めているのであれば、無用な心配でありましたね、嬢」

「うむ。こうたは経営者じゃろう。手助けになれればよいと、もとよりその一心のみじゃ」

ピスフィとミリシアさんが顔を見合わせてにこにこした。どうやら心配になって来てくれたらしい。ありがたくも心強いことだ。

「じゃが、訊《たず》ねるだけはしておこう。集客についてはどうするつもりじゃ？」

「あえ？　あー？　あー……あー」

「紺屋さん……もしかして深く考えてなかった？」

僕はにっこりした。衛川さんは愛想笑いを浮かべた。隣でパトリト君も愛想笑いしていた。ピスフィは目をまんまるにしていた。

「なるほど。これはあなたの世界のことわざで言う、鬼の攪乱《かくらん》というやつであるな」

意味はともかくニュアンスは分かる。自己資本で開業した居酒屋店主が、立地評価も売上予測もなしに事業をキックオフしようとしているのだ。

これはまずいぞ。底抜けのあほが考えなしに自滅しつつあると思われているし、底抜けのあほが考えなしに自滅しつつあると思われることに正しい理由しかない。

「ねえほんと大丈夫？　紺屋さんなんかどっかバグってない？」

おいしさは味のみによって決まるものではない。居酒屋店主として忘れちゃいけない心がけだ。これは要するに、食べもの以外のあらゆるものにも目配りしろ、ということだ。

色合いのいいお皿、ぴしっとしたメニュー表、がたつかない椅子にきれいなテーブル。なめらかに滑る引き戸、掃除の行き届いた店前《たなさき》、ぱりっとしたのれん。まだまだカメラを引いていって、商圏まで検討しなければならない。当たり前のことだ。

「バグってるね」

認める他なかった。それもぜんぜん笑えない種類の、ただただプレイヤーを不愉快な気分にさせてくるグリッチだ。

「でも康太さんなんですよ」

榛美さんが僕を弁護してくれた。

「ありがとう、榛美さん。でもこれは、なんていうか、けっこうしっかりまずい事態なんだ」

「康太さんなのに？」

それがなにを担保するのかはまったく分からないけれど、ものすごいまっすぐな目を向けられると説得力を感じてしまうのでやめてほしい。

「であれば、みどもらのまったく潔《きよ》き手助けの気持ちが無駄にならず幸いじゃな」

ピスフィが皮肉で僕を殴ってきた。

「先般、ロンバルナシエのさる劇団より申し入れがあったのじゃ。王立ヘカトンケイル劇場にて、催しものをしたいと」

「へぇえ？　それはまたなんというか」

「悪疫にふたがれた市民の精神生活を救いたいと、実にありがたい話じゃな。まったく潔き手助けの気持ちじゃよ」

「ピスフィは、あんまり賛成していないんですね」

うむ、と、ピスフィは首肯《しゅこう》した。

「残桜症《ざんおうしょう》は弱毒化し、死者数は漸減《ぜんげん》しておる。いずれ経済の歯車を回しはじめる必要はあるじゃろうが……」

「頭打ちになった感染者数が、また増加に転じるかもしれませんものね」

揺り戻しへの警戒感は、たしかに正しいといえる。悪疫がいったん勢いを緩めるなりひとびとがわあっと外出を始め、死亡週報の数字を前週の何倍にも膨れ上がらせた事例というのは、歴史にいくらでもある。

「じゃがの、それだけではないのじゃ。演目に引っかかっておる」

「といいますと？」

異世界人が聞いたところで理解できないだろうけれど、とりあえず話を継いでみる。

「マクベスじゃ」

「おー……」

僕はおーって言った。なにかの聞き間違いでなければ、シェイクスピアのマクベスだろう。まさか異世界でも現役だとは、さすがイングランドが誇る不世出《ふせいしゅつ》の作家だ。

「忘れたか、康太。われわれは白神のもたらす積荷《つみに》にすがって歴史を歩んできたのであるぞ」

ミリシアさんがやや皮肉めいた。

「文化も同じってわけですね」

科挙《かきょ》だの十字軍だのはたまた病原菌だの、この世界は白神の持ち出しで作られているといっても過言ではない。青銅器時代から今日《こんにち》のヘカトンケイルまで、わずか五百年しか経過していないのだ。

それ以前の時代についても、似たような推移があっただろう。雰囲気のある石をうまく叩《たた》き割ると斧《おの》になることに昨日とうとう気づいた人が、翌月には敵対する相手を鉄のやじりで射抜いていたかもしれない。地球では考えられない規模のリープフロッグが、白神の手によって、あっちこっちでたびたび起きまくった結果だ。

なんで異世界人が白神と呼ばれるのか、あらためておさらいしておこう。最初期にやってきた異世界人が、カーゴカルトというある種の宗教を模倣したものだと僕は考えている。

ものすごく平たく言うと、神様らしき存在であることを自称、ないしはほのめかした。白神の知恵だの技術だのが積荷と呼ばれているのも、カーゴカルト、すなわち積荷信仰から来ていると思えば筋が通る。

今でも僕たち異世界人は、どこに行ってもなんだか隅に置けないような扱いを受けている。これがまあべらぼうに気まずいので、余計なことをしてくれたものだとうっすら恨んでいる。

それにしても、シェイクスピアとはなあ。ソフォクレスもチェーホフもライオンキングもどこかの小屋でかかっていそうだ。

「それで、マクベスの何が問題なんですか？」

「王殺しの話じゃからな」

マクベスをおおざっぱに要約すると、先王ダンカンを暗殺して王様になったマクベスが、いろいろあって斬殺される話だ。ひとつの物語の中で二回も王様が死んでいる。

「たしかに、こう、不敬な感じはしますね」

市民はマナ陛下のことを素朴に慕っている。悪者探しに火が付きやすいこの世相だ。うかつなものを上演すれば、暴動が起きて劇団員がずたずたにされるかもしれない。

「ヘカトンケイル向けの翻案がされると聞いておる。杞憂《きゆう》であればよいのじゃが」

「どうなんでしょうね、大丈夫だと思いますけどね」

マクベスには、王様の資質について議論するくだりがある。そこでは、イングランドのエドワード懺悔王《ざんげおう》が、瘰癧《るいれき》にかかってしまったかわいそうな患者を祈りで癒したことが語られる。イングランドの箱でかけるお話だから、うちの王様こんなに徳を積んでるぞ、という挿話が入るわけだ。異世界マクベスにも、その手の配慮が行き届いているのだろう。

「嬢の懸念について無視はすまいが、これは避け得ぬ一手でもある。残桜症《ざんおうしょう》の顔色を窺《うかが》っていた資産家連中に、本島帰還の言い訳を与えてやれる機会であるからな」

「市民生活の救いだけではないってことですね」

「諸外国への示しにもなるじゃろう。ヘカトンケイル健在なり、とな。損と益とを建てて並べて、益がどうしても上回る。それゆえみどもは、反対しなかったのじゃ」

直感よりも理性を信じる、ヘカトンケイル商人らしい判断だ。劇団員がずたずたにされないよう祈ることしかできない。

「いずれにせよ、これはスプレンドーレ島の決定じゃ。と、これが今日の本題じゃな」

ピスフィが急に話を締めくくったので、僕はややぽけっとした。するとピスフィは、呆《あき》れたように鼻を鳴らした。

「厳冬が血の巡りを悪くさせたようじゃの、こうた」

皮肉で小突かれて、ようやく僕はピスフィの言いたいことを理解した。

「あ、あー！　なるほど、劇場にいらっしゃるお客様を屋台で拾えっていう話ですね！」

どうやら雇用者の身上が板につきすぎて、経営判断がなにもできなくなっている。こんなことになるんだったら大学院でMBAを取得しておくんだった。

「まーまーそんなほら、いいじゃん！　いけるっていけるいける！　康太くんだしさ！」

「なにしろ康太さんです」

パトリト君と榛美さんが、二人がかりではげましてくれた。

「ふっ」

二人がかりでぽやぽやするパトリト君と榛美さんにあてられたのか、ミリシアさんが、くつろいだ表情になった。

「あなたの瞠目《どうもく》すべき姿を忘れてしまいそうだよ、康太。牽《ひ》くべき屋台の用意まで欠けていそうだぞ」

「あ！　ああー……」

「なんだと」

さすがのミリシアさんも、四秒ぐらい言葉を失った。腕を組んで天を見たり、うさ耳を指にくるくる巻きつけたり、いっしょうけんめい言葉を探してくれてから、

「あなたのなりわいが商人でなかったことは、どうも幸いに思えるな」

心胆寒《しんたんさむ》からしめる皮肉で僕の心をめためたに叩《たた》きのめした。

「お屋敷の倉庫に、使えそうなものが死蔵されておる。後で運ばせよう」

「本当にすみません、ピスフィ。助かります」

おんぶにだっこでおまけに紐のぐるぐる巻きだ。自身の無能に戦慄《せんりつ》してしまう。

「パトリト君」

「うん」

「あたしたちでサポートしよ。できるだけ」

「そだね」

衞川さんとパトリト君が、類を見ないほどしかつめらしい顔でうなずきあった。頼れる仲間に支えてもらって心からありがたい。

「康太さんなのになあ」

ひとり榛美さんだけが、ここまでずたぼろにばかをさらした僕のことを信じてくれてい

た。なにがあろうと、この信頼だけは裏切ってはいけない。

とにかく、今できることを、今できるだけ。

◇

外から聞こえてくるのは、雪のかたまりがひさしからずり落ちたときの、ぱさっという音だけだった。

榛美さんは庭へと続くガラス戸に額をくっつけ、降りこむ雪と鈍色《にびいろ》に荒れた海をじっと見ていた。

「ずっとですねえ」

困った顔をこっちに向けた榛美さんは、きんきんに冷えたおでこをてのひらであっためながらとことこ歩いてきて、僕の隣に腰を下ろした。

「止《や》む気配がないね。困っちゃったなあ」

「雪って、おっきいのに静かです」

「雪は音を吸っちゃうんだってさ。変な感じだよね」

「誰もいなくなっちゃったみたいです」

世界が終わったあとみたいな雪景色が、ここしばらく続いていた。気温はどんどん下がっていって、あたりはどんどん静けさを増していった。

「よし、いい感じ」

僕は仕上がったものを窓からの光にかざし、できばえをたしかめた。

「できたんですね！　赤い！」

「うん、けっこうちゃんと赤ちょうちんになったんじゃないかな」

木型に竹の骨を張り、そこらへんの雑草で漉《す》いて赤く塗った紙を貼り合わせ、赤ちょうちんを作ってみた。防水のために蝋《ろう》を引いたので、見た目はなんだかてかてかしている。

「これはなんて読むんですか？」

榛美さんは、ちょうちんの文字に目を留めた。すすから作った墨で、ばちっとレタリングしてみたものだ。

「十祭《じっさい》」

「あれえ？　それ、なんか……康太さんの！　康太さんの居酒屋です！」

かつて僕は、知人のつてで借りた格安居抜き物件でほそぼそと居酒屋を営んでいた。そのとき掲げていた屋号が十祭だ。ビールの祭典オクトーバーフェストにならったもので、あちこち歩いて知り合ったブルワリーさんのクラフトビールをずらっと並べていた。

「ビールはまだちょっと、お出しするのに時間がかかっちゃいそうだけどね」

坪単価や販売管理費に頭を抱えていたのも今は昔。長年の雇用者生活がたたって、僕がすっかりふぬけたあほになってしまったのは周知の通りだ。ここはひとつ、経営者時代の剣呑《けんのん》な雰囲気を取り戻していきたい。この赤ちょうちんには、そうした決意が込められている。

「さてさて。雪が落ち着いたら出ようか」

おでん屋台十祭、いよいよ今日がオープン日だ。ご来店いただいたお客様には、山ぶどうで仕込んだホットワインを一杯サービス。こいつはがっしり渋く、ずしんと旨味が響いて、あんがいおでんに合うお酒になってくれた。

午後が近づくと、雪が弱まった。僕たちは外に出て、玄関口に停めた荷車の、幌《ほろ》に積もった雪を払った。

「さあ、行こうか」

「はい！」

僕が梶《かじ》について、榛美さんは後ろから荷車を押して、僕たちは街路をのろのろ進んだ。石畳の道はあちこちこんもり積雪していて、そうでない場所はかちこちに凍っていた。

「気を付けてね、榛美さん」

「わたしには力がありますよ」

声をかけると、たのもしい返事があった。たしかに榛美さんは、けっこう並々ならぬ力を持っている。僕なんかはおそらく一ひねりにされてしまうだろう。いやあ女性には敵《かな》いませんなあ。みたいなことではなく、グローブをつけてケージの中でしばきあったら間違いなく一分以内にノックアウトされてしまうだろうという、生物的な格の違いの話だ。

百メートルも進まない内に汗が噴《ふ》き出して、腕が熱を持った。積み込んだ荷物は百キロをくだらないだろう。木製のタイヤで雪道を往《い》くのに、人力では相当心もとない重さだ。

「ねえねえ康太さん！　なんか、なんか……楽しいですね！」

「重たくない？」

「なにしろ力があります！　なんか、でも、だって、康太さんといっしょですからね！　んふふ！」

そう言われたら僕もなんだか前向きになってきた。

「こういうのも悪くないかもね。屋台を引いて、あっちこっちでごはんとお酒を出すのって」

「わああ！　それは絶対に楽しいやつです！　それは、なんか、なにしろ康太さんといっしょですからね！」

未来を空想してたら、なんかどんどん楽しくなってきちゃったぞ。榛美さんと気楽にあちこち旅をして、無責任に屋台を出して、お客さまによろこんでいただく。将来設計としては完璧だ。

「でも、今はおでんですね」

「そう、今はおでんだね」

こんなことになんの意味があるのか問われたら、僕はなにも答えられないだろう。だけどとにかく、今はおでんなのだ。

住宅街を抜けて橋を渡ると、ヘカトンケイルモールが見えてきた。崩壊したのは本島の東側にある本館で、大運河を挟んだこちら側の西館は無事だ。王立ヘカトンケイル劇場も西館にある。

「おー、おつかれー」

西館正面口前の広場をぐるっと回ったところで、シャベルを担いだパトリト君と落ち合った。

「大変だったでしょここまで。設営するとこ雪かきしといたよ」

「ありがとうございます、助かりましたよ。衛川さんは？」

「あっちでへばってる」

衛川さんは、へばっていた。

壁に背中を預け、立てたシャベルに肘を預け、ぐったりとうなだれていた。

「白茅ちゃん、だいじょうぶですか？」

「どんとこいよ」

衛川さんはうなだれたまま強がった。

「お疲れさま、衛川さん。設営するから休んでていいよ」

「いや、この、最初、最初から参加しておかないと、致命的に、遅れるから。分かるでしょ。のろま、初動をミスったら、取り返し、が」

喉をぜろぜろ鳴らしながら自己卑下しようとしている。あまりにも筋金入りだ。

「そっか。それじゃあお願いしちゃうね。みんな、今日からよろしくお願いします」

壁ぎわに横づけした荷車の、左右にひさしを張り出し、つっかえ棒で支える。壁側が調理スペース、開けた側がお客さん用だ。

お客さん用スペースに椅子を並べ、ひさしから三方ぐるっと透明なビニールカーテンを垂らす。風雪対策だ。幸いここは風裏だけど、これ一枚あるのとないのとではやっぱり寒さがまったく変わってくる。ピスフィが気前よく貸し出してくれたもので、たぶんヘカトンケイルでは一枚につき家一軒分ぐらいの価値があるものだろう。

調理スペース側のひさしには、木枠に合板を張った壁を立てる。枠の一部は板を抜いてあり、ここに棚を差し込んで食器やらなんやらを並べられるようになっている。

壁にはメニュー表をぺたっと貼り出す。僕が文字をレタリングし、榛美さんが絵を添えてくれたものだ。なんというか、味のあるものに仕上がった。

さて、肝心の調理器具だけど、こいつは既存のものがなかったので什器《じゅうき》を自作した。といっても、難しいことはしていない。腰ぐらいの高さのテーブルの天面をえぐり、ステンレス製の槽《おけ》――これまたピスフィにお借りしたもので、たぶん男爵領一個分ぐらいの価値がある――をずぼっと差し込んだだけ。ステン槽《そう》の真下には七輪を配してある。

「それじゃあ榛美さん、いくよ、いっせーの、せ！」

「せ！」

僕と榛美さんは、ふたりがかりで持ち上げたかめをステン槽に向かって傾けた。流れ落ちたどす黒い液体が、あっちこっちに跳ね飛びながら槽を満たしていった。

「よしよし、感じが出てきたぞ。こうなっちゃえばおでん鍋だ」

「康太さん、火はつけますか？」

「そうだね、もうあっためちゃおうか」

「はーい！」

榛美さんはテーブルの下に潜り込んで、七輪と向き合った。

「炎よ、炎――」

魔述を謡《うた》い、火が点《とも》る。プロパンガスもIHヒーターも無い異世界に、ぶっとんだ魔述師の榛美さんがいてくれるのは幸いなことだ。火勢を自在に操る焚《く》べる魔述で、燃料さえあれば弱火も強火も思いのままなのだから。

七輪の熱を受けて、つゆがゆっくりとあたたまっていった。ビニールカーテンを貫いた鋭い寒風が、熱を浴びて面食らい、穏やかな湯気に転じた。

あたたまったつゆの表面に、ゼラチン質の薄膜が広がっていった。醤油《しょうゆ》と脂の、おなかにずしんと来るようなにおいが湿度とともに屋台を満たしていった。

あらかじめ仕込んでおいたおでんだねを、鍋に沈めていく。牛すじ、牛ふわ、牛がつ、黒はんぺん、白はんぺん、ソーセージ、大根、じゃがいも。どれも串に刺してあるのが静岡おでん流だ。

変わりだねには、干潟で拾えるつぶ貝、たこ、ぎんなん、それから焼《や》き麩《ふ》も入れてみた。金沢おでんではごく一般的なおでんだねだ。水分をべらぼうに吸うので、静岡おでん用のつゆに入れるとすさまじい色合いになっておもしろい。

営業しながらあんばいを見て足し引きするとして、初日の具材はこんな感じ。さあ、どうなるだろうか。

「だいたい準備も終わりだね。みんな、おつかれさま」

「あったか……あったかすぎるここ」

銜川さんが鼻をすすり、椅子に座ってテーブルに突っ伏した。

「お疲れさま、銜川さん。はいこれ、いちご水」

シロップ煮にしたふゆいちごを、レモンの果汁で色止めし、浄水で割ったものだ。

「えそれ待って、赤毛のアンのいちご水？」

「そうそう、間違えてワイン呑《の》んじゃうやつね」

「実在したんだいちご水！　やば！」

いきなり元気になってくれた。白神の習性を利用したかたちだ。

「康太くん、確認してきたんだけど、こっちちゃんと水出るよ」

「うわっ忘れてました、ありがとうございますパトリト君」

屋台の設営場所近くには、貯水槽に直結した蛇口がある。真水を使い放題というわけだ。もちろん屋台の設営許可はピスフィが出してくれた。おんぶにだっこの紐《ひも》でぐるぐる巻きにされて柵《さく》の付いた赤ちゃんベッドに寝かされている。

あたりはすっかり薄暗くなっていた。設営完了まで、だいたい一時間半といったところか。作業に慣れれば四十分ぐらいに短縮できるだろう。

ひさしの内側に吊《つ》るしたランタンと、外側に吊るした赤ちょうちんに火を入れる。

十祭へカトンケイル店、本日これよりオープンです。みなさまのご来店を、心よりお待ちいたしております。

「やっているな」

と、最初のお客さまがビニールカーテンをくぐった。

「ミリシアさん！　あ、いらっしゃいませ一名様でよろしかったでしょうか敬語ガバリ川！」

動転しながら立ち上がった衛川さんに、ミリシアさんは、そのまま座っているよう手ぶりで示した。

「いらっしゃい、ミリシアさん！　お酒もおいしいやつもありますよ！　これはなんか、お客さんにあげるやつです」

榛美さんが、鍋で湯せんしていたホットワインをカップに注ぎ、カウンター越しに手渡した。

「ありがとう、榛美。うん……佳良《かりょう》であるな。凍った我が身を溶かすようだ」

ホットワインをなめたミリシアさんは、什器《じゅうき》を挟んだ榛美さんを見て、なにか思い出したように微笑《ほほえ》んだ。

「なんかしましたか？」

「懐かしんだのさ。あなたがはじめて、私に酒を供したときのことを」

榛美さんはただちにしょげかえった。ミリシアさんは榛美さんの接客態度に激怒し、あわや抜刀というところまでいったのだ。

とはいえ、これは悪い噛《か》み合い方をした事故とでも呼ぶべきものだった。榛美さんは気合の入った人見知りだし、やっていたのは居酒屋とは名ばかりの寄合《よりあい》だった。ミリシアさんは、長旅と知らない土地のストレスでかりかりしていた。

そこに僕がさっそうと割って入り、事態をいくらかややこしくしたことについては議論の余地がない。

「私は私の非を認めたはずであるぞ、榛美。まだ思い出話にはできないか？」

「あの、その、怖くて、あのときは。なんか知らない人で、あ、でもね、今はぜんぜんなんですよ」

榛美さんは喋《しゃべ》りながらあっという間に元気を取り戻していき、

「なにしろミリシアさんですからね！」

最後にはにっこりした。

「今このときも、我が非を認めたい気分だよ。あなたたちを悪疫のまっただなかに連れ出したのは、実以《じつもっ》て、私が負うべき責だ」

ミリシアさんはちょっと前のめりになって、おでんだねに目を落とした。

「しかし、気づまりなだけの謝罪はすまい。この火急にあなたたちがいることを、私も嬢も心強く思っているのだからな。康太、じゃがと黒はんぺん、それから牛すじを頼む」

「ええ、少々お待ちください」

お皿に盛ったたねに、ミリシアさんはだし粉をたっぷり振りかけた。黒はんぺんにかぶりついて、じっくりと味わった。

「うん……………うまい」

実直な一言は、いちばんのほめ言葉だ。

「ありがとうございます」

じゃがいもを、牛すじを無言で平らげたミリシアさんは、ホットワインを静かに飲み干した。

「そういえば、ピスフィは？」

ミリシアさんは体をかたむけ、ヘカトンケイルモールをまなざした。

「マクベスの初演に、招待されてな。例のふざけた貴賓室でシェイクスピアを楽しむのであろうさ」

ふざけた貴賓室があるんだ、王立ヘカトンケイル劇場。どんなにふざけているのかめちゃくちゃ気になるな。

「楽しむ、ですか」

「実以て、嬢の胸さわぎは捨て置くべきものではないものだ。見えぬ点を線と結んで絵図となす力こそが、嬢の特質であろうからな」

「事前にこう、脚本見たりしなかったの？　はいこれおかわり」

パトリト君が、空のカップにホットワインを注いだ。

「ナバリオーネであれば、躊躇《ちゅうちょ》なくそうしたであろう。気に食わなければ、銃だのこん棒だので脅しつけもしたろうさ」

「そか。難しいねーそのへんは」

検閲をするまいと、スプレンドーレ島は決めたのだろう。ヘカトンケイル商人にとって、自由は誇りであり寄る辺でもある。他人の自由を奪うことは、自らの自由を手放すことと同じだ。どうかがんばっている劇団員がやつざきにされたりしませんように。

「やあ、これはどういう催しですか？」

身なりのいいおじさんが、ビニールカーテンをめくって顔を突っ込んできた。

「いらっしゃいませ何名様でしょうか！」

動転した衡川さんが立ち上がって絶叫し、おじさんは仰天してから笑顔になった。

「一人ですよ、威勢の良いお嬢さん」

すごい、なんか、紳士だ。

「あっかっそっおそっそっお好きな席にっ」

紳士は椅子に腰かけると、屋台を見回した。

「あなたもマクベスか、パオロ・パルータ」

「これはミリシア・ネイデル。スプレンドーレ島でのご活躍は耳に入ってきてますよ。ええ、まさに、無聊《ぶりょう》のなぐさめです。男やもめなんてのは、息を吸って吐く他にやることもないもんで」

ミリシアさんは顔をしかめ、うつむいた。

「そうか……それは、気の毒であったな」

「死に目に会えたんですから、まだしも幸いだと思わなくちゃあね。ご主人、ええと、ミリシア・ネイデルと同じものを」

「はい、じゃがいもに黒はんぺん、牛すじですね。お待たせしました」

「あの、なんか、お客さんにあげてるんですけど、ホットワインですけど、いりますか？」

榛美さんが、お客さまに、おっかなびっくり声をかけた。紳士はにっこりして杯を受け取ると、鼻先で湯気をくゆらせてから傾けた。

「自家醸造ですかね。母が、秋になると仕込んでいたのを思い出す味だ」

なんだか痛切にも見える笑顔で、お客さまは山ぶどうワインを味わった。

杯を干して、牛すじの串に手を伸ばした。

食べて、目を閉じ、鼻から息を吐いた。

「ワインを、もう一杯いただけますか」

黒はんぺんをかじって、あたたかいお酒をなめる。じゃがいもは、半割にしたのをほおばって、思いがけない熱さに息を吐きながら、口の中で転がす。

取り皿に串を並べて、頬杖《ほおづえ》をつき、口もとをゆるめる。

「ありがとう、ご主人。人間の食事というものを、久方ぶりにした気分ですよ」

僕は黙って頭を下げた。

「隣に移ってもかまわんか」

ミリシアさんが訊《たず》ねると、お客さまはすこし戸惑ったあと、困惑を恥じるような鷹揚《おうよう》さで椅子を引いた。それから二人は、共通の知人の名前を挙げては、安否と所在について語り合った。

「パオロ！　パオロ・パルータ！　ヘカトンケイルに比類なき史官が、掘っ建て小屋から歴史を見守っているじゃないか！」

ビニールカーテンをしゃーん！　と開いて、新規のおじさんが現れた。冷たい空気が屋台の中をぐるぐる駆け巡り、新規のおじさんはぺこぺこ頭を下げながら慌ててカーテンを引いた。

「いらっしゃいませ！　おてぃと、お一人さまですか！」

衛川さんがだいぶ手慣れてきた。思ったより飲食向いてるんじゃない？

「ここがなんだか見当もつかんが呑《の》めるものと食えるものを頼む。さあパオロ、生きての再会だ！　ともあれ酒だよ、止まっちまった舌に喝《かつ》を入れんと！」

「もちろんです、ガスパロ・コンタリーニ」

新規一名さまはパオロさんの隣にどかっと座ると、榛美さんが差し出したホットワインをかぱっと空け、二杯目にカイフェの焼酎《しょうちゅう》をオーダーした。

お話を伺っていると、お二人はどうやら役人だったらしい。だった、というのは、ナバリオーネが護民官を名乗りはじめたあたりで辞職したそうだ。

史官であるパオロさんは、いんちきまみれの――しかし、国家への忠誠心を掻《か》き立ててはくれそうな――歴史記述を要請されて。ヘカトンケイル大学で修辞学の教官をしていたガスパロさんも、似たような経緯で。

ガスパロさんがけっこう一方的に喋《しゃべ》り、呑み、パオロさんはにこにこしながら相づちを打ち、二人はしばらく、ごはんとお酒に興じた。

「なあ大将、ありがとう、ありがとう！　友との語らいを、生涯のうちに取り戻せるとは！」

「ありがとうございました。またのご来店を」

「もちろんだとも！　パオロ・パルータ！　それからミリシア・ネイデル！　そしてわれらが大将！　嘘《うそ》いつわりなく、おれたちこそがヘカトンケイルの篤実たる市民というものさ！」

べろべろに酔っぱらったガスパロさんは、涙ぐみながらばかでかい声で叫び、パオロさんと連れだって劇場に向かった。

「元気ですねえ」

榛美さんが、去っていく二人の姿をにこにこしながら目で追った。

「あれこそが市民生活であろうさ。友と語らい、食事を愉《たの》しみ、去りがたさを胸に抱いて家路に就く。酒宴の余韻は、明日への活力となるものだ」

「ゆたかなれ、だ」

パトリト君の言葉に、ミリシアさんはにっこりしてうなずいた。

「そうだ、パトリト。私たちにかけられた、始原の呪いだ」

ミリシアさんは、僕に目を留めた。

「なあ、康太。あなたは私が見初《みそ》めたとおり、すぐれたまじない師であったな」

あれこれじたばたして、色んな人に途方もなく迷惑をかけて、なんだかわけもなく屋台をはじめてしまった。

こんなことになんの意味があるのか問われたら、僕はなにも答えられないだろう。

だけどとにかく、今はおでんなのだ。

空は寒く冬となり、ここは、あたたかい。

ビニールカーテンを、だれかがめくった。ご新規三名さまが、やや当惑した表情を僕たちと屋台に向けていた。

「いらっしゃいませ!」

僕たちは、声を揃《そろ》える。

第二十四章　ゆきわたりてむぎいづる

王立ヘカトンケイル劇場は、ヘカトンケイルではじめて――すなわち、この世界ではじめて――建設されたオペラハウスだ。収容人数は千五百人。立ち見の平土間、全周型の三層に積まれた観客席、平土間に突き出すかたちの張り出し舞台を持つ。これらはヘカトンケイルモールの設計にかかわった白神が、この地にグローブ座を再現せんとたくらんだものだ。

しかし、なにごとも合理を好むヘカトンケイル人は建築段階で勝手に手を加えた。まず屋根を足した。次に可動式のオーケストラピット、舞台と客席を区切るプロセニアムアーチ（これまた可動式だ）、更には震えあがるほどラグジュアリーな貴賓室を盛り込んだ。使途も収入も増えるということでヘカトンケイルモールのステークホルダーはおおいに満足し、設計にかかわった白神は失意のうちに都を去った。その後の行方は杳《よう》として知れない。実に、ヘカトンケイル性を象徴する逸話だ。

貴賓室は舞台の真正面、二階と三階をぶち抜き、かてて加えて寝室と観覧用バルコニーのスイートになっている。というのも建設の際、度外れた恥知らずが度外れた金を積んで宿泊することを見込まれていたからだ。設計にかかわった白神が火を放たなかったのは幸いなことだと言える。

ナバリオーネが劇場の封鎖を命じて以来、はじめて解放された貴賓室には、かびの臭いが立ち込めていた。湿っては乾きを繰り返したクロスはみじめにでこぼこし、あちこちに輪じみを作っていた。絨毯《じゅうたん》の毛足には、からからに乾いた虫のたまごやさなぎの殻が残っていた。

「このようなありさまでして、心より申し訳なく思います」

ピスフィをここまで案内した劇場支配人は、ふかぶかと、しかし力なく頭を下げた。

「立ち見でかまわんのじゃが」

「先方のパトロンが、どうしてもピスフィ様をこちらにお招きしたいと」

あたたまりきっていない室内で、支配人は緊張と狼狽《ろうばい》に冷や汗をだらだら流していた。こけら落とし以来、劇場の誇る貴賓室がこれほど無残に荒廃したのははじめてのことだろうし、このような状況下で観劇させてしまうこともはじめてだろう。

支配人の表情には、尊厳を深く傷つけられた暗い影が落ちていた。ピスフィは追及することなくバルコニーに移り、急いで用意されたであろう木のベンチに腰を下ろした。

「何の準備もできずに……」

あまりにもおろおろし続ける支配人が、気の毒で見ていられなかった。ピスフィは、もの柔らかに笑みを向けてみせた。

「知己の白神が、西館の脇で屋台を出しておる。静岡おでんと言うたか、地場の滋味の精髄を取り出したような逸品じゃ。みどもを気の毒に思うのであれば、ひとつおつかいを頼まれてはくれぬか」

ようやっとまともな奉仕にありついた支配人の表情が、晴れた。

「ええ、ええ、ピスフィ・ピーダー。ただちに手配いたします」

「すまぬが、よろしく頼む」

十分もしないうちに、金色《かないろ》のアルミ鍋とガラス瓶《びん》を抱えた支配人がすっ飛んできた。

「お待たせいたしました。どうも完売してしまっていたようでして……失礼ながらピスフィ・ピーダーのお名前を挙げて、まかないに回す分を譲っていただきました」

かなしげな榛美を思い浮かべて、ピスフィは苦笑した。

「みどもから謝っておこう」

「それからこちら、ピスフィさまのためにつくられたものだと、紺屋さまが。ふゆいちごのコーディアルを、炭酸水で割ったものです」

支配人は、うすもも色の弾《はじ》ける液体をグラスに注いでカウンターに置いた。

「ありがとう。となると、ずいぶん賑《にぎ》わっておったのじゃな」

「驚きましたよ、大盛況です」

おでんを取り分けながら、支配人はすこしうるんだ目を細めた。

「あのような活気は、二度と生きては見られないものかと」

「当然、そうなるじゃろう」

ピスフィは満足気にベンチにもたれた。

「なにしろ、こうたじゃからな」

押しふたがれ、弱りはてた顔を、支配人はピスフィに向けた。

「また……戻ってくるでしょうか。私たちの愛するヘカトンケイルは」

「それは、取り戻すべきものじゃろう。自然に任せるのではなく、みどもたちの力を重ねあわせて」

賦活するような、寄り添うような、ピスフィの確言だった。打たれたように居住まいを正した支配人は、再びふかぶかと、今度は折り目正しく、頭を下げた。

「それでは、ピスフィ・ピーダー。開演まで今しばらくお待ちくださいませ」

背筋を伸ばし、たしかな足取りで去っていく支配人を見送って、ピスフィは舞台を見下ろした。

平土間の客入りは六割といったところか。二階席は埋まり始めているが、三階席に人はまばらだ。初演としては心もとない客数だった。

ピスフィはおでんに手を付けた。

ソーセージを前歯でかじり、弾《はじ》けた皮から押し出された肉の塩気を楽しんだ。並んで串に刺さったつぶ貝の、ふしぎな甘さを味わいながら噛《か》みしめた。だし粉をたっぷりかけ、たこの強い旨味、ぎんなんの香り、焼《や》き麩《ふ》が吸ったつゆの余韻に浸った。

やがてまばらな拍手が起きた。ピスフィはふゆいちごのコーディアルで口をすすぎ、舞台を見下ろした。

いよいよ、マクベスのはじまりだった。

第一幕第一場、三人の魔女が現れるシーンについては、手を加えられていなかった。『きれいはきたない、きたないはきれい』もそのままだ。

異変は、第二場で訪れた。

戦場に、スコットランド王ダンカン、やがて劇中でマクベスに弑《しい》される男が現れる。ダンカンは傷ついた兵士から受けた戦況報告によって、マクベスのすぐれた戦《いくさ》ばたらきについて知る。

原典をなぞっていたのは、ここまでだった。

ダンカンが、兵士の手を取った。目を閉じ、祈ると、兵士の傷はただちに癒えた。

「これは……」

本来であればダンカンは、兵士をねぎらい、医者を呼ぶよう命じるはずであった。ピスフィは総毛立つようなおそろしさを感じ、すぐさま、自分が抱いた恐怖についての分析に取りかかった。

言葉にならないざわつきは、ある意味で正しく、ある意味で大きくずれていたのだとピスフィは考える。心配すべきは気の毒な劇団員の去就ではない。ヘカトンケイルそのものだ。

舞台は第一幕の第三場に移っていた。三人の魔女がマクベスの前にあらわれ、祝辞と予言を授ける場面だ。

魔女はマクベスが王となることを、ついで、ダンカンから癒しの力が失われつつあることを語った。前者は原典にあるが、後者はあるはずがない。

「王殺しの、正当を語るか。ばかげた真似をするものじゃ」

ピスフィの言葉は、ひとりごとではない。煙のように背後に現れた者に向けてのものだった。

「何故、ばかげていると?」

ヘカトンケイルモードのダークスーツに身を包んだ、初老の男だった。彼は許しも求めずピスフィの隣席に腰を下ろし、傲然と足を組んだ。

「さて、みどもは主《にし》ゃをなんと呼ぶべきじゃろうな」

初老の男は回答せず、表情のない笑みを顔にたたえ、舞台を見下ろしていた。

「知恵を与える、めおと神のアノン・イーマスか。国を割る扇動者のエイリアス・ヌルか」

「どうとでもお呼びください。さして意味もないことです」

「あるいは、やさしき父親の鷹嘴穀斗《たかのはしこくと》か。それとも」

言葉を切ったピスフィは、男の横顔に、昏《くら》い海の色をした目を向けた。

「幼い義理の子をいじめ抜いた、ごろつきの紺屋大か」

男の顔が、ゆがんだ。瞳も口も裂け目か傷のようにひらかれて、泥のような悪意をたたえた。

「そう接されたいってことだよな？　泣かすぞクソガキ」

前のめりになった大は、足首を腿《もも》にのせ、地震みたいな貧乏ゆすりをはじめた。

「みどもを招いたパトロンとは、主《にし》ゃのことじゃな。翻案も、主ゃの手によるものと見た」

「マジでぶっ殺すぞバカが。ナメた口利いてんじゃねえよクソチビ」

「むずかしい問いではない」

あきれるほど稚拙な嘲罵を踏み倒して、ピスフィは言葉を続けた。

「主ゃの脚本は、この先、践祚《せんそ》の儀《ぎ》をなぞるつもりじゃろう」

ぴくりと、大の片まゆが持ち上がった。

「続けてみろ、ガキ」

「マクベスには、イングランド王が瘰癧《るいれき》を治した挿話がある。ロイヤルタッチ、王の手じゃ。古来、ひとびとにとって王とは偉大なる呪術師であり、癒しの力は王の特質じゃった」

劇は第一幕第五場に至っていた。マクベス夫人が、夫からの手紙を朗読する場面だ。手紙によって、王の力が衰えつつあることを夫人が知る。これもまた、マクベスの王殺しに正当性を与えようとする改変だ。シェイクスピアの傑作は、ずたずたに切り裂かれていた。

「王の力の源は、どこにあるのじゃろうな。みどもが掲げるマナ陛下のお力であれば、その源泉は、践祚の儀によって与えられるものじゃ。ヘカトンケイル人は、そう考える」

王位継承の際、新王は、王宮地下に眠る建国王の遺体と向き合う。遺体を前に言祝《ことほ》ぐ魔述を謡《うた》うことで、践祚の儀は完了する。

あまねくヘカトンケイル人にとって、これは国家のはじまりと今をつなぐ、うるわしい儀礼だった。

北の蛮族から逃げ回っていた烏合《うごう》の衆のひとりが言祝ぐ魔述に目覚め、祈りを受けてひとびとを潟《ラグーナ》に導いた。魔述師は王となり、長く続く王統を築いた。ヘカトンケイル人は王家を心から敬愛し、言祝ぐ魔述によって結ばれた。

「建国王の、いわば精霊を宿すことによって王は王となる。それがヘカトンケイルの一統じゃ。とすれば、言祝がぬ王とは、どのようなものじゃ。精霊の力を喪《うしな》い、あるいは衰えさせたものじゃ」

残桜症《ざんおうしょう》の初期から今に至るまで、王宮は沈黙を守り通している。

王の言祝ぐ魔述は、はびこる病《やまい》を癒せたはずだ。だが、マナはその道を選ばなかった。

側近のソコーリが罹患《りかん》した際も、病魔がその身を食い荒らすがままに任せた。

昔馴染《むかしなじ》みの親友ですらむざむざ死地に追いやることで、マナは信念を、あるいは正義を守った。だが今にも死につつある市民にとって、そんなものに価値などあるはずがない。ひとびとにとってマナは、言祝《ことほ》がぬ王でしかない。

「ブチ殺して代替わりさせれば王の力は復活する。バカどもはそう考える。王殺しの神話だ。金枝篇《きんしへん》って知ってるか?」

「フレイザーじゃな。一般教養の範囲でならば、論じることもできよう。世界のあらゆる土地で、衰えた王を殺す話が採話できるそうじゃが」

「いちいちえらそうにすんじゃねーよガキのくせに。鼻水垂らして飴《あめ》でも舐《な》めてろや」

「みどもは飴が好きじゃ」

「ははは! なんだそりゃ、おもしれえ」

大は甲高い声で笑い、振り上げたてのひらをカウンターに何度も叩《たた》きつけてピスフィを威嚇《いかく》した。

ピスフィは、つまらなそうに鼻を鳴らした。

「みどもを傷つけたいのであれば、言葉によってせよ。大きな音でおどかすのなら、人でなくともできる芸当じゃ」

「うるせえんだよバカ。よかったなまだ殴られてなくておれに。康太が同じこと言ったら死ぬまで蹴ってたぞ」

あざけり混じりに友の名を出され、心中を、義憤の炎が焼き焦がした。怒りに沸いた血が全身に耐えがたく不快な熱感をもたらした。ピスフィは奥歯を強く噛《か》み、腹の底からあふれ出しそうな罵《のの》り言葉を抑えつけた。

「んだよクソガキ。何に引っかかってんだよ」

「よく分かった。紺屋大とは、なんともつまらぬ人物じゃな。皮肉とおどしの区別も付いておらぬ。こうたの評と一致しておるよ」

大は何度かまたたいた。男は姿勢を正し、表情のない笑みを顔にたたえた。

「では、このように言い換えましょうか。私にはあなたが、潮に焼けた青麦《あおむぎ》と見えます。黄金色の未来を夢見ながら、冷たい今に枯れていく青麦と」

エイリアス・ヌルは、表情と同様に色合いを持たない声で語った。

「みども好みの言い回しをどうもありがとう。そら、主《にし》ゃの熱意を込めた場面が来るぞ」

第二幕第一場。マクベスが、自らの居城に訪れたダンカンを刺殺する。自失したマクベスが、ダンカンの遺体と共寝する。ピスフィの見通しをなぞるような、践祚《せんそ》の儀《ぎ》のあからさまなパスティーシュだった。

「衰えた王を弑《しい》し、新たな王となり、国は栄える。しかしマクベスもまた衰え、弑される。よくもシェイクスピアを、ここまで愚弄できたものじゃな」

「しかし、ご覧なさい。市民の様子を」

劇場の、とりわけ平土間は、雑談に興じる者や酔っぱらって喚《わめ》く者、役者に歓声を送ったりする者であふれ、猥雑《わいざつ》であるのが本来だった。だが今日、ここに集まったひとびとは、息をするのも忘れて劇に魅入られている。

「上質なプロパガンダの条件について、あなたはご存じですか?」

「さての。シェイクスピアが使えるとは知らなんだ」

ピスフィの皮肉に、エイリアスは、礼を失しないぎりぎりの笑みを浮かべて間《ま》を取った。

「大日本帝国という、世界史的にはろくでなしと位置づけられる国家が、かつて私の世界には存在しました。このきわめて専制的なならずもの国家は、あるとき、当然の成り行きとして戦争に突入しました。日中戦争です」

どこか催眠的な、奇妙に引き込まれるような語り口だった。ピスフィは口を引き結び、つとめて静かに呼吸した。

「さて、戦争にとって欠かせないものとは、なんでしょう。強力な武器でしょうか。精明な軍隊でしょうか。それもたしかに重要ごとでしょう。分厚い兵站《へいたん》と回答する方も、またいらっしゃるでしょうね。ですが大日本帝国陸軍は、第一次世界大戦を研究する中で、興味深い視座を獲得しました。総力戦においては、銃後の国民の戦争協力こそが不可欠であると考えたのです」

エイリアスは口を閉ざし、ピスフィが思考を巡らせるための時間をたっぷり作った。

「ロシアでは三月革命によってロマノフ王朝が倒れ、ドイツでは革命が帝政を終わらせました。どちらも、市民が抱いた戦争への反発を引き金としたものでした」

「して、大日本帝国もマクベスを切り刻んだのじゃな」

「よい先回りですね、ピスフィ・ピーダー。事実、それに近いことをしたのです」

皮肉が空を切った手ごたえに、ピスフィは眉根をひそめた。

「大日本帝国のさる軍人は、こんな風に語ったそうです。講演会や映画、音楽、ラジオ、それから演劇。大衆の楽しみの中に戦争の意義を忍ばせることによって、国民感情を操るべきであると。そう、つまり、プロパガンダというのは、魅力的でなければ意味がないのだと。こうして宝塚少女歌劇は矢継ぎ早に軍国レビューを打ち出し、古川緑波は喜劇の中で日中戦争について説きました」

「それが、主《にし》ゃのいう上質なプロパガンダか」

エイリアスはゆったりとうなずいた。

「人心には、種が植わっています。王殺しの神話の種です。驚くべきことではないでしょう。四季が移ろい、花の盛りが過ぎることを、私たちは知っています。やがて芽吹きの季節が訪れることも。王の力も、まったく同様に捉えることが可能なのです。そのような精神構造を人間が持ち合わせているのは、比喩を理解できることから分かります。私は胸を打つ演劇によって、水を蒔《ま》いているのです」

「れんげを田へとすき込むように、みどもらが王を殺すと？　人が、そこまで見下げ果てたものだと主《にし》ゃは言うのか」

「殺せますよ」

そっけなく、エイリアスは応じた。

「私は殺しました。手を下したわけではありませんけどね。私と康太にとって、あれは非の打ちどころのない殺人でした」

激情に衝《つ》かれ、ピスフィは拳をひじ掛けに叩《たた》きつけた。

「主ゃは、みどもの友を、もう何も語るな」

エイリアスは、嗤《わら》った。

「大きな音でおどかすのは、なんでしたか」

ピスフィは指を組んでおとがいを反らし、きつく目を閉じて怒りが散っていくのを待った。今すぐにこのごろつきをバルコニーから放り出してやりたいという健全な欲求に打《う》ち克《か》つのは、並大抵のことではなかった。

「マナ陛下の死が、主ゃの理想の何に適《かな》う」

エイリアスはスーツの内ポケットから一枚の紙きれを取り出すと、きちょうめんに折りたたみ、宙に投げ放った。紙片はしばらくのあいだよたよたとまっすぐに飛んでから急旋回し、ピスフィの膝に着地した。

「それの名を、お答えいただけますか？」

折り目をほどいて広げると、ヘカトンケイルモールが描かれた、横長の紙だった。どこもおかしなところのない、単なる紙幣だ。

「ヘカトンケイル札《さつ》じゃな」

エイリアスは、よくできましたとでも言いたげに首肯《しゅこう》した。

「ドル、ユーロ、ポンド、円」

机上に等間隔に並べていくような、エイリアスの口調だった。

「元、シリング、ディルハム、ウォン、ドラクマ、クローネ、銭引《せんいん》」

ピスフィの精神が、真冬の海の速度で冷えた。

「もう一度、伺います。それの名を、お答えいただけますか？」

はっきりと、ピスフィは絶句していた。この世ならざる角度から一撃を食らったような気分だった。

「この世界の通貨には、固有名詞がありません。その必要がないからです。ヘカトンケイル札とヘカトンケイル硬貨は、ただ一つの通貨として世界に流通しています。どうして、そんなことが起きるのでしょうね？」

応じられなかった。かつて一度たりとて、検討したことすらなかった。

「私たちの世界ではじめて登場した世界通貨は、スペインドルです。やがてメキシコドルと名を変えましたが、これらはほとんど同じものでした。ペソ銀貨、あるいは洋銀と呼ばれるこの銀貨を、あらゆる国が模倣しました。円銀《えんぎん》、銀元《ぎんげん》、さまざまなピアストル……いずれにせよ世界各国は、ペソ銀貨と同位の通貨を独自に鋳造《ちゅうぞう》し、固有の名を与えていたのです。なぜ、この世界ではそれが起きなかったのでしょうね？」

「なにが……なにが、目的なのじゃ」

敗北にも近い問いかけを、ピスフィは思わず口にしていた。

「目的の本質とは、手段の正当化に他なりません」

「ハンナ・アレントを引用すれば、とぼけられるつもりか」

「まさに、その点ですよ」

重ねようとした問いは、足もとの叫声に遮られた。エイリアスは舞台に目を落とし、聴衆の様子に満足そうな笑みを浮かべた。

「市民はドバイ・モールを模した商業施設に入居したグローブ座を模した劇場で、マクベスを模した劇にすっかり夢中だ。あなたがた知識人は、議論となれば地球の歴史や哲学者を訳知り顔でリファレンスする。あなたがた独自のものといえそうな文化も技術も、どこを探しても見つからない。この世界はかつて一度も歴史を持ったことがなく、あるのは時間の堆積だけです」

「主《にし》ゃが今まさにしておることじゃろう」

　エイリアスは鼻で笑った。

「白神の罪を問えば、なにかが解決しますか？　そう思っているのなら、康太のことも、敗血姫のことも、社会から締め出せば良い」

　エイリアスは今やはっきりと、ピスフィを苛立《いらだ》たせるための完璧な手口を身に着けていた。激情に心身をゆだねれば、この男からなにも引き出せず、小ばかにされて終わるのみだ。

「通貨もまた、同じことですよ。歴史と文化に鍛え上げられることなく、あなたがたは一足飛びに信用通貨を獲得した。まさに、ヘカトンケイルへの信頼のみが、この世界の資本主義を支えている。ところで、世界にたったひとつ通貨を発行し、管理している王立貨幣鋳造所《ちゅうぞうしょ》は、王権のうちに含まれているようですね」

　プロパガンダに誘導された市民が、自らの手で王を殺す。王立貨幣鋳造所は機能不全に陥る。ヘカトンケイル札への信用は、地に落ちる。

「通貨危機が、主ゃの狙いか」

　悪疫によって、世界中で市場が縮小している。このうえ通貨危機が発生すれば、世界の商業は一歩も二歩も後退するだろう。

　だがエイリアスは、首を横に振った。

「その程度でことが済むと思っているのでしたら、あなたはこの世界を信じすぎていますね」

ぽかんとするピスフィは、エイリアスの嘲笑をまともに浴びることとなった。

「まだ分かりませんか？　起きるのは通貨の消滅ですよ」

「それは……じゃが、そんなことは」

あり得ない話だと、断じることができなかった。通貨も、しょせんは白神からの借り物でしかない。愛着もなければ理解もなく、学びもなければ歴史もない。捨てるのはたやすいことだろう。

経済が物々交換の時代に取って返し、世界市場は消滅し、ピスフィが灼《や》かれた夢への道は閉ざされる。

命そのものを吸われたような虚脱感が、心と体から力を奪った。

「小さく完璧な世界を。世界は千々に分断し、無数の泡の中で満ち足ります。そこには大きな富がなく、したがって大きな格差もない。そこでは誰もがほどほどに不幸で、ほどほどに幸福です。榛美を健やかに育て上げた、あの踏鞴家給地のように」

ピスフィは立ち上がり、黙って貴賓室を出ていった。気圧差で吹き込んだ風が床に落ちたヘカトンケイル紙幣を持ち上げ、舞台めがけ押し流していった。紙幣は平土間に落ちるなり観客に踏みにじられ、ぐちゃぐちゃの切れっぱしになった。

暗くなりはじめた雪道を、ピスフィは、生まれてはじめて親の腹から這《は》い出たぺんぎんみたいによちよち歩いた。歩行者に繰り返し踏まれた雪は泥を閉じ込めた氷となって、たびたびピスフィの足をすくった。

できるだけ歩きやすい道を選んで進んでいくうち、ピスフィは奇妙な一角に辿《たど》り着いた。雪は積もらず、凍っていなかった。冬を四角く切り抜いて、そこだけ春をはめ込んだように乾いていた。

濡れたブーツの靴底で踏み込みかねて、ピスフィは取り残されたわずかな春の前で立ち止まった。

香りが残っていた、気がした。家庭と食事の香りが。だから、日常と生活の香りが。

この一角を前に立ち止まったらしい無数の足跡が、掃き寄せられた雪の上に刻まれているのをピスフィは見た。ふらつきながらもここを目指すわだちを、ピスフィは見た。

屋台の痕跡に、ピスフィは背を向けた。やっぱりよたよたと、けれども胸を反らし、寒風を切って歩き出した。

お屋敷に帰り着いたピスフィを、老使用人、トニオが出迎えた。

「お早いお帰りでしたね。退屈な翻案でしたか」

「そもシェイクスピアがみどもにはおおむねちんぷんかんぷんじゃ。リア王はまだ楽しみ方が分かるがの」

「ピスディオ様は、ハムレットを好んでいましたが」

「親の不倫に悩みすぎじゃ」

トニオは目を丸くしてから笑った。

「驚くべき感想ですね」

ピスフィは外套《がいとう》をトニオに投げ渡し、アトリウムに飛び込むと、寝椅子にあぐらをかいた。背の低い机を挟んで、向かいには空の寝椅子があった。背後には急ごしらえのへっついがあった。

父と、ここで朝食を囲んだ。ナバリオーネに、宴《うたげ》を饗《きょう》した。

今、ピスフィは一人だ。

「さて、どこから始めるべきかの」

ピスフィは、考えごとのたどっていくべき筋道を、あえて語って聞かせるように言葉にした。

「なぜ、みどもじゃったのか。危急のこのとき、みどもただ一人が、開かれた貿易と移動の自由を愚直に奉ずるとんまなもの知らずだからじゃ。みどもひとりをひねり潰せば、へカトンケイルからグローバリズムの旗振り役が消える。エイリアス・ヌルの夢見る世界を考えれば、むずかしい問いではない」

返事を求めるような一拍は沈黙の中に溶け、ふたたびピスフィは口を開く。

「エイリアスはみどもを敵役《かたきやく》と認定しておるわけじゃな。実にほまれ高きことじゃ。底抜けにぐったりしたくなる」

トニオが、湯気を立てるネトルリーフティーを静かに供した。一口すすったピスフィは、馬のように胴震いし、わだかまる寒さと怖気《おじけ》を体から叩《たた》き出した。

「では、悪党がはかりごとの全てをつまびらかにするのは、どんなときじゃろうか。策が成り、手の打ちようがないからか？　いや、この場合、そうではない。幾たびしくじろうと、幾たり立ちはだかろうと、無限の時間を持つあれにとっては些事《さじ》であるがゆえじゃ」

お茶請けに用意された菓子を、ピスフィは手づかみでむさぼった。飴《あめ》を奥歯で噛《か》み砕き、かけらを茶で流し込んだ。

「敗血姫があれにとって無用の長物に成りさがろうと、ナバリオーネが覇道のなかばで手前勝手にくたばろうと、どうでもよい。残桜症《ざんおうしょう》が大陸を席捲《せっけん》しなかったとして、王殺しが為《な》らなかったとして、通貨がしぶとく生き残ったとして、また策を練ればよい」

昏《くら》い海の色をした瞳は、からっぽの寝椅子にひたと向けられていた。

「これまでの五百年と、これからの永遠。持ち合わせた時間の重さでみどもを碾《ひ》きつぶすために、あれは、縷々《るる》語《かた》ってみせたのじゃ。みどもの心を、おもしろ半分に手折ろうとしたのじゃ。それもまた、あれにとってはたいした意味を持たぬ沙汰じゃろうな。ゆえにこそ、おそるべき相手じゃ」

黄金色の未来を夢見ながら、冷たい今に枯れていく青麦《あおむぎ》。エイリアスはピスフィをそう形容した。なるほど適切なたとえだ。ピスフィが夢見る世界平和は、エイリアスの夢見る世界平和にやすやすと敗北しつつあるのだから。

「だとして、退《ひ》けるか」

ピスフィは立ち上がった。凍った土から出《い》ずる麦が、重く冷たく覆いかぶさる雪を押しのけるように。

「踏んでみせよ、何度でも。そのたび深く根を張るのが青麦なのじゃと、みどもは知らしめてみせよう」

空の寝椅子を見る。そこにかつてあった、暖かさを見る。そこにかつてあった、穏やかさを見る。黄金色の初夏のような、涼やかさを見る。

「そうじゃろう？　お父さま」

◇

──年が明ける前には戻ってくるから、年越しは三人でいっしょに祝おう。

そう告げた夫は、数人の仲間とちゃちなジャンク船に乗り合わせ、大荒れのアディリオーネ川を上っていった。

船上貴族の御用聞きは、失業者が流入し続けた結果、ギルドの性格を帯びていった。外航船の船員であった夫は残桜症《ざんおうしょう》の初期段階で失職し――船内で残桜症が発生し、船が焼き払われたのだ――したがって早い内からこの仕事をはじめ、今では指導的な地位についている。

だから、すこしばかり無茶だとしても、率先して船を出さなければならなかった。自然発生した互助組織では規則もなにもなく、常に、示しがつくかどうかで値踏みされる。

拳とみまがう大きさの雪が、殴りつけるように降っていた。大きすぎる外套《がいとう》に幼い息子をくるむようにして背負い、彼女は雪道を歩いていた。

夫の乗る船が船だまりに戻って来てはいないか、そうでなくとも知り合いの一人でもいないかと、凍える道を行きながら彼女は祈った。

リズコがロンバルナシエに編入するなり、石炭の価格は暴騰した。スプレンドーレ島は燃料価格についてたびたびお触れを出したが、なんの効力も発揮しなかった。

ヘカトンケイルに居座る商人は窮乏を商機と捉えるようないかれた胆力の持ち主ばかりだったし、行政にはちんぴらを摘発する力がもはやなかったからだ。

スプレンドーレ島は樫《かし》の放出を決定したが、ここにも落とし穴があった。建築物の土台に使われるような丸太が、暖炉に投げ込むものとしてはあまりにもばかでかすぎるという難題だった。

この問題の解決は斧の一撃をもってする他ない。市場への供給は遅れに遅れ、目を疑うような低品質の薪《まき》ざっぽうが、目を疑うような高価格で氾濫した。

燃料問題は年明けまでに解決するだろうと、スプレンドーレ島は請け負った。とにかくありったけの労働力を投入して薪を割ればいいのだから、いずれはなんとかなるだろう。

しかし、彼女にとって、年明けでは遅すぎた。

息子が熱を出したため、彼女はありったけの薪と石炭で家をあたためた。発熱が収まってからも、残桜症《ざんおうしょう》の恐怖は母を苛《さいな》んだ。我が子の肌に桜斑《おうはん》が生じる悪夢を来る日も来る日も見続けた彼女は、とうとう思い余って家を燻蒸《くんじょう》した。

感染症研究討議会は、かつて、家屋の燻蒸消毒について、残桜症にはまったく効果が無いばかりか火事のおそれがあり非常に危険である、との布告を出した。しかしながら、悪疫に怯《おび》える市民が迷信にすがるのを、宣言ひとつで食い止められれば苦労はない。残桜症の初期から今まで、あらゆる家屋のあらゆる窓から煙が上がっていた。

彼女と息子の住む家もその一つとなったわけだが、時期が悪かった。心の安寧と引き換えに、燃やすべき燃料を失ったのだから。

夫が一仕事終えていれば、収入で薪を買える。知り合いがいれば、無心のひとつもしてみせる。引き替えに死ねと言われれば、彼女はためらわず冬の潟《ラグーナ》に身を投げただろう。

「だいじょうぶ、だいじょうぶだからね」

背中に感じる命のあたたかさが無性に哀《かな》しくて、彼女は、自分に言い聞かせるよう口に出した。息子は母の首に頭をぴったりくっつけ、文句ひとつ言わず、彼女に寄り添っていた。

「お母さんがいるからね、だいじょうぶだからね」

呼びかけには、なんの根拠もなかった。けれども、自分の愚かさだの行政の鈍さだの商人の悪辣《あくらつ》さだのを呪っているひまはなかった。息子には火の熱が必要だった。それも、ただちに。

我が子が凍えてしまうことは、我が身が病魔に冒され血反吐《ちへど》を撒《ま》いて死んでいくことよりもずっと辛《つら》かった。

背丈ほどの雪山が、母の行く手を阻んだ。近隣住民がなんとなく雪捨て場と定めた場所だった。

「あっちから行こうか」

うん、と、肯《うべな》うかすれた声がした。鼻をすする音が耳の奥に響いて、涙がにじんだ。

踏み固めた道にはふたたび雪が積もっていた。ブーツの中のつま先は、痛みやしびれを通り越して無感覚だった。

目に映るもののなにもかもが、白と灰色のまだらに塗りつぶされていた。いくつかの雪捨て場を迂回《うかい》するうち、自分がどこを歩いているのか分からなくなった。彼女は歩みを止めなかった。

もしも今ここで死体になれれば、だれかが同情し、息子をあたたかい場所に連れ去ってくれるだろうか。帰ってきた夫と共に、ばかをさらした母のことなど忘れて、幸福に生きてくれるだろうか。

よろけた彼女は、積もった雪になかば埋もれるようなかっこうで、橋の欄干《らんかん》にもたれかかった。雪を運河に叩《たた》き落として、もう体に力は残っていなかった。

背に負った息子の嗚咽《おえつ》を、その、体温が流れ出していくようなあたたかさを、感じた。

「ごめんねえ」

母は呟《つぶや》いて、

「わあ！」

威勢の良い返事にちょっと目を剥《む》いた。

雨上がりの森のような香りを彼女は嗅いだ。

ヘカトンケイル人は、概してあの世も霊魂も信じない。だが、目の前に現れたのは春を司《つかさど》る精霊だと、彼女ははっきり直感した。

雪風になびく麦色の髪、朝露を透かした新芽色の瞳、木の葉をかたどったような耳、やわらかげに丸みを帯びた肉体。これが精霊でなければ、自分などは土くれだ。

目が合って、精霊は、口を半びらきにした。

それから、

「わ、あ、あ……」

「わあああ！　わああああ！」

絶叫するなり母子を一抱えに担ぎあげ、とんでもない勢いで雪道を走り出した。

雪のへばりついた透明な幕の内側に、精霊は飛び込んだ。春のようなあたたかさに身を包まれ、彼女は精霊と彼岸《ひがん》の実在が完全に裏付けられたと思った。

「康太さん！　康太さん康太さん康太さん！　わあああ！　なんか、なんか！」

「え？　うわあ！　えええ？　ご、ご存命？」

「わあああ！」

「そ、の」

彼女はかすかな声を絞り出した。

「マリン、だけは、どうか……どうか、まだ、連れていかないで」

精霊は、ちょっとのあいだきょとんとしてから、にっこりした。

「だいじょうぶですよ」

下ろされて、足に力が入らず、彼女は用意された丸椅子にへなへなと座り込んだ。外套《がいとう》といっしょにずり落ちそうになった息子を、精霊がひょいと抱きあげた。

「だいじょうぶです。ここはね、あったかくて、康太さんがいて、最後にはおいしいんですよ。だから、だいじょうぶです」

言っていることの意味はすこしも分からなくて、だけど確信に満ちていて、親身な言葉と身振り手振りは、心を解凍するようだった。

「よろしければ、こちらをどうぞ」

湯気の立ち昇る杯を差し出され、受け取った。冷たく萎縮していた鼻腔が、ベリーとシナモンの香りに開かれていくのを感じた。

「あたたかいサングリアです」

カップに、顔を寄せた。

干からびた唇に、蜜のとろみが広がった。凍りついた歯が、温度を感じて快く痛んだ。縮こまっていた舌が、甘みと渋みに飛び起きた。

「ああ……」

まだ、生きていた。

体も心も、生きていた。

息子の、マリンの甲高い笑い声が聞こえた。

「うりゃりゃりゃりゃ！」

精霊が、いや、見目うるわしいエルフの少女が、マリンを高く掲げて揺さぶっていた。

「んふふ！　こうすると楽しいんですよ。ユウも鷹根《たかね》ちゃんもそうでしたからわたしは知ってるんです。うりゃりゃりゃりゃ！」

マリンは身をよじり、両手両足をばたつかせた。体をめいっぱい使って喜んでいた。

息子の心からの笑い声を、最後に聞いたのはいつだったろう。

「ねえねえ、なにか食べたいですか？」

「甘いの」

エルフの少女に問われて、マリンは即答した。

「康太さん！　甘いのです！」

「任せておいて。ここ最近ずっと練習していた料理があるんだ」

さてさて。

まずは、僕たちが街路のど真ん中に屋台を設営した理由について、いくらか補足が必要だろう。

十祭へカトンケイル店オープンから、だいたい二週間。多くのお客さまに恵まれて、毎日楽しく営業している。

今日は朝から大荒れの予感だった。風がごうごう唸《うな》っていたし、雲はありったけの雪を降らせる腹づもりで空にどっしりかまえていた。

僕は経営者であり、リスクマネジメントにおいて信頼の置ける人物であることは議論の余地がない。今日もまた、夜明け前から雪かきに励みつつ、空を見上げて鋭い経営判断を下した。

めっちゃ荒れる前に家を出れば、意外になんとかなるんじゃないかな？

なんともならなかった。

僕たちの屋台は道なかばで立往生し、にっちもさっちもいかなくなった。帰ろうにもここがどこだか分からない。そこで僕は、再び鋭い経営判断を下した。

市内で遭難する前に屋台を設営して吹雪をやり過ごせば、なんかビバークっぽくて楽しいんじゃないか？

この選択が正しかったことは言うまでもない。ビニールカーテンにどしゃどしゃ打ち付けてくる雪を見て、榛美さんがめちゃくちゃ興奮したからだ。なんなら雪がぶつかるのと同時に着弾地点にパンチを当てれば勝ち、みたいなゲームまで発明したぐらいだ。このおもしろいゲームは、エルフ動体視力とエルフ敏捷性《びんしょうせい》を持ち合わせる榛美さんが持ち点十八で圧倒的に優勝した。

榛美さんが楽しそうにしてくれた以上、僕の経営判断はなにひとつ間違っていない。地獄の底でも言い張るだろう。

デベロッパーとしての才覚をのびのびと発揮しはじめた榛美さんは、カーテンの外から雪玉を投げつけ、内側から拳で打ち落とすゲームを開発した。ちょっと楽しくなりすぎてしまったのか、僕が止める間《ま》もなく外に飛び出した。

あわてて追いかけようとしたところで、親子を担いだ榛美さんが戻ってきたという次第だ。

「だからね、今日はお客さんがぜんぜんの日だったんですよ。でもよかったです。なにしろあったかいですからね」

榛美さんは、親子連れのお客さま――キアレッツァさんとマリン君――をいっしょうけんめい接客していた。おふたりとも、未《いま》だにちょっと夢の中にいるような表情だ。雪のおそろしさを見誤って市中で遭難しかけた粒よりのぼんくらが、ビバークがわりにおでん屋台を広げている光景なんてそうそうお目にかかれないよね。

「どれどれ、どんなものかな」

僕は棚からほうろうの保存容器を引き出して、ふたを開けた。けっこういいあんばいっぽいな。

悪くなったじゃがいもから採ったでんぷんをまな板に広げて、容器の中身をひっくり返す。うすべに色で平べったい、のし餅みたいな物体がでんぷんの上にどちっと落ちた。

こいつの天地を返し、全体にでんぷんをまとわせたら、包丁を入れる。もちもちでねっとりの感触が、包丁を持つ手に伝わる。

キアレッツァさんとマリン君は、この得体のしれない物体が切り分けられているところを、ぽかんと眺めていた。

「お待たせいたしました。ふゆいちごのターキッシュデライトです」

お二人は、口を半びらきにした。

ナルニア国ものがたりに登場した料理ということで、ご存じの方も多いだろう。僕が読んだ版ではプリンと訳されていたけれど、それはともかく、でんぷんと砂糖を煮詰めたお菓子がターキッシュデライトだ。食感はもっちりしゃきしゃきねっちりで、べらぼうに甘い。

なんでこれを練習していたかというと、砂糖が貴重なご時世、甘くて華やかなお菓子をお店で出したら喜んでいただけるんじゃないかと思ったからだ。ナルニア国ものがたりって悪い魔法でずーっと冬にされてる世界のお話だったっけ……から連想したわけじゃないし、考えはじめたら、こう、自分が置かれた状況との符号にすごくわくわくしてしまい作らずにはいられなかったわけでもない。後者は二、いや、多く見積もって四ぐらいだ。本当は五かもしれない。なんか自分でも分からなくなってきちゃったな。

このターキッシュデライト、本来はコーンスターチとグラニュー糖を使い、ローズウォーターで香りと色をつけるものらしいけれど、手元にはコーンスターチもローズウォーターもない。いつもどおり、ないものはない、あるものはあるの精神だ。手持ちのものでなんとかでっちあげてみた。

では、疫病と窮乏に悩まされる異世界における、ターキッシュデライトの作り方。

まずはオニグルミあめに砂糖と水を加え、ゆっくり温度を上げていく。さっそく貴重な砂糖を使っているけれど、こうしないと仕上がりがよくならないので許してほしい。

こいつをじっくり、115℃まで加温する。フォンダンに持っていくためだ。フォンダンというのは、熱変性した砂糖が結晶化したものだ。

シロップをつくっているとき、揺らしたかなんかの衝撃をきっかけに糖液が白く濁りだし、火山弾みたいな勢いで飛んできた砂糖に深手《ふかで》を負わされたことがないだろうか。あれが結晶化だ。そこらへんの適当な物体を核に、糖がどんどん合体してしまう。

うまいこと加熱すると、結晶化した際、いいあんばいのしゃりしゃりなフォンダンになってくれる。ターキッシュデライトの、あのねっちりもっちりとした食感はいいあんばいのフォンダンあってこそのもの。このため、ぜひとも砂糖が必要だった。

というのも、砂糖というのは種類によって結晶化の感じが異なるからだ。

オニグルミの樹液の主成分は果糖とブドウ糖で、こいつはいわゆる単糖類。一方、ふつうのグラニュー糖はショ糖、つまり果糖とブドウ糖が結合した二糖類だ。果糖は結晶化しづらく、ショ糖はめちゃくちゃ結晶化しやすい。この特性から、同じフォンダンでも前者はしゃばしゃばで粒が細かく、後者はかちかちで粒が大きいものとなる。

一般的にターキッシュデライトを作る際は、酒石酸《しゅせきさん》――樫葉《かしば》にクラウドブレッドを作ったときや、衛川さんに黒豆シロップを作ったときにも使った食品添加物――でショ糖の結合を切り、ほどほどに結晶化しやすい状態をつくる必要がある。

ここらへんで、おや？ と思われた方もいらっしゃるだろう。ショ糖の結合を切るということは、つまりブドウ糖と果糖にするということで、それってオニグルミあめとほぼ同じ物体なのでは？ まさにその通り。結晶化しづらい果糖と、結晶化しやすいショ糖を混ぜることで、細かすぎず大きすぎないフォンダンになってくれるというわけだ。

お鍋でぽこぽこ沸騰している糖液がちゃんとフォンダンなあんばいかどうかは、ちょっとすくって水に落とせば、結晶化の具合で分かる。水に溶けても、水底でかっちかちに固まってもだめだ。水中でとろっと流れ落ち、雪みたいな細かい粒をぱらぱら散らすぐらいがいい。

シロップがいいあんばいのフォンダンになったら、火からおろし、濾《こ》しておく。

お次はじゃがいもでんぷんだ。たっぷりの水で溶き、ふゆいちごのコーディアルを色味に一垂《ひとた》らし。火にかけ、ホイッパーで無限に混ぜ続ける。なめらかな口当たりにするため、ここが気合の入れどころだ。

しゃびしゃびの液体が次第にねっとりし、つやつやしてきたら、ここにさっきのシロップを加えては混ぜ、混ぜては加える。まだまだ妥協は許されない。煉獄《れんごく》にでもいるような気持ちで、とにかく混ぜ続けよう。いつか許される日は必ず来る。

飛び散る糖液の熱さと脳がばかになりそうな甘い匂いにめげず、ひたすらぐるぐるしていくと、やがて生地がつやつやになり、透けるような美しさを帯びてくる。ホイッパーを持ち上げて生地がついてくるようになったら、木べらに持ち替えて上下を返すように練っていこう。

この異世界にやって来てから、なめらかなもののために積み重ねてきた苦闘は数知れない。ターキッシュデライトは、戦いの中で成長してきた今だからこそ挑める、集大成にふさわしい料理と言えるだろう。絶対に二度とやりたくない。

鍋肌からはがれるようになるまで、混ぜること計一時間。でんぷんをはたいた保存容器に移し替え、一晩置いてターキッシュデライトのできあがり。

どうぞご賞味くださいませ。

と言ったものの、マリン君は不安げにキアレッツァさんの顔を見上げ、キアレッツァさんは不安げに榛美さんの顔を見上げていた。

それは、まあ、こんな豪雪の日に屋台を出せると考えた見通しの甘すぎるうすのろがつくる料理は、ちょっとご遠慮願いたいよね。

こういうとき、頼りになるのが榛美さんだ。おわんのかたちにした両手をこっちに差し出していて準備がいいし。

「はいどうぞ」

てのひらに転がり込んだターキッシュデライトを、榛美さんはぽこんと口に放り入れた。奥歯でちょっと噛《か》み、潰れてはみ出たところを舌で舐《な》め溶かすように味わい、反対側の奥歯に送ってにちにち噛み、なんか辛抱たまらなくなったのかむぎゅっと噛みしめた。

「んふぁあ……」

とろんとろんだ。

レシピから分かるとおり、シロップをそのまま啜《すす》ってるようなものだからね。それはもう、とろんとろんもさもあらん。絶対にまた作ろう。

マリン君が、キアレッツァさんの袖を引いた。

「すみません、いただきます」

キアレッツァさんは、噛みつかれるんじゃないかってぐらいおびえながら一つ摘《つ》まみ、端っこをちょっとかじった。

「うあ」

で、うめいた。さもあらんさもあらん。

「マリン、ちょっとずつね、ちょっとずつだよ」

ちぎった切れっぱしを与えられたマリン君は、

「うあ」

さもあらん感じになった。

親子でちまちま食べ進めていくうち、だんだんキアレッツァさんとマリン君の顔色がよくなっていった。ブドウ糖もたっぷりのターキッシュデライトは、体内でたちまちエネルギーに変わって血糖値を上げてくれる。お二人がどんな苦境に遭っていたのかは想像もできないけれど、今の状況にはうってつけだろう。

こうなってくると、塩分も必要だ。たんぱく質もビタミンも食物繊維も、必須アミノ酸だってぜひとも摂取していただきたい。

となれば、やるべきはひとつだ。

「榛美さん、おでん出しちゃおうか」

「んふふ！　はい！」

「それは、でも、私たち、お金が……その、情けない話なんですが」

「まあまあまあまあ、そのへんはね。どのみち駄目になっちゃう食材なんで、召し上がっていただけると僕らも助かります」

ステン槽を机にがこっとはめて、つゆを流す。糖と醤油《しょうゆ》と脂のにおいに、だれかのおなかがきゅうっと鳴る。

「ちょっとお時間いただいちゃうんで、そのあいだにこちらをどうぞ」

さっとゆがいて塩抜きしたシーアスパラガスを、ツナとマヨネーズで和《あ》えた突き出し。これを小鉢に盛って、お出しする。

「すみません、いただきます、すみません」

キアレッツァさんは何度も頭を下げながら一口いって、味をたしかめ、マリン君にも食べるよう促した。二人して平らげたあとは、すこし気が緩んだみたいで、キアレッツァさんは身の上話をしてくれた。

ヘカトンケイルでは、ありふれた不幸だった。国外に脱出するってもお金もない人たちは、無茶な仕事にでも飛びついて、やっとの思いで得た収入をごうつくな薪売《まきう》りにふんだくられている。

家屋の燻蒸《くんじょう》消毒にしたって、迷信と立ち向かうべきなのはおびえた人々じゃなかったはずだ。白神なんて呼ばれてすこしは知恵があると目されている僕たちみたいな人間が、もっと努力するべきだった。とんでもない空振りに終わるとしても、寄り添ったり理解を求めたりするべきだった。無知と無理解を嘲笑《あざわら》ったり、お触れを出して済ませたりするのではなく。

「お待たせしました。牛すじ、黒はんぺん、大根、じゃがいも、たこで五点盛りです」

「あとねー、飲み物もです！　さっきのやつですよ」

この感じだと注文をお伺いしても遠慮されてしまうだろうから、勝手に押し付けることにした。このまああ無遠慮な親切にびくつきながら、それでもふたりは、僕のおでんを食べてくれた。

「あのう！　すみません！　こちらはなにか、お食事を出しているのですか！」

ビニールカーテンの向こうから、大声が聞こえた。びっくりした榛美さんがすぐさま僕の後ろに隠れた。

「どうぞー！」

負けじと声を張り上げてみる。大柄な男性が雪といっしょにカーテンをくぐり、倒れるような一歩を歩んでから、力なく椅子にもたれかかった。

ぼろぼろのコートを着た男性からは、ひどい臭いがした。狭い部屋に何日も閉じ込められていたような、こもった体臭だ。

「なにか……すみません、なにか、飲み物を」

「どうぞ！」

誰よりも早く動いた榛美さんが、あたためたサングリアの杯を男の人に手渡した。受け取って、一息に飲み干した男性は、鼻をすすってくしゃみをした。

「夢、夢だろうか？　真冬に服を脱ぎだす愚か者も、こんな夢を？」

矛盾脱衣の概念、この世界にもあるんだ。

「どうせ夢なら、なにか召し上がっていきませんか？」

声をかけると、男性はけっこうばっちり唖然《あぜん》として僕を見た。かちこちになっていたあごひげがしなしなに解凍されていき、首筋にしたたった水の感覚で我に返ったらしく、頭をぶんぶん振って立ち上がった。

「ご主人、恥を忍んでお願いする。十人分の食糧を、都合してくれないだろうか」

「いいですよ」

「え」

即答すると男性はますます唖然《あぜん》とした。

「や、その、なんと言ったらいいか。私は、朝ぼらけ丸という船に乗っている者なのだが」

「朝ぼらけ丸⁉」

キアレッツァさんが、男性に飛びついた。

「失礼ですが、マルコ・クィリーニはご存じですか⁉」

男性は目をぱちくりさせた。

「もと船員のマルコ・クィリーニはうちの大将ですが……」

それから、キアレッツァさんを安心させるように、ゆったりとうなずいた。

「なるほど、よく分かった。あなたたちが、大将ご自慢のキアレッツァとマリンだね。マルコは無事だよ。まあ、つまり、腹になにか詰め込んでやれば無事になる、ということだが」

僕は棚からアルミ鍋を引っ張り出して、つゆとおでんをみっちみちに詰め込んだ。多少は保温になるよう、なんかそこらへんの布でぐるぐる巻きにしておく。

「お手数ですが、案内していただけますか？」

男性はカウンターに紙幣を置き、鍋を受け取りながら首を横に振った。

「いや、それには及ばない。すぐにでも取って返して、たらふく飲み食いさせてもらうつもりだからね。むろん、我らがマルコも連れてくるとも」

マリン君を抱いて泣き出してしまったキアレッツァさんに、男性は微笑《ほほえ》みかけた。

「すこしですけど、お酒のご用意もあります。ぜひみなさまでお越しください」

「ありがとう、ご主人。すぐに押しかけてみせるよ」

船員さんはコートに鍋をすっぽり包み、雪の中をずんずん突き進んでいった。

「さてさて、どうやら忙しくなりそうだね」

「んふふ！　今日はずっと楽しいですね！」

僕はどうやら、かなり完璧な経営判断を下せたようだった。

◇

そんなことがあって、それから翌々日。

僕とパトリト君は、なぜか朝ぼらけ丸に乗せてもらっていた。

縦帆《じゅうはん》はざくざく風を切り上がり、快晴の空の下、アディリオーネ川をずんずん遡行している。

朝ぼらけ丸は起重機を積んだ河川航行用のジャンク船で、もとはどうやら土砂の浚渫《しゅんせつ》に使われていたらしい。かつて債務者から巻き上げたものだと、フェデリコさん——屋台に一昨日迷い込まれた男性客だ——が言っていた。

「こんな状況では金貸しもどうにもならないよ。債務者は死ぬ、保証人も死ぬ、債務監獄は閉鎖される。あらゆる債権が焦げついたわけだ」

とはフェデリコさんの弁だ。残桜症《ざんおうしょう》と凍れる冬は、ありとあらゆる社会階層に致命的な打撃を何度も何度も食らわせていた。

「やーびっくりしたわ。マルコのこと助けてくれてありがとね、康太くん」

どうやらパトリト君は、キアレッツァさんとマリン君のご家族であるマルコさんと顔見知りだったらしい。パトリト君は船上貴族の御用聞きもやっていたので、そこで知り合ったのだろう。

「仕入れでもなんでも、白神さまのお好きに使ってくれりゃあおれの気も晴れるよ」

「ありがとうございます、マルコさん。本当に助かりますよ」

僕が人生最大級のばかをさらすきっかけになった吹雪は流通網を麻痺《まひ》させ、市場での食材調達が一時的にできなくなってしまった。がらんとした市場《いちば》でぽかんとする僕とパトリト君に、声をかけてくれたのがマルコさんだ。目を合わせるなり膝をつき、おいおい泣きはじめたので仰天してしまった。

あの日、おでんを食べ尽くしお酒を呑《の》み尽くした朝ぼらけ丸のご一行は、無事に得た収入でどうにか燃料と食糧を買えたらしい。それで、まあ、僕がなにをしたというわけでもないのだけど、お礼をしたいと申し出られてしまえば、厚意を踏みにじるのは失礼だ。

そんなわけで、仕入れに困っているんですみたいな話をしたところ、たちまち船出となった。

「ひでえ荒れ模様だったよ。川なんか生き物みてえにうねってさ」

キアレッツァさんを恐怖と混乱のどん底に叩《たた》き込んだ長い航海について、マルコさんはそう語った。

「でもよ、手紙を届けにゃあ金はもらえなかったんだ。本土の別荘にこもってやがる、偉大な門閥市民さまのところまでよ」

「そういう人たちがさ、何してるかマルコ知ってる？　毎日毎日、暇つぶしに爆笑ものの話とすけべな話してんの。いっぺん招かれたけど、わーって思って逃げてきちゃった」

パトリト君の言葉に、マルコさんはため息をついた。すごいな、ほとんどデカメロンの世界だ。

「盛り上がってたねー。王殺しの話も」

「あっちもこっちもですねえ」

エイリアス・ヌルと接触したピスフィは、その謀略の全貌を聞かされた。疫病と貨幣経済の破壊によって、無数の小さく完璧な社会を生み出すことが狙いらしい。うんざりするほど遠大で、げっそりするほど厄介だ。この夢物語がうまくいかなかったとしても、めちゃくちゃな勢いの大量死は急加速するだろう。しかも、いくらでもやり直せるのだ。

ときにアノン・イーマスとして、ときに鷹嘴穀斗として、エイリアス・ヌルはこれまで世界史規模の実験を繰り返してきたのだろう。アジャイル開発みたいなやり口の社会実装に精力的な不老不死なんて、今まで見たことも聞いたこともない。どことも知れない孤島で、顔を描いたボールかなんかといっしょに、悟り澄ました顔で人間社会を眺めていてほしい。

「陛下をどうこうするなんてのは、考えるだけでも怖《こ》ええ話だよ。でも、そうしてえって連中は増えてんだろうな。そいつをいいことだと思っちまってんだからつける薬もねえや」

もともと船員で、今も朝ぼらけ丸で川を行ったり来たりするマルコさんは、本島の社会情勢からすこし距離を置いている。冷静に語れるのはそのためだろう。たとえば、僕がヘカトンケイルに生まれ育っていたら、ぶっ殺してやるよこの俺がよお！ ぐらいのことは調子に乗って言っていたかもしれない。

「パトリト！ 風出てきた！ どうしよ！」

船員さんのひとりが、パトリト君に声をかけた。

「あ、まじだね。んーじゃ漕走《かいそう》に切り替えよっか。うーっし、みんなで畳帆《じょうはん》しよー！　康太くん、俺ちょっと行ってくるね」

甲板のみんなが、パトリト君を中心に動きだした。蛇腹状《じゃばらじょう》の帆がぱたぱたっと畳まれ、冗談みたいに巨大な一対の櫂《かい》が、船腹からにゅっと突き出した。

櫂がばしゃばしゃと水を掻《か》き分け、速度を落とした朝ぼらけ丸の向こうで、雪をいただいた丘だのすっかり葉っぱを落とした森だのがゆったりと流れていった。

「手慣れたもんですねえ、パトリト君」

戻ってきたパトリト君に、声をかける。パトリト君は、笑顔と取れなくもないような顔をした。

「まーね。浚渫船《しゅんせつせん》は乗ってたことあるから。ロンバルナディア川で」

パトリト君は、あっちこっちでいろんな仕事をしてきたらしい。いっしょにマグロ漁をやったこともある。

「御用聞きで兄弟会をやるってんなら、おれはパトリトに船頭をやってもらいたかったんだがなあ」

マルコさんがぼやいた。

「俺？　無理無理無理。おでん屋あるもん。でしょ康太くん」

「いつも助かってますよ」

パトリト君の人なつっこさと顔の広さがなければ、仕入れの一つもまともにできなかっただろう。親切なふりをした悪人にぼったくられたり、むちゃくちゃに粗悪なものを押し付けられたりしていたはずだ。

「なにやってんだかって、今でも思ってますか？」

横顔にしんどさのかけらを認めて、僕は訊《たず》ねた。パトリト君はうさ耳をひとさし指に巻きつけながら、困ったように笑った。

「ずっと思ってるよ。みー姉ちゃんに、いっしょに来ないかって聞かれた日からずっと」

踏鞴家給地への旅に、パトリト君も誘われたそうだ。悠太《ゆうた》君と引き合わせたら、絶対におもしろおかしくなっていただろう。それはまあ想像にとどめておいて、とにかく、パトリト君は同行の誘いを断った。

「なんもできないのに、ただくっついてくのが怖かったんだ。でも、なんもできなくても、いっしょにやろうよって言えてたらよかったな」

パトリト君は、要領がよくてなんでもできるタイプだと思う。その才覚が、ネイデル家にふさわしいものであるかどうかはともかく。

いやはやまったく、おなかの底で育ってしまった劣等感をやっつけるっていうのは、簡単なことじゃないよね。

なんだかしょぼくれてしまった気持ちを切り替えようと、僕は大きくのびをした。

くらっとして、まぶたの裏がまっしろになって、甲板をよたよた横切った僕は手すりにぶつかって尻もちをついた。

「えー！　康太くんどうした！　大丈夫か！」

「すみません、なんだろ、急にめまいが。立ちくらみ？　立ってたんですけどね」

僕はやくたいのないことをごちゃごちゃ言いながら、パトリト君が差し出してくれた手を掴《つか》んで立ち上がった。

「ちゃんと寝てる？　働きすぎでしょ」

「いやーすみません、お客さんいらっしゃるとどんどん楽しくなっちゃって。性分ですね」

パトリト君は僕をじーっと見た。

「気を付けなね。康太くん倒れたらはっしー泣いちゃうよ。俺も泣くけど」

「ええまあ、今はなんでも自分たちでやってますからね。竹串ぐらいは業者さんにお願いしようと思っています」

「あれね、単純作業すっげー楽しいけどさすがに委託したいよね」

静岡おでんの串は、たねによって太さやかたちを変える。具材に合っているかどうかもそうなんだけど、一番は回転ずしのお皿といっしょでお勘定しやすくするためだ。

やってみたかったのでやってみたところ、たしかにお会計はすこぶる楽ちんだった。とはいえ作るのはそう簡単ではなく、一時間かけて百本がせいぜい。使い回すわけにもいかないので、在庫がなくなったら岬で竹を切り出すところから始めることになる。

さすがにやりすぎだとは思うけど、これが楽しくて仕方ないから困っちゃうよね。

僕はあくびを噛《か》み殺し、まだちょっとくらくらする頭の、こめかみを親指で強く押した。

◇

板金の石炭ストーブが、L字のごっつい煙突から、曇った夜に煙を吐きかけていた。

お客さんたちは暖を取ろうとできるだけストーブに近づき、それでもがたがた震えながら、だし粉たっぷりのおでんを召し上がっていた。

「驚嘆すべきにぎわいじゃな」

ピスフィは、ビニールカーテンの外に向けていた視線を僕に戻した。

「おかげさまで、どうにかこうにかやれていますよ」

十祭ヘカトンケイル店は今日も大盛況だ。テイクアウトを始めたし、入店できなかったお客さまのために石炭ストーブを導入した。

「黒はんぺん牛ふわつぶ三つずつ！　お願いします！」

衢川さんが、カーテンに顔を突っ込んでがなった。

「あいよー。ちょっと待っててねちがちゃん」

パトリト君がお皿に盛ったおでんを手に出ていく姿を、ミリシアさんはにこにこしながら見送った。

「実以《じつもっ》て、寡占事業であるな。風向きを見ていた居酒屋も、そろそろ店を開け出す頃合いであろうが」

「分散していただけるとありがたいですね、正直。連日キャパオーバーです」

「榛美ちゃん！　お酒ちょうだい！」

「はーい！」

僕たちの会話は、元気な酔っぱらいの不必要に陽気かつばかでかい声でたびたび遮られた。好ましい喧噪《けんそう》だった。

「突然のことじゃが、しばしヘカトンケイルを離れようと思うておる」

「え、本当に突然ですね」

他の誰が死んでもピスフィだけはヘカトンケイルに残るものだと思っていた。とすれば、よっぽどのことがあったのだろう。

「ナバリオーネが専制をきわめておったとき、みどもは知己の門閥市民じゃの貴族じゃのなんじゃのに、片端から手紙を送った。パトリトはよく覚えていよう」

ちょうど店内に戻ってきたパトリト君が、苦笑を浮かべた。

「あったねーそんなこと」

お屋敷に軟禁されたピスフィが、監視員に任命されたパトリト君を無茶なとんちで虐使した話は僕も聞いている。

家を飛び出したピスフィはナバリオーネと対決し、こてんぱんにされ、マナ陛下に慰めてもらったそうだ。

その後もパトリト君は、ピスフィがしたためた手紙をあっちこっちに送ったり、なにくれとなく便利に使われていたようだ。

「結果はよく知っていよう。みどもらは助力を得られず、みどもらのみの力でナバリオーネと向き合った」

ピスフィは苦い顔をした。饗宴《きょうえん》の結末は、決して楽しいだけのものではなかった。ナバリオーネは白色テロの首謀者として嘲笑される未来を選び取り、獄中で亡くなった。

僕は今でも、ナバリオーネのことを頭のいかれた人でなしだと思っている。ここにいるみんなも、似たようなものだろう。それでも死んでほしくはなかったし、今とは異なる未来もあったはずだ。

「しかし、ただ一通、みどもの手紙に返信があったのじゃ」

「それって」

ピスフィはてのひらをこっちに向け、僕の言葉を制止した。

「多くは語るまい。誰がどこで聞き耳を立てておるか分からぬからな。ともかくみどもは、さびがも丸を動かすべきじゃと判断した」

さびがも丸には、ヘカトンケイルに来るとき乗せてもらった。外輪付きの木造帆船とでも呼ぶべき代物で、エンジン代わりに乗り込んだ一流の魔述師が、外輪をくるくる回して航行できる。

「でも、あぶないですよ」

榛美さんがものすごく素朴な心配の表情をピスフィに向けた。

「実に、榛美はものごとの本質をよく捉えているな。そのとおり、危ない」

想定されうる厄介ごとをリストアップしていったら、Ａ４一枚では足りなそうだ。航海一般につきものの危険もそうだし、船内で残桜症《ざんおうしょう》が発生したらあっという間に全滅だし、入港先で火矢を射かけられるかもしれない。こちらが海のどまんなかで死ぬ分には最悪もう仕方ないかもしれないけれど、清浄地を汚染してしまう可能性だってある。まともな人間であれば、国外に赴こうなどとは思わないだろう。

「最大の困難は人手でありましょう。嬢の死出の旅に、付き合ってくれる者がいるでしょうか」

「さてな。出たとこ勝負じゃ」

ミリシアは笑った。

「実以《じつもっ》て、社訓でありますね」

ピスフィもミリシアさんも、まともな人間であるはずがない。夢に灼《や》かれて命の価値を見失い、灰になるまで止まれない、二人とも、そういう人種だ。ナバリオーネがそうだったように。

「実のところ、信頼のおける命知らずを探しておるところじゃ。まずまず困難なリクルートとなっておるが」

ただ単に捨て鉢になっている人たちを集めたってろくなことにはならないだろう。ピスフィやミリシアさんの持つ人脈は、スプレンドーレ島で頭を抱えているか、どこか人知れない別荘でデカメロンみたいなひま潰しに興じている。これはなかなか、むずかしい問題だ。

「牛すじたこ小あわび焼《や》き麩《ふ》じゃがいも！　お願いしま……パトリト君？」

カーテンに顔を突っ込んだ衛川さんが、パトリト君に呼びかけた。

横に目をやると、パトリト君は、おでん鍋をじーっと睨《にら》んでいた。

「あの、注文」

「えごめん、なんだっけ？　ぼーっとしてた」

衙川さんとパトリト君は、ちょっとのあいだ、なんだかじっと見つめあった。ちょっとのあいだというのは、衙川さんがすぐにうつむき、にやにや笑いを浮かべて頬の内側を奥歯で甘嚙《あまが》みしはじめたからだ。

僕はすすっと鍋に向かい、注文分を取り分けてパトリト君に渡した。

「お願いします、パトリト君」

「えっあ、ああー?」

パトリト君が雲をつかむような返事をした。

「ご提供終わったら休憩どうぞ。外は僕が見ておきますから」

パトリト君が「いやそれは」の顔をしたので、僕は断固としてにこにこした。

「ごめん、ありがと康太くん」

「いーえ。衙川さん、カウンター入ってください」

「いいけど」

返事をしながら、衙川さんは、のそのそ出ていくパトリト君の後ろ姿に目をやった。

「どうしたのあれ」

「なんだろうねえ。ちょっと見てくるよ」

衙川さんと入れ替わりに外に出た僕は、パトリト君の姿を探した。屋台の光が届くか届かないかぐらいのうすぐらいところ、膝ぐらいの高さが積もった雪の前に、パトリト君は突っ立っていた。

「大将！　お酒お酒！　あとなんかおすすめ！」

「ただいまお持ちします！」

オーダーをさばいてお客さんとちょっと雑談して、またオーダーを受けて、おでんとお酒を手に外に戻って、パトリト君は雪像みたいに動かなかった。

声をかけるべきかどうか、すこし迷った。

他人に背中を押されたという事実が、わだかまりになってしまうかもしれない。自分ひとりで決断したという事実が、誇りになるかもしれない。

なんとなく僕は、パトリト君とはじめて出会った日のことを思い出した。どういうわけだか僕たちはまぐろ漁船に揺られていて、酸《す》っぱいワインを回し呑《の》みしながら、お互いの弱みを晒《さら》しあった。

それから、こうしたのだ。

「どひゃあ⁉」

この「どひゃあ⁉」は、いきなり僕に肩をばしっと叩《たた》かれたパトリト君の「どひゃあ⁉」だ。

「えっなに……」

呆然《ぼうぜん》とするパトリト君にちらっと笑顔を向けて、僕はお客さんのところに戻った。矢のように飛んでくるオーダーを受けて店内に戻り、出ていくと、パトリト君はお客さんの輪に混ざっていた。

「ねえよ！　仕事も石炭も！」

「死ぬしかねえなおい！　死ぬしかねえ！　あっはっは！」

「なにー、だめでしょ死んだら」

「いやー死ぬね！　だんぜんおれはね！」

呑んだくれとがなりあって、空元気《からげんき》と空笑《そらわら》いの中に力を溜《た》めて、パトリト君は大きく息を吸い込んだ。

「じゃあさじゃあさ、仕事見っけてきたよ俺！　みんなでお姫ちゃんの船に乗ろ！」

震える手で杯を強く握りしめて、ばか話を装って、できるだけ他愛のないことのように、パトリト君は声を張り上げた。

一瞬、笑い声も怒鳴り声もぴたりと止《や》んで、酔いの醒《さ》めた視線がパトリト君に集中した。跳ね返すみたいにパトリト君はへらへらした。

「海に出るってんならよ、パトリト」

最初に口を開いたのは、マルコさんだった。マルコさんはしかつめらしい顔で歩み出ると、

「今度こそ、おまえさんが船頭をやってくれるんだろうな」

にいっと笑って、パトリト君の肩を叩《たた》いた。

そこからは、みんなで寄ってたかってパトリト君を小突いたり、その場で奇声を上げながら飛び跳ねたり、ちょっと気分が上がりすぎたのか雪合戦が始まったり、なんだかもうめちゃくちゃな大騒ぎが始まってしまった。

「ストーブ、お気をつけくださいね」

ぜんぜん聞いちゃいない人たちに一応はお声がけして、僕は店内に戻った。オーダーは当分入らなさそうだ。

「どうした、康太。けんかでも始まったのか？」

ピスフィもミリシアさんも、カーテンの向こうに奇異の目を向けていた。

「ああいえいえ、大丈夫ですよミリシアさん。そのうち落ち着くと思います」

僕がカウンターに戻るなり、頭に雪をのっけたパトリト君が、カーテンの隙間から顔を出した。

「お姫ちゃん、命知らず見つけてきたよ！　いっしょにやろ！」

ピスフィはけっこう長いこと完全に瞠目《どうもく》していた。パトリト君の頭に載った雪がぐらぐら揺れ、うさ耳を滑走して床に落ちるまでのあいだ、たっぷり唖然《あぜん》としていた。疑念やら質問やらがぐるぐる渦巻いたのだろう。

二人はしばらく銃口を向け合うように見つめ合った。一方は海のような深く昏《くら》い瞳で、もう一方は、力ずくでへらへらしていた。

やがて息を漏らすように笑ったピスフィは、椅子から飛び降り、歩み寄り、パトリト君の腰をぽんと叩《たた》いた。

「音の鳴るおもちゃはもう要らぬぞ」

パトリト君は大声で笑った。

「では、パトリト。さびがも丸を艤装《ぎそう》せよ」

「……うん！　おーっしゃ、やーったろうかい！」

二人が肩を並べて外に出ていくと、騒ぎはますます激しくなった。このあたりが閑静な住宅街ではなく、廃墟も同然のショッピングモールの人気《ひとけ》も絶えた広場でよかったなあ。

「ミリシアさん、いいんですか？」

カウンターでおでんをつまむミリシアさんに、榛美さんが声をかけた。

「よいであろうさ。我が弟の為《な》してきた善が実ったのだ。これ以上に喜ばしいこともない」

「え？　あ、はい！　んふふ！　そうですね、パトリト君ですからね！　あれえ？」

榛美さんは、にこにこした直後に首をかしげた。

「それはいいことですけど、ミリシアさんはその、なんか、ピスフィちゃんのところに行かないんですか？」

「私が？」

ミリシアさんにつられて、僕たちは外を見た。らんちき騒ぎも落ち着いて、どうやらピスフィは、志望者に会社説明を始めたらしい。みんなまじめな顔でピスフィの話を聞いている。

「スプレンドーレ島はいつでも人手不足だ。厄難あらば揃《そろ》って客死《かくし》のとんまを晒《さら》すよりは、一人でもこちらに残るべきであろう」

「かく、し！」

榛美さんは正真正銘ぶったまげてその場でまっすぐ跳ね、着地するなりおろおろと小刻みに足踏みした。

「し、し、し……それは、じゃあ、だって、そんなの、でも、だったら」

思いつく限りの接続詞をずらずら並べ、説得的な言葉を喉の奥からどうにかこうにか引っ張り出そうとしばらくがんばって、

「んうー」

けっきょくは、ぐったりとため息をついた。

「分かってもらえてうれしいよ、榛美」

「分かってないです」

ミリシアさんは泰然と笑った。

「そうむくれるな、死すると決したわけではないのだぞ」

「むうう！」

「私は嬢のご決断に茶々を入れんし、この際お力添えも差し上げない。取り決めたわけではないが、自然、そうなったのだ」

ミリシアさんは頬杖《ほおづえ》をつき、グラスのふちを指でなぞった。なんだかさみしげで、なんだか誇らしげな、だから、偲《しの》ぶような笑みを浮かべていた。

「約定のその日が、こうも早く訪れようとはな」

「なにかお約束されていたんですか？」

ミリシアさんはかぶりを振った。

「べつだん、たいしたことではない。嬢と私のごくごく個人的な誓約さ。康太、もう一杯つけてくれ」

杯に注いだ火酒《かしゅ》を、ミリシアさんはついと飲み干して深く息を吐いた。

「まったく、なあ、まったく、ピスディオ、それにカンディード。おまえたちはそうそうに死んで損をしたぞ」

空っぽの器の底に自分を映して、ミリシアさんは呟《つぶや》いた。

◇

「そろそろじゃの」

「そだね。なんかそんな感じないけど」

朝の波止場は静まり返っていた。海には乳色のもやが漂って、大きな紫色の影になったさびがも丸がゆったりと揺れていた。

「道中お気をつけて、ピスフィ」

「あったかくしてくださいね！」

「ありがとう、こうた、はしばみ」

荷物の積み込みは終わって、あとはピスフィとパトリト君が乗り込むばかりだった。旅行く者と残る者は向き合って、どこか落ち着かないような、なんだか間《ま》が持たないような、はんぱな笑みと言葉を交わし合っていた。

奇妙な感じだった。今生の別れになる可能性はおおいにあったのに、僕たちにはまるで実感がなく、海風にがたがた震えながら、うすぼんやりと時間を潰していた。

「その、えと、パトリト君」

衛川さんが何か言いかけて、パトリト君に笑顔を向けられるなりうつむいた。

「きっ気をつけてね、って紺屋さんもう言ったっけ」

「ありがと、ちがちゃん。おみやげ買ってくるからさ俺。帰ってきたら、キュネーのところに流してあげよ」

衛川さんは唇をふるわせながら頷《うなず》いた。

もやを掻《か》き分けるように曙光《しょこう》が差して、僕たちは海を見た。

移民島のひとびとは、キュネーさんの遺体を小舟に乗せて海に流したという。それがキュネーさんの宗教観に沿う葬儀であったかどうかは、もう誰にも分からない。

「ほんじゃーちょっと行ってくるわ」

ぱっと身をひるがえして、パトリト君は駆けていった。

「照れだな、あれは。我が弟ながらかわいいやつだ」

ミリシアさんがにやにやした。照れなんだ、あれ。

「では、みどもも行くとしよう。ミリシア」

「はい」

「戻らなかったらそのときは、ヘカトンケイルを頼んだぞ」

小さくうなずいて、ミリシアさんは膝をつき、ピスフィの体に腕を回した。ピスフィはめんくらったような棒立ちで抱き寄せられた。

「行ってらっしゃい、ピスフィ」

ピスフィの体から、一瞬、力が抜けたように見えた。

強く目をつぶって、顎を上げ、胸いっぱいに息を吸い込むと、深く吐き出しながら抱擁を返した。

ミリシアさんはピスフィの頭に手を置いて、許すようにわずかな力を込めた。ピスフィは首を傾け、ミリシアさんの肩に目を押し当てた。

二人はしばらく、そうしていた。

それ以上の言葉を交わさず、ピスフィとミリシアさんは別れた。

「さて、私はスプレンドーレ島に戻るよ。実はマクベスの上演を差し止めたことで、劇団と係争になってな。原告の身ゆえ、あまりうろちょろもできん。あなたたちは、今日も仕事か？」

去り行くさびがも丸にはもはや目もくれず、ミリシアさんはけろっとした調子で訊《たず》ねた。

「え切り替え早」

衛川さんがやや唖然《あぜん》とし、ミリシアさんはなお悠然とした。

「なに、我が意はピスフィによくよく伝わったとも。では、生きていればまたな」

ミリシアさんは上機嫌で立ち去っていき、僕たちはちょっと顔を見合わせてしまった。

何か言うべきなのかもしれなかったけど、何を言っても野暮になりそうだった。

「なんかしらですね」

榛美さんが突如として断じた。なんて頼もしいんだ。

「あー……まあ、それはそうよね」

「はい！　なんやかやです！」

「便利すぎない？」

「でも榛美さんの言う通りではあるからなあ」

「二対一になるのやめてくれない？　もう味方いないんだけどこっちに」

じゃれ合いの中にさみしさを溶かして、僕たちも波止場を後にした。

さあ、今日も仕事だ。

冬の太陽はわずかにとぼしい光となって、層雲に覆われたまま、しらじらと力なく町の上にかかっていた。

小路はじめじめして風がひどく、ときおり、氷とも雪ともつかない、やわらかい霰《あられ》のようなものが降ってきた。

「いろいろ仕入れなきゃだし、市場《いちば》を歩いてくるよ。二人は先に帰ってて」

「行きますよ！　わたしは！　力がありますから！」

「あたしも別に、帰ってもやることないし」

「でも、けっこう重いよ」

「だったらなおのことでしょ。パトリト君いなくなっちゃったんだから」

名刀みたいな鋭い正論だ。ぐうの音も出ない。

「力があります」

榛美さんが衞川さんの正論をめちゃくちゃ頑丈に補強した。

「しまったなあ、力があるのか」

榛美さんは首を重々しく縦に振り、自分の言葉に圧倒的な真実味を付け加えた。

「それに決めましたからね。康太さんを見るって」

「あれ榛美さんも含まれてたの？」

パトリト君と約束を交わした衞川さんは、思わぬ介入にちょっとぎょっとした。

ふっとまばたきして、僕たちは市場《いちば》をうろついていた。

「薪《まき》がね。昨日あるだけ燃やしちゃってさ。営業分は運んでもらうとして、家で使うのは持って帰らないと」

喋《しゃべ》ってることがなんだか他人事《ひとごと》みたいな気分だな。

「ばか高いでしょ今、石炭も。あとなんかごみみたいな炭《すみ》売ってない？」

「黒木《くろき》ってやつだね。小枝なんか蒸《む》したもので、江戸時代ではよく見かける燃料だったみたい。家で試してみようか」

「怖、すって豆知識出てきた。あたしけっこうびっくりしちゃったんだけど値段見て。あ石炭の話ね。お店、利益出てるの？」

「実のところ、半分は道楽みたいなものだからね。家賃を払ってない味ってネットミーム、衢川さんは見たことある？」
「ある、めっちゃある！　懐かしすぎる！」

「あれといっしょ。販売管理費をまじめに突き詰めたら、あの値段ではやれないよね」

強風にあおられる風鈴みたいな高い音が、頭の中でずっと鳴っていた。それにしてもずいぶん高い音だ。りんりんりんのりんとりんとりんのあいだが重なってずっと一つの音みたいだ。

「それ大丈夫なの？　競合店舗に焼き討ちされない？」

「そこが心配なんだよねえ。ダンピングになっちゃってる可能性があるんだ」

「そもそもお店やってないから比べようもないわよね」

すっごい冷や汗出てきた。

「イベントだと思って許してもらえないかなって。仙台初売り《せんだいはつう》みたいなさ」

「あの毎年めっちゃ騒ぎになるやつね。買ったのより高いおまけ付いてくる初売り」

「康太さん？」

榛美さんの声が水中で聞くみたいにくぐもっていた。息が詰まった。ぎゅうっとちぢんだ心臓がぴたっと動きを止めてから、弾《はじ》けるような勢いで鼓動していっぺんに血を流し、こめかみがぶわっと膨らんで視界がちかちかした。

なんかまずいなと思いながら、いや実のところけっこう前からかなりまずいのは分かりながらも見て見ぬふりをしていたんだけど、ぜんぜん眠れないし眠りが浅いしたまに自分でも何言ってんのか何考えてんのか分かんなくなったし匂いのきついものが食べられなくなってたしお酒飲むたび吐いてたし汗かくとじんましん出てたしそれはまあ今はいいとして僕はざる一杯の黒木《くろき》を買って持ち上げようと力をこめて強烈な吐き気と頭痛を感じてありゃりゃりゃりゃまずいまずい本格的にまずいぞこれは世界がまぶたの裏側のオレンジがかった暗闇になった。

◇

やけに寒くておまけに煙かった。畳んだ内臓をレモン搾りでぐりぐりスクイーズされてるみたいな吐き気がして、冷や汗が止まらなかった。

体のあっちこっちがびりびり痺《しび》れて、腰と背中が鈍く痛んで、骨の髄までがたがた震えていた。まちがいなく低体温症の兆候だ。

まともに体温管理ができなくなっているのは、自律神経がばかになってしまったからだろう。その証拠に来期の市民税が不安で不安で仕方ない。

重たいもの同士がぶつかるみたいな音がした。僕はシャッターみたいに重たいまぶたを力ずくで持ち上げた。ぼやけた視界に映っているのは榛美さんと銜川さんだった。

どうやら何かを破壊しているらしい。テーブルだ。ひっくり返したテーブルの脚に、火かき棒を叩《たた》きつけている。

「硬すぎる！」

衛川さんが悲鳴を上げて火かき棒を放り出した。

「任せてください！　ちぇあ！」

腰の入ったいいスイングで、榛美さんはテーブルの脚を壁までぶっ飛ばした。

「榛美さんやば！　力が！」

「あります！」

衛川さんは床に転がった木材を担いで僕をまたいだ。どうやら暖炉に投げ込んだらしい。

引きずり込まれるような虚脱感が全身を襲って、僕は目を閉じた。

「やばいよ。風も雪もどんどん強くなってる」

衛川さんの声で目を覚ました。

いっそう寒く、いっそう痛みは鋭く、三十秒に一回ぐらいのペースで不整脈がやってきた。

なにひとつ言い逃れようもなく、百パーセント純然たる過労だ。ばかすぎる。どうしてよりにもよってこんなタイミングでひっくり返ってしまったんだ。

ピスフィとパトリト君が出航して、一区切りついたような気分になってしまったのだろう。張りつめた気分がゆるんだところに、疲れが狙いすました一撃を食らわせたのだ。脳卒中や心筋梗塞で突然死するよりはずっとましだね。

「康太さん」

肌がかすかな風を感じて粟立《あわだ》った。榛美さんが近くに来たのだろうか。

ごうごうがたがた、窓が揺れていた。風の音は悲鳴みたいだった。僕は目を閉じた。

「炎よ、炎――」

榛美さんが魔述を謡《うた》っていて僕は目を覚ました。かすかにあたたかい、気がする。僕の体はどうやら布団かなにかでぐるぐる巻きにされているようだった。寒くて眠くて仕方なかった。

「榛美さん、これも燃やしちゃっていい？」

「なんでもです」

「そうね」

がらがらっと音がした。僕はうっすらと目を開けた。衢川さんが、暖炉に木のおもちゃを投げ込んでいた。スクラブルだ。あれで榛美さんといっしょに、遊びながらヘカトンケイルのアルファベットを覚えた。あのときはカンディードさんがいた。パケットさんとキャンディちゃんが。

焼け溶けていくニスの、刺すような臭いがした。僕は目を閉じた。

「だいぶすっきりしちゃったわね」

僕は目を覚ます。

「まだ燃やせそうなものある？　……そう。隣いい？」

「はい」

足音、布のこすれる音、風の音。

「んへへ。あったかいです」

「最終的にはこれよね」

炙《あぶ》られた木がぱちぱち鳴っている。

まぶたの裏側がゆっくりと暗くなっていくのを、重たい寒さがのしかかってくるのを、僕は感じる。

「さむ……」

「白茅ちゃん、もっとぎゅってしていいですよ」

「ありがと。ふふっ、いやごめん、榛美さん体温たっかと思って」

「あったかです」

「力もあるし」

「あります」

　ふたりの笑い声。

「あたしが」

　衞川さんが口を開く。

「あたしがまだ魔述使えたら、春にできたのかな」

「んふふ、いいですね。そしたら屋台です」

「おでん？　春におでん、あーでも、お花見におでんはいいかもね。生きてて一回もお花見したことないけど」

「はい！　いつでもです」

「夏は無理でしょおでん。いや海ならいけんことないか？　生きてて一回も海の家入ったことないけど」

「行きましょう。おでんです」

「あ、出す側なのねあたしたち」

「はい！　だって康太さんのおいしいやつですからね」

　やって来ないかもしれない次の季節についてふたりは話す。

　僕は目を閉じた。

「わたし、知ってたんです。康太さんがふつうの康太さんじゃないこと。でも、止めたらもっとおかしくなっちゃうのも分かってたんです。だから、わたし……でも、でも」

僕は目を覚ます。

「榛美さんのせいじゃないでしょ」

榛美さんが鼻をすする音。

世界が凍っていくような気がした。ありったけのものを燃やして、火種が尽きたのだろう。

朝が来て吹雪が止《や》んで市場が動き出すまで、生きていられるだろうか。ちょっと自信ないな。すくなくとも意識を保っておくのは無理そうだ。

あれこれがんばって、最後は凍死かあ。予想もしていなかったけど、そもそも本厚木《ほんあつぎ》の里山みたいな異世界に迷い込むことが完全に埒外《らちがい》のできごとだ。

帰りたいな。

榛美さんは、死んだら連れて帰ってほしいと望んでいた。きれいな灰になるのだと言っていた。終わったあとの片付け方として、なかなか悪くない気がする。僕もそうしてもらいたい。

「炎よ、炎……」

榛美さんは力なく魔述を謡《うた》った。ささやかな変化すら起きなかった。焚《く》べる魔述も、燃やすものが無くなってしまえば無力だ。

僕が死ぬとして、それはもうしょうがないとして、ほんのすこしでも、榛美さんに責任を感じてほしくないな。

望むのはそれだけだ。

気合を入れれば、二言三言は喋《しゃべ》れそうだった。僕は凍り付いた喉をどうにかこうにか動かした。

「ひ、の」

榛美さんと衛川さんの、息を呑《の》む音がした。僕は咳《せき》ばらいをしようとして、そんな力も残っていないことに気づいた。

「非の打ちどころのない、殺人、だったんだ」

義父の言葉は、性根の曲がった釘《くぎ》みたいに突き刺さっている。

「だから、僕は、なにかしなきゃって」

僕は義父のやっていることにいつもみすみす手を貸して、たくさんの人間を殺した。分かっている、僕が負うべき罪じゃないことは十分に分かっている、それでも、義父の殺人は、僕の殺人だった。

「勝手に、やったことだよ。僕が、勝手に」

正しく振る舞えば、死んでいく人を救えたはずだ。あのとき義子として、このとき白神として。

なのに僕は自分のことだけ甘やかして、あらゆる厄介ごとを取り返しのつかないところまでほったらかしにして、なんの意味もない、屋台なんてなんの価値もない、それも分かってる、自分を追い詰めたって周りの人間が悲しむだけだ、それも分かってる、でも、じゃあ、僕以外の誰が僕を罰してくれるんだ？

「……あたしもパトリト君も、気づいてた。異様にばかになってたし紺屋さん」

かすかに、榛美さんの笑い声。

「止められないなってことも分かってたわ。だから、あたしたちは……けっきょく、代わりに死にたいだけなのかもね」

そうかもしれない。

みんながそうであるように、生き残っていたくなかったのかもしれない。なにかが決定的に損なわれた世界で、その肩代わりができなかったことを、もう許されたいのかもしれない。

身勝手なやつだと思われたいな。どうせなら嫌われて終わりたい。なんであんな間抜けにほんの一時でものぼせあがっていたんだろうと我に返ってほしい。そうして、きれいさっぱり忘れてもらえたら、いいな。

嘘《うそ》だ。灰になって撒《ま》かれた後も、田んぼを見るたび思い出してほしい。もう何を考えるのか自分でもめちゃくちゃだ。眠くなってきた。頭の中で色んな音が聞こえる。ざりざり、きらきら、ちかちか。不合理な恐怖と不合理な幸福感が目まぐるしく脳の中で回っている。だめだちょっと寝よう、これ一回さっと寝ちゃった方がいい。すぐ起きるから一瞬だけ寝よう。

春の匂いを嗅いだ気がした。

ぬれた土と草の匂いを。

踏鞴家給地の春の匂いを。

◇

雪のように音を立てず、それは現れ、部屋に春をもたらした。

「踏鞴家給地の春だよ」

暗闇の中で声がした。

榛美と白茅はひとつの毛布の中で息を詰め、声の出所を探した。

「魔大陸に発ったお母さんが、最後に魔述で包み込んでいったんだ」

「春の、宮」

榛美の言葉に、頷《うなず》く気配があった。

「……お父さん？」

「ああ、そうだよ。こうして話すのは久しぶりだね」

体を折り曲げた榛美は手探りで布団を見出《みいだ》し、腕を突っ込んで康太の手を取った。掴《つか》んだ五指はつららみたいな冷たい棒になっていた。

「あの、わたし、薬、お父さんが、だから、ありがとうって言わなくちゃってずっと」

「当然のことをしただけだよ」

榛美は荒く浅く呼吸しながら、言葉を絞り出そうとあえいだ。

「そっそれで、お父さん、なんで、康太さんが寒くてたいへんで、動けなくて、だから、だから、助けに、助けに来てくれたの？」

穀斗は返事をしなかった。

「じゃあんた何しに来たの、エイリアス」

白茅の不興げな低い声に、エイリアスは小さく相づちのようにうなった。

「お久しぶりですね、敗血姫。キュネーのことは本当に残念に思います」

「……あ？」

「彼女はとても聡明な女性でした。生きていれば、移民島のよき指導者となれたでしょう」

「やめろ。まじで」

沈み込むほど強く噛《か》みしめた歯の内側から、白茅は歯擦音《しさつおん》のような声を漏らした。エイリアスは、かすかな笑い声を立てて口を閉ざした。

「邪魔したわね。勝手に続けて」

白茅は、震える榛美にぴったりくっついた。

颪にまぎれて、組鐘《カリヨン》の音が聞こえた。年越しを告げる鐘だった。

長く尾を引く残響が不意打ちのように断ち切られ、なだれるように襲いかかった寒さが、榛美の体を震わせた。魔述によって留《とど》められた春が去り、凍れる冬が部屋を満たしていた。

「帰ろうか、榛美。おまえの郷《さと》に」

康太の体から体温が流れ出ていくのを榛美は指先から感じる。

「私はおまえを捨てたわけじゃないんだよ。おまえがいて、あの地が完全で、私もお母さんも、ただの邪魔者になっていた」

寒さは生き物みたいに康太の体に入り込み、温度という温度をむさぼり、膨れ上がろうとしている。

「あの土地は、おまえへの贈り物だった。子どもができるというのはね、自分がこの世界の主役を退《しりぞ》いたのだと理解することだったんだ。おまえはよく育ち、よく学び、よく人を愛して、世界を善いものに変えていくだろう。その確信があったから、私はあの土地を去ることができた」

鐘の音の余韻が颪に巻かれ雪に吸われてちぎれるように消えていった。

「理解されたいと望んでいるわけじゃないんだ。でも、これだけは分かってほしい。愛しているよ、榛美。今でもずっと」

「お父さん」

榛美は吐息を漏らしながら父を呼んだ。

「わたしが帰るって言ったら、康太さんを助けてくれるんだね」

闇の中で穀斗は穏やかに微笑《ほほえ》んだ。

「そう、そのつもりだよ。この部屋に春を留め置こう。それで、彼の命は救われるはずだ。見たところただの過労だからね」

「そっか」

「しばらくは、私もいっしょに過ごすよ。彼はいくらか踏鞴家給地を変えただろうからね。正すのは骨の折れる仕事だろう。でも、大丈夫だよ。おまえなら大丈夫だと、私は信じている」

「……お父さん」

「もちろん、彼もいっしょに連れ帰ってかまわないさ。余計な口出しはしないよ。私は娘の選んだ男を否定するような父親ではないからね。そうだ、おまえに紹介したい子がいるんだよ。灰かぶりと呼ばれている、あわれな子でね。もしかしたら、覚えているかな」

「ねえ、お父さん」

「おまえの生んだ火を囲んで、そこが、小さく完璧な世界なんだ。私も、きっとお母さんも、おまえのことを誇りに思っているよ」

「お父さんは、康太さんのこと、必要だから助けるの？」

殴られたように穀斗は言葉を失った。

榛美は康太の手を取る手に力を込めた。

「康太さんとはじめて会った日のこと、ずっと覚えてる。康太さんはね、来たばっかりで、なんにも分かんなくて、わたしも康太さんのことが怖くて、だからね、そんなことしなくてもよかったのに、逃げてもよかったのに、わたしのこと、助けてくれたんだよ」

凍った指先がかすかに動いた。榛美の手を握り返そうとするみたいに、ごくささやかに。

「だからわたしも、ずっとそうするって決めてるの。康太さんにお返ししたいって」

穀斗を捉える榛美の瞳がほんのかすかな光を宿した。だいだい色にやわらかい、かまどにたゆたう熱のような光だった。

榛美は康太の手を最後に強く握ると、立ち上がった。

◇

父に魔述を教えてもらった日のことを榛美は忘れていない。

太陽も森も山も川もきらきらしていて、とはいえ榛美にとってはいつもなんでもきらきらしていたのだけれど、その日はずっととくべつにきれいだった。

春だった。穀斗と榛美は、川のわずかな屈折が作ったささやかな河原にいた。父は丸石を積んで小さなかまどをこしらえ、娘は川面を手で引っぱたいていた。力いっぱい叩《たた》くほど水が堅く感じられることを榛美は発見しつつあった。

「昨日、私の料理を手伝いたいと言ってくれたね」

父の声に、榛美はすごい速度で振り向いた。

「手伝う！」

即答しすぎたせいで、穀斗は榛美の返事を受け容《う》《い》れる前にちょっと目を見張った。

「ありがとう、榛美。今もまだそのつもりでいてくれるなら、ひとつ教えたいことがあるんだ」

「わああ！」

興奮した榛美は手足をばたつかせた。いつでも父は榛美の望みを知っていて、すぐに、それも想像以上にすてきなやり方で叶《かな》えてくれる。今回もまたそうなるのだと榛美は既に知っていた。

父はたったひとりで居酒屋を切り盛りしていた。たくさんの人においしいものを食べさせて、おいしいものを食べた人はうれしそうで、そうすると、父もうれしそうだった。へとへとなのに楽しそうなのがふしぎで、どうしてなのか訊《たず》ねると、父はこんな風に答えてくれた。

――食べている人に向かい合って、おいしいと思ってもらえるのは、とても嬉《うれ》しくて、とてもありがたいことなんだ。

さっぱり分からなかったのでその旨伝えると、父はやや無言になってから、笑った。

――榛美がどんなおとなになるにせよ、きっと分かる日が来るよ。

すぐにでも知りたいと思った。そのためにはぜひとも、父の手伝いをする必要があった。

「いいかい、榛美。火はとても危ないものだよ」

かまどを組み終えた父は、しぶきでびしょびしょになった娘に声をかけた。

「あったかい！」

榛美はやや火の側に立った発言で父を苦笑させた。

「そうだね。おまえをあたためてくれるものだ。同時に、おまえを焼き焦がしてしまうものでもある」

「あつい！」

榛美はただちに父の側に立って火を糾弾した。

「そう、あついんだ。ほら、榛美」

腕まくりした父は、前腕《ぜんわん》に走る一直線のでこぼこした傷を見せた。

「ずっとずっと昔、私は焼かれたことがある。そのあとが、こうして今でも残っている」

「いたい？　だいじょうぶ？　お父さんかわいそう」

榛美は穀斗の腕を抱き寄せて、傷口におでこを当てた。

「ありがとう。榛美のおかげで平気になったよ」

「んふふ！　お父さんがへいきになってよかった」

「でも、冬になると痛むことがある。何百年も前の火が、今でも私を痛がらせているんだ。火が危ないことは分かってくれたかな？」

「うん。わたし気を付けるよ。お父さんも気を付けてね」

理解したことを分かってもらおうと、榛美はできる限りまじめな顔をした。

「それじゃあ、火がどうやって生まれるかは分かるかい？」

「燃やす」

「すばらしい。そう、燃えるものに力を加えて燃やすことで、火は起きる。燃えるもの、燃やすもの、力の、いわば聖なる三位一体だね」

「さんみ……いったい！」

語感が気に入った榛美は、「いったい！」を繰り返しながら小石を蹴散らしどたばた走り回った。父は榛美を追いかけ、榛美はきゃあきゃあ叫びながら跳ねた。

やがて父は榛美の腰を掴《つか》んでひょいと持ち上げ、揺さぶった。

「うひゃひゃひゃひゃひゃ！」

榛美は全身をくねらせ、谷間じゅうに響くぐらいの大声で笑った。

「鷹嘴のだんな、やってんな」

二人に声をかけたのは、棚田に向かう途中の讃歌《さんか》・踏鞴戸《たたらこ》・大《だい》だった。

「やあ、大くん。実は娘に、そろそろ料理のわざを仕込もうと思いましてね」

「へええ、そりゃあ楽しみだ。榛美ちゃん、お父ちゃんのいうことをよくよく聞くんだぞ」

「おいしくします！　わたしは！」

大は歯を見せて笑った。

「おう、いい心がけだ。俺も子どもができるってんなら、榛美ちゃんみてえな聞き分けを持たせてえもんだぜ」

「わたしはお父さんの子どもですよ」

「そりゃ承知だよ。榛美ちゃんはなあ、お父ちゃんが大好きだもんな」

「んふふ！　大好きです！」

穀斗の浮かべた照れ笑いに、ちょっと意地悪な顔を向け、大は田んぼに向かった。親子はあらためて、石積みのかまどに向き合った。

「榛美、よくごらん。これが、燃えるものだね」

小枝、枯れ葉に枯草、草から取った繊維が、かまどに敷かれていた。榛美はこくっとうなずいた。

「これが、力だ」

父は火打石に打ち金を叩《たた》きつけ、火花を散らせた。榛美はこくこく素早くうなずいた。理解が及ぶにつれ興奮してきたのだ。

「そして最後に、これが燃やすものだよ」

大気を掻《か》き分けるように、父は腕を揺らしてみせた。榛美は口を半びらきにした。

「むずかしい言葉では、酸化剤と呼ばれる。大丈夫、覚えなくてもいいよ。燃やすものは、燃えるものと力とを結びつけているんだ。ここでは、大気そのものだね」

榛美はなおも力強く口を半びらきにし続けた。失敗を悟ったのか、父は困ったような笑顔であごをさすった。

「それじゃあ、榛美。燃やすものをやってみるかい?」

「やる!」

即答しすぎたせいで、父は榛美の返事を受《う》け容《い》れる前にちょっと目を見張った。

「元気に返事ができてえらいね、榛美」

「んふふ！　元気だよわたし。ずっとだよ。お父さんがいるもん」

父はにっこりした。

「ちょっと待っていなさい。火をおこすから」

丸めた繊維に火花を飛ばし、火種で枯れ葉を燃やし、小枝に燃え移らせ、穀斗は段取り良く火を大きくした。かまどの内側で、石組みのすきまから入り込んできた春風が火をちらちらと揺らした。

「さあ、火をじっと見て」

言われた通りにした榛美の、炎を映すひすい色の瞳が、だんだん据わっていった。

「……ぼーっとする」

「それでいい。体がふくらんでいくような、線がなくなったようなその感覚を、よく体になじませるんだ」

「ふぁあ」

ぺたんと座り込んだ榛美を、父は後ろから抱擁した。

「さあ、息を深く吸って。そのまま、私に続いてこう謡《うた》いなさい」

榛美は言われた通りに息を吸い込んだ。

「炎よ、炎――」

◇

熱を宿した瞳が涙に濡れていくのを榛美は感じる。

「炎よ、炎」

思い出は全部が眩《まぶ》しいくらいだった。太陽の光を受けて川面は輝いていた。ときどききらっと魚が光った。河原の石はあたたかくていつもよりすべすべしている気がした。父に持ち上げられて近づいた空はのんびりした水色だった。

「お前は勇敢な防人にして、苛烈《かれつ》な攻め手」

父はいつだって榛美の望みを叶《かな》えてくれた。だから父のためにできることをいつも探していた。近くにいてくれることの、話を聞いてくれることの、話してくれることの、教えてくれることの、頼ってくれることの、その全部が幸せだった。

「お前は優しい温度と、無慈悲な熱」

なにもかもが勘違いだったことを榛美は知っている。ただ父は目的のために自分を育てていたのだと榛美は気づいている。

本当はずっと分かっていた。

あの日、踏鞴家給地の真実を知らされた日、康太に手を引かれて歩いた日、康太の隣で泣きじゃくった日からずっと分かっていた。

違うかもしれないって、お父さんはわたしの知ってるわたしの大好きなお父さんかもしれないって、信じたかったよ。

「炎よ、炎」

そのつもりがあれば、父は別の魔述を教えられた。大気の肩代わりではなく、もっと複雑で高度な魔述を与えられた。そうではなかった。小さく完璧な世界をかたちづくるために必要な、最小の魔述を榛美に覚えさせた。

ずっと、十分だと思っていた。でも、足りなかった。

だから、別れを告げた。

「我が語彙《ごい》は『焚《く》べる』」

さようなら、お父さん。

大好きだよ。

「魔述に応え、燃えて盛れ」

くらやみに火花が爆《は》ぜた。繰り返し爆ぜた。

闇と光がめまぐるしく入れ替わるたび、中空に生じる火は少しずつ大きくなっていった。投げかけられる光が揺らめきながら床を這《は》い進み、榛美を照らした。

燃やすものと燃えるものと力の全てを述瑚《じゅつご》が引き受けて、化学反応に拠《よ》らない純粋な魔述の炎が点《とも》っていた。

炎は空気をとろかすようにあたためた。一直線に駆け上がった暖気は天井を伝い、壁に沿って流れ、やがて床に辿《たど》り着いた。

押しやられ、さんざん逃げ惑った冷気が、力ない水平の風となって暖炉の灰を撫《な》でると、どこへともなく消えていった。

「なぜ、だ」

穀斗は、押し寄せる光の輪郭《りんかく》から逃れるように後ずさった。我知らず引いてしまった足の爪先で、ごまかすように床を打った。

「康太さん、あったかいですか？　もう大丈夫ですよ。あったかくしましたからね」

榛美はもう穀斗を見ていなかった。横たわる康太に覆いかぶさり、青ざめた頬に手を当てていた。

康太の目が、うっすらと開かれた。

「あれえ？　榛美さんだ」

榛美は泣きながらにっこりした。

「はい、わたしです」

「それはよかった」

ささやき声で口にすると、康太はまた目を閉じた。榛美は康太の額に自分の額をくっつけた。熱を注ぐように。

「榛美」

　穀斗が呼びかけた。

「なんですか」

　榛美は顔を上げず応じた。

「おまえの気持ちは、よく分かったよ。ありがとう、話してくれて」

「……はい」

「今度、食事でもしよう。彼も連れてきなさい。ヘカトンケイルの終わりを、おまえといっしょに見たいんだ」

「いや帰れよ今すぐ。粘んなここで」

　息をひそめていた白茅がとうとうがまんならずに毒づいて、穀斗はやや息を呑《の》んだ。

「なんならあたしも帰りたいわよこの状況。最低でも壁になりたいんだけど、床はおこがましいから。あんたは気まずくないの？」

「たしかに、無思慮だね。これだから男親は」

「親のふりすんなこんなめちゃくちゃやっといて今さら。男と女を持ち出して正当化すんな自分を。退《ひ》け退《ひ》け」

　穀斗は首を傾けて顎をさすり、しばらく突っ立って榛美の背中を見ていたが、やがて音もなく立ち去った。

「はー……」

長く息を吐いた白茅は、床に手をつき足を投げ出し、静止した炎を見上げた。

「榛美さん、すごいわね。こんなことできたんだ」

「なんか、やったらできました」

白茅は声を上げて笑った。

「紺屋さん、平気そう？」

「色です」

「え何」

「ほら見てください白茅ちゃん、ここですよ、ここが色です」

榛美は、ぐったりする康太の頬をひとさし指で連打した。

「血色ってこと？　いやこれ困ったわね、紺屋さんいないと誰も通訳してくんない」

「いい色ですから、これはいい康太さんになりますね」

あまりの連打に康太は顔をしかめて唸《うな》った。

「そうね。色だもんね」

なんかだんだんどうでもよくなってきて、白茅は雑な返事をした。

「そうだ！　ねえねえ白茅ちゃん、ごはんを作りましょう！　康太さんに食べてもらって、そしたらもっと色です」

勢いよく立ち上がった榛美はそわそわと足踏みをはじめ、右脚を軸にゆっくり回転しはじめた。白茅はおなかをさすりながら立ち上がった。

「いいわねそれ。あたしもおなか空《す》いちゃったし」

「んふふ！　色です！」

「そうね、たまにはあたしたちがつくろっか」

榛美は、しんと冷えた厨房《ちゅうぼう》の照明を魔述の炎で点《とも》し、レンジに火を入れた。収納に体を突っ込んで引っ張り出したのは、小さなかごだった。

「白茅ちゃん、見てください！」

「豆ね」

かごの中には、一握りの、からからに乾いた黒豆があった。

「最後のやつです。なにかあったら食べようねって康太さんと約束してたんですよ」

「何かあったどころじゃないもんね今日。ちょうどいいか。でもあれじゃない、水戻ししなきゃ駄目なんじゃなかったっけ豆」

「煮たら煮えます」

「ならいいけど」

かなりハードボイルドな回答に、そういうものかと白茅は納得した。どのみち豆のことなど分かりはしないのだ。

土鍋に水を張り、黒豆を流し入れる。沸騰したら火から下ろし、タオルを巻いて保温する。

「これでしばらくしたら煮えるんですよ。康太さんがやってました」

「へえー、時短だ。色々あんのねテクニックが」

「そしたらすぐ柔らかくなりますからね」

黒豆を浸水させておいて、二人はリビングに戻った。炎は消えることなく部屋をあたため、康太は眠り続けていた。

「めっちゃ穏やかに寝てるわね」

「よかったです。わたし怖くて、こわ、こ、こっ、康太さんが……」

白茅は榛美を抱き寄せ、肩をあやすように叩《たた》いた。

「よしよし、榛美さん本当によくがんばったわね。もう大丈夫だからね。ほら見てこれ、赤ちゃんでしょこの寝顔。この顔してるやつ心配するだけ無駄」

見下ろす寝顔は踏みつけたくなるほど無垢《むく》で、白茅は思わず吹き出した。

「ばか。榛美さん困らせんな」

白茅は爪先で康太の脇腹を小突いた。榛美はべそをかきながら笑った。

厨房《ちゅうぼう》に戻った二人は、黒豆の具合をたしかめた。

ざるにあけ、一粒取ってふたつ割りにしたら、断面を見る。

「いいですね。これ、ここ、割れたところがぱつぱつしてます」

「中まで水が入ったってことでいい？」

「康太さんは皮を取ってました。いいおとうふになります」

二人は肩を並べて、まだ熱い黒豆の皮をむいた。指先が紫色に染まったのを見せあってはしゃいだ。

「ここからですよ。たいへんなんです。ふわふわがんばれのやつです」

「察したわ。気合入れてすり潰すんでしょ」

「はい！　交代でやりましょう」

豆をすり鉢にあけ、すこしずつ水を足しながら、ひたすらすっていく。どれぐらいなめらかにできるかで、豆腐のできあがりが決まる。

榛美がすりこぎですり、白茅がすり鉢を動かないよう手で押さえ、豆腐づくりがはじまった。

「康太さんがね、ミリシアさんにつくったんですよ。はじめてミリシアさんが来た日です」

すりこぎをぐるぐる回しながら、榛美は思い出話を始めた。

「豆腐を？　へえ、けっこう普通のものつくったのね。なんか見たことも聞いたこともない、世界のどっかの納豆じゃなくて」

「わたしも、ふつうだってびっくりしちゃいました。でも康太さんは、わたしたちのふつうをミリシアさんに食べてもらいたかったんだと思います」

「そういうとこあるわよね紺屋さん」

「わたしがつまんないって思ってたことも、ふつうだなって思ってたものも、康太さんはなんでもすごくすごく、楽しくしてくれるんですよ。ぎろんのよちなくです」

「おお……」

思わずうなったのは、あまりにも隠すところなくあけすけな好意に白茅の方が照れてしまったからだった。

「だからわたし、大丈夫になれました」

白茅は榛美の顔をじっと見上げて、ごまかしや、自分を欺く兆候がないかどうかを確かめた。

無理は、しているだろう。混乱もしているだろう。なににどう腹を立てたり悲しんだりすればいいのかさえ、まだよく分からないだろう。でも、傷は癒えはじめている。そんな風に白茅は思った。

「交代しよ、榛美さん」

「お願いします」

どろどろになった生呉《なまご》を火にかける。とんでもない勢いのあぶくと胸がむかむかするような臭いに、木べらを手にした二人は敢然《かんぜん》と立ち向かった。混ぜ続け、あくを取り続けた。

泡が収まると、呉《ご》は煮えた豆の穏やかな草の香りで、摺《す》った豆が漂う乳色の液体だった。榛美は鍋を火から下ろし、布巾をかぶせたざるにあけた。ざるに固体が濾《こ》し取《と》られ、ボウルに澄んだ汁が満たされた。

湯気を立てるふきんをきんちゃくにして、ぎゅっとひねり、水分を絞り取る。

「あち、あち、あつ、あっつ、あっつ、あっついああーもぉーあっつい人ですねあなたは！」

手をまっかにしながらぎゅうぎゅう絞ると、さじを手にして、ボウルの汁をすくう。

「ねえねえ白茅ちゃん、ちょっと呑《の》みますか？」

言いながら、榛美はもう白茅の眼前にさじを持ち上げていた。白茅は照れながら口を開けた。

「あっこれ、あ、え、豆乳《とうにゅう》、うわそうか豆乳だわこれ。おいし、え？　おいしいな豆乳」

舌にとろりと触れて、甘くもどこか苦く、渋く、かすかに青草の匂い。なぜか当惑してしまうほど完璧に、それは豆乳だった。

「これはねー、康太さんがおいしいって言ってくれたんです。それでわたしも、おいしいんだって気づけました」

「いつも食べてると分かんなくなってくるわよね。横に、なんかなんだろ、相対的にまずいものがないと」

「一番のやつです」

「いやこれたしかに一番だわ。すごい、なんだろ……味がすごい」

感想を口にしてから、あまりのばかさに白茅は自分で笑った。

「そしたらまたあったためて、これを入れます」

榛美は透明な液体を鍋に注いだ。

「知ってるそれ。にがりだ」

「はい！　康太さんがお塩をつくって、そのとき出たんですよ」

「塩まで作ってたの？　あほでしょ、そりゃ倒れるわ」

さじでくるりと混ぜて、にがりとなじませる。豆乳《とうにゅう》はあっという間にもったりして、液面に渦巻きみたいなさじの航跡が曳《ひ》かれた。にがりの作用でたんぱく質の凝固が進み、若菜色の澄んだ汁に、まっしろな豆腐が浮かんだ。

榛美は、さらし布をかぶせたざるに鍋の中身をあけた。今にも崩れてなくなりそうな、ふるふると頼りない豆腐が、まっしろで濡れた肌目に火の光を浴びていた。

「やば、豆腐じゃん」

「できましたね！　なんだっけ、なんか、くみだし豆腐です」

「はー、久しぶりに見たわ豆腐。紺屋さんが謎の豆腐作ってたのは見たことあるけど」

「しゃくしゃくするやつですね」

マナとナバリオーネを相手にした饗宴《きょうえん》で、康太は豆腐干ないし百葉《パイユ》と呼ばれる保存性の高い豆腐を作った。やわらかで儚《はかな》げな汲《く》み出し豆腐ができあがっていく光景は、ひとつの魔法みたいに白茅には思えた。

「これで完成？」

「まだまだやりますよ！　なんかをします！」

榛美はお湯をぐらぐら沸かし、めちゃくちゃな量のさば節《ぶし》とまぐろ節を投げ入れた。旨味と酸味を予期させる香ばしいだしのにおいに、白茅のおなかは抗議みたいな音を立てた。

節をこして金色のだしを引いたら、その辺にあった長いもの皮を剥《む》いて切って加える。醤油《しょうゆ》、オニグルミあめ、塩で味を入れる。長いもが柔らかくなったら、水で溶いたじゃがいもでんぷんを入れ、火から下ろしてとろみがつくまでかき混ぜる。

「できました！　この長いものなんかを、こうです！」

長いもあんを、器に盛った汲み出し豆腐にたっぷり注ぎかけて、どうやら完成らしい。

「そっか、あんかけにするんだ。何してんだろと思いながら見てたわ」

「ねえねえ白茅ちゃん」

榛美が器を手に迫った。

「あの、榛美さん、あたしを使って味見の正当化するのやめない？」

「いらないんですか？」

「それはいるけど」

同時にほおばって、顔を見合わせて、二人はその場でぴょんぴょん飛び跳ねた。

◇

目を覚ますと火の玉が浮いていた。

直径は五十センチほど、床から一メートルぐらいのところで、音もなく燃えている。自然現象ではなさそうだ。

これは、さすがに死んだかな。

死後の世界が存在していることにも驚いたし、彼岸《ひがん》がけっこう殺風景なことにも驚いた。

いや、どうも違うぞ。これは僕と榛美さんが住んでいる家のリビングだ。燃やせるものをなんでも燃やして、結果的に殺風景になってしまったのだ。よし、思い出してきた。

身を起こそうとすると、視界がまっしろになった。何度か挑戦してどうにかこうにか上半身を持ち上げることに成功し、あらためて、鬼火を観察する。

こんな閉めきった部屋で燃やして大丈夫だろうか。そういう問題か？　支燃物として酸素を利用する鬼火は、怪奇現象としてかなり味気ない気がするな。そういう問題か？　だめだ、まともにものを考えられない。

「康太さん！」

扉が開いてぬるい風が吹き込み、榛美さんの声がした。ゆらゆら揺れる鬼火をぼけーっと眺める僕の視野に、どんぶりを手にした榛美さんが出現した。

「ええと、おはよう、榛美さん」

「んふふ！　おはようございます！　これ食べられますか？」

「はい」

ぼけーっとしながらどんぶりを受け取って、なんだか白いものを口にする。

なめらかに溶けて餡《あん》とひとつになる豆腐。しゃきしゃきしてぬるぬるする山いも。おだしのきりきりした酸味と舌にずんとくる旨味、土くささと甘さ。

一発で覚醒した僕は、餡かけおぼろ豆腐をずばっと啜《すす》りこんだ。豆腐は、水中を垂れ落ちる蜜みたいにとろとろと体の中を流れていき、くたばっていた内臓を触れるそばから蘇《よみがえ》らせていった。

おなかの底がぽかぽかあたたかくなって、僕はゆっくり息を吐く。

「はあ……おいしい」

僕の様子をうかがっていた榛美さんは目をまん丸にし、しゃがんだままで小さく跳ね、喉の奥から高い音を漏らした。なんらかの予備動作を察知した僕は、どんぶりをそっとかたわらに置き、腹にぐっと力を込めた。

「わあああああ！」

飛びついてきた榛美さんを受け止め、僕はそのまま後ろに倒れた。

「んうわあああ！　康太さん康太さん康太さん康太さん！」

おでこを胸にめちゃくちゃ擦《こす》りつけてくる。

「犬だ」

銜川さんの声がした。榛美さんにはおっきめの犬みたいなところがあるからね。

「んむぶぐううう！」

胸につっぷして唸《うな》りながら、榛美さんは僕の手首を取って持ち上げた。ぼさっとしてないで撫《な》でろうすのろ。の含意《がんい》がありそうだったので、僕は榛美さんの頭を撫でた。

「ごめん、榛美さん。本当にごめん」

謝ることしかできない。なんだっていつもいつも僕はこんなに能無しなんだ。

榛美さんは顔を上げ、ひすい色の目で僕をまっすぐ見た。

「いいんです。でもだめです」

難題を突きつけられてしまったぞ。

「だから、その、わたしが康太さんの役に立つのはいいんです。だって康太さんはわたしを助けてくれますからね。でも康太さんのはだめです」

「ありがとう。そうだね、駄目だったよ」

「はい！」

「え何、今ので通じ合えたの？」

衛川さんがぎょっとした。たしかに今のやり取りは、ちょっとハイコンテクストすぎたかもしれない。

「あのね、康太さんはね、ちゃんと楽しくしてなきゃだめなんですよ」

榛美さんが過不足なく説明し、衛川さんは更なる混迷の中に落ちていった。

「僕が真剣になりすぎると、だいたいろくなことにならないんだ」

「そうですよ！　すぐです」

まじめくさってものごとに取り組んだ結果、意図せず悪い方へ悪い方へと転がっていったケースは枚挙にいとまがない。今回もまた、同じことが起きたわけだ。人間いくつになっても根っこは変われないね。

「……まあ、それならそれで、あたしがなにか言うことじゃないけど」

ご納得いただけたようでなによりです。

「そうだ榛美さん、この人魂みたいな、の、は」

寝てる。

急にずしっと重みが増したなーとは思ったけど、口を半びらきにして寝てる。

最近ちょっとじんましん出がちだからよだれ垂らされるとけっこう辛《つら》いよ榛美さん。

この世界には抗ヒスタミン剤がないから腫れたら腫れっぱなしでなかなかしんどいよ榛美さん。

僕は衛川さんを見た。

「なんだろ、もう、どっから説明したもんか分かんないんだけど――」

というわけで衛川さんは、僕が人事不省に陥っていたあいだのことを話してくれた。

鷹嘴穀斗が持ちかけた取引、榛美さんの魔述の変質、それからぶったまげるほどおいしかったおぼろ豆腐について。

「ありがとう。衛川さんがいてくれてよかったよ」

「なんもしてないけどねあたし。紺屋さん寝てたことが問題でしょ」

「どうだろうねえ。僕がいたらいたで、またややこしい雰囲気になってただろうし」

義父が榛美さんに愛してるなんてばかげたきまり文句をほざいたとき、冷静でいられたかどうかは自信がない。火かき棒で殴りかかるぐらいのことはしたかもしれない。

衛川さんが魔述の火に目をやった。僕も、そうした。

風はやんで、降り続ける雪がもたらす静けさの中で、榛美さんのちょっと催眠的な力のある寝息だけが聞こえた。

僕たちはしばらく物思いの中に沈んでいたけれど、そのうち衞川さんが、深く憂いのこもった息を吐いて口を開いた。

「すごいわね、榛美さん」

魔述が原理的に変質し得る技術であることは、パトリト君も言っていたことだ。そんな話はこれまで聞いたことがない、とも。

「あたしは」

衞川さんは何か言いかけ、口を閉じてうなだれ、髪に手ぐしを入れると乱暴に引っ張った。

「切れ毛やば」

指のあいだにまとわりついた髪の毛を見て捨て鉢に笑った衞川さんは、てのひらを払った。

それからけっこう長いこと、衞川さんは、床に落ちた自分の髪を見ていた。

「紺屋さん覚えてないかもしれないけど」

衞川さんはそんな風に前置きした。

「あたし、悔しいって言ったのよ。なにもできなくて、誰も助けられなくて」

「覚えてるよ。豆鼓《トウチ》をつくったときだね」

マントのフードに顔の下半分を突っ込んで、衛川さんはうなずいた。

「それで……パトリト君も、ピスフィも、榛美さんも」

どこかに漂っているかもしれない適切な言葉を探すように動いた瞳が、魔述の火を浴びて、伏せられるのを僕は見た。

「強いんだなって思った。みんな。自分で決めて自分でやって、そういうの、一人でもできるのね」

一人でも、に含まれた意味の重たさについて僕は考える。それが、二人なら、の裏返しであることについて僕は考える。

親友を目の前で喪《うしな》ってしまうことがどれほどの傷を残すのか、僕には計り知れない。衛川さんが今こうしてここにいてくれたり、屋台を手伝ってくれたり、あるいはなくした魔述を取り戻そうと努力したりしていることは、ほとんど奇跡みたいに思える。

それを強さだと単純に称揚《しょうよう》することは、僕にはできない。いくらかの逃避は含まれているはずだ。あれこれ考えはじめてしまえばもう二度と立ち上がれないような気がして、追い立てられるように動きまわってしまう、その感覚だけはよく分かる。まさにこうしてひっくり返っているわけだからね。

「区切りを付けて一歩踏み出したり、思いを受け継いで前向きに生きたりって僕もよく聞くけど、そういうのって、方便なのかもしれないね」

衢川さんはぱっと顔を上げ、虚《きょ》を衝《つ》かれたような顔で僕を見てからまたうなだれた。

「なんか、ずっと、こんな感じなのかなって思ってるのよ。どっか歩いたり、だれかと喋《しゃべ》ったりして、ふっと思い出してして、そのたび、蓋するみたいに考えないようにしてる。それがちょっとずつ減っていって、とくべつなことなんて別に起きないで、だんだん忘れていくのかもしれない……あたしなに喋ってんだろ？」

キュネーさんを相続すると、衢川さんは言った。それがどういうかたちになるのかは、衢川さん自身にもまだ分からないのだろう。いつかどこかで実を結んだからって、喪失感が拭き掃除みたいにきれいさっぱり消えてくれるわけでもないだろう。

「でも、悔しいってまだ思えているんだよね」

衢川さんはごくごくわずかに首を傾けた。

これ以上のことは、すこし踏み込みすぎかもしれない。過労でみすみすぶっ倒れた人間が何をえらそうに、と思われるかもしれない。だけど僕は、ためらわず話を進めることにした。

「みんな、ひとりで決めたわけでもやったわけでもないんじゃないかな。だれかに相談したんだと思う。実際にそうしたのか、心の中でそうしたのかはともかく」

衢川さんは衢川さんのペースで助けを必要とするだろうって、パトリト君は言っていた。もしかしたら、今このときがそうなのかもしれなかった。

かなり長いこと考えてから、衢川さんは、ぼそっと口を開いた。

「ミリシアさんは？」

いいところ突くねえ。

「それは謎だけど」

僕が即答すると衢川さんは笑ってくれた。いないところでいじってしまってすみません、ミリシアさん。

「手を……」

衢川さんはフードから顔を出して、魔述の火を、それから榛美さんを見た。

「手をつないでた、かもしれない。エイリアスが来たとき、榛美さんが、紺屋さんの手を握ってた気がする」

やみくもにあたたかい瞬間が夢の中にあったことを僕は思い出した。

ちゃんと、握り返せただろうか。どうしようもないぽんくらが、榛美さんに一握りの勇気を、ちゃんと手渡せただろうか。

衢川さんは、大きく伸びをしてから長いあくびをした。

「ありがと、紺屋さん」

「いえいえ」

「寝るわ。おやすみ」

「布団持ってくるよ」

返事はなかった。横になった御川さんは、くしゃくしゃに丸めたマントを枕に早くも寝息を立てていた。

榛美さんも起きる気配をまったく見せず、僕の服はけっこうしっかりじっとり湿っていた。意外にもじんましんが出ないのは、榛美さんのエルフ唾液になんらかの作用があるのか、それとも僕の抱えているストレスがすこしは片付いたからなのか。

僕は榛美さんが生み出した魔述の火を見上げた。雪の下にひっそりと芽を出す麦のように、凍れる冬の下、かすかでたしかな力を示してた。

第二十五章　しみずあたたかをふくむ

「炎よ、炎――」

　榛美さんが魔述を謡《うた》うのを、あたしは後ろでぼうっと眺めていた。

「――魔述に応え、燃えて盛れ」

　灰が積もった暖炉に火が点《とも》り、窓のない部屋がぱっと明るくなった。あたしたちの背後で祈っていた人たちが歓声をあげた。

「本当に、本当に、ああ、どうなることかと……」

　おばあさんが、泣きながら榛美さんの手を握った。榛美さんは人見知りを発揮して一瞬めちゃくちゃ怯《ひる》んだが、すぐにがんばってにこにこした。

「大丈夫ですよ。これであったかいです。消すときは水で消えます」

「なんと、なんとお礼を言ったらいいか……ソフィア、この方たちに御礼を包んであげて」

「ああ！　いいんですいいんです！　そういうのはいいんです！」

　榛美さんは両手を思いっきり振り回し、走って行こうとする女中さんを食い止めた。

「その、なんか、そういうのは」

「いえでもそういうわけには」

「そういうのじゃなくて、だから、なんていうか、そういうんじゃないんです！」

榛美さんとおばあさんが、なんか、もだもだしはじめた。あたしはポケットから紙切れを取り出した。

「よろしければ今度、十祭へカトンケイル店にご家族でお越しください。それでじゅうぶん、感謝のお気持ちは伝わりますので……と、当家の白神は申しております」

紺屋さんに渡されたカンペを、そのまま朗読する。

「それは、他ならぬピーダー家がそう仰《おっしゃ》るのでしたら」

「そうなんですよ。だからいいんです」

お礼を巡る攻防戦はそれで終わり、おばあさんは火を見てため息をついた。

「でも……この火が消えてしまったら」

「心配することないさ」

この家の主人らしいおじいさんが、おばあさんの肩を叩《たた》いた。

「じきにへカトンケイルは新しい王様をお迎えするんだ。そうしたら、何もかもうまくいくさ」

「何を言うの、ダンテロ」

おばあさんはおじいさんを睨《にら》んだ。おじいさんは、おっといけねえ。の顔で苦笑した。

「それじゃ、その、あたしたちは失礼します」

なにか言いたげな榛美さんの首ねっこを掴《つか》んで、あたしたちはお屋敷を後にした。

「むうう」

雪道を歩きながら、榛美さんが不満げなときの鳴き方で鳴いた。でかい犬だ。

「あと五軒回るのよ今日」

なんて返事したら榛美さんが機嫌を直してくれるのか分からなくて、あたしは適当なことを口にした。榛美さんはしゅんとしてしまった。

あたしたちは、榛美さんの魔述で、あっちこっちの家の暖炉に火を入れている。

榛美さんが魔述で何かしたいと言い出し、紺屋さんはフラフラしながらスプレンドーレ島まで行った。そこでミリシアさんとかその他えらい人たちと相談して、ピーダー家の慈善事業だかなんだか、そういう扱いで、薪《まき》のない家に足を運ぶことになった。それで、十祭へカトンケイル店は長めの正月休みを取ることになった。

年末年始の猛吹雪で、へカトンケイルはもっとめちゃくちゃになった。雪の重みであちこちの橋や家が崩れ落ち、水流が遮られたせいで運河の水が町に溢《あふ》れ出し、何人も何人も死んだ。

「なんか……思い出すわね。こっち来たときのこと」

「そうなんですか？」

落ちた橋とか、住民が雪かきを諦めたせいで通れなくなった道とかを避けながら、あたしたちはとんでもない大回りで次の家を目指していた。

「あたし益城町《ましきまち》ってとこ住んでたのよ。ほんとなんもない、グランメッセ熊本と畑しかないとこだった」

「へええ。わたしの住んでたところみたいです」

「踏鞴家給地だっけ。似てるかもね。ずっともう限りなく田んぼ。無限に田んぼ」

あたしが手を薙《な》ぎ払《はら》うように動かして田んぼがどれぐらい無限だったか示すと、榛美さんはけらけら笑った。

「それで、どうなったんですか？」

「夏だったんだけど、あり得ないぐらい雨がばーって降って、おじいちゃんが、おばあちゃん死んでからずっと一人暮らししてて、しかも軽い認知症だったのよね」

法事だかで泊まった日の夜中、寝てるあたしを揺り起こしたおじいちゃんが、レシートに書かれている内容を念仏みたいな抑揚で朗読しはじめたことをあたしは思い出した。そのことを親に話したら、二人とも、あーあ。ぐらいの顔をして、仕方ないね。一人暮らしだもんね。うちは狭いからなあ。なんて、まるでどこかの誰かに言い訳するみたいに喋《しゃべ》ってた。

「しかもおじいちゃんの家が周りに崖と川と田んぼ全部あるような場所で、放っておいたら絶対に災害で死ぬって話になったのよ。そんで、家族みんなで迎えに行こうってお父さんが言い出して、じゃあ行くかーなんつってね。ちょっとテンション上がってたわなんなら。早い話がばかだったのよね」

実感がなかった。見た映画の筋をそのまましゃべってる感じだ。それも、部屋から出たらリビングのテレビに映っていて、つい家族に付き合って最後まで観ちゃったどうでもいい映画の筋を。

「そこらじゅうが川みたいになってて、水のないところをあちこち走り回って、いきなりがくんって車が沈んだのよ。たぶん橋が折れてたんだと思う。扉も開かなくなっちゃって、そしたら弟が、なんか動画で観たんでしょうねやり方を。車の、あの、背もたれから引っこ抜けるとこ、あれなんていうんだろ。頭乗せるとこ。とにかくそれを引っこ抜いて、鉄の棒で窓を割ったのよ。割れたところから一気に水が入ってきて、呑《の》んじゃって、あこれ死ぬわって思ってたら、なんかこの世界にいたのよね」

あたしが苦笑しながら話を終わらせると、榛美さんはあたしのマントのすそを掴《つか》んだ。立ち止まったあたしを、榛美さんはむぎゅっと抱きしめた。

「ありがと。でもそういうんじゃないのよ」

あたしは榛美さんをそっと押した。あたしから離れた榛美さんはけっこうおろおろしていた。こんな話するんじゃなかったな。笑えると思ったんだけど、そんなわけないか。

「ただ思い出したってだけ。でも、教訓があるとしたら、やばいと人はばかになるってことね」

薪《まき》もないし食事もないし逃げることもできない。そういう人たちはばかになる。ばかになると、自治体に任せりゃいいのに命がけのミッションだぜ！　ぐらい軽いノリでおじいちゃんを救出しようと車を出しちゃうし、王様が死ねば世界はよくなるって真剣に考えはじめる。

榛美さんの魔術の火は、みんながばかになることを食い止められるだろうか。

きっと無理だ。どんな魔述でも、もう止められない。そうやってあたしはいろんなものを見過ごしてきた。どうせみじめに失敗するんだからって、できるだけ傷つかないようにって、どうせ百点取れないならやってもしょうがないって。

「白茅ちゃん、寒いですか？」

身を震わせると、榛美さんが即座に反応した。で、雪の上に魔述の火を点《とも》した。

「あもう呪文も要らないんだ」

「なんかできました。でもすごいがんばってる方がいいよって康太さんが言ってたんです」

「ライターみたいに思われるのも困るわね、たしかに」

あたしたちはちょっとのあいだ火を囲んだ。

「榛美さんは……これ、どうやってるの？」

あたしは火を指さした。すると榛美さんは、異常に目をきらきらさせた。怖い。

「それは、その、ま、まさか！　わたしに教えてもらいたいんですか？」

声が上ずってる。鼻息が荒い。かわいい。怖い。

「よーし白茅ちゃん！　わたしはたくさん魔述を教えますからね！　白茅ちゃんならあっという間ですからね！　なにしろ白茅ちゃんですからね！　それはもう……たちまちですよ！」

榛美さんが立ち上がり、足踏みしながらばーっとしゃべった。もう嫌な予感しかしない。

「なんかね、その、わたしの場合は、あー火があるなーって思うんです。火だなー火だなーって思ってると、なんか……うまくいきます」

喋《しゃべ》ってる途中でだんだん自信を失っていく榛美さんかわいいね。

「そ、それからね、この火がどれぐらいの火なんだろうなって思うんですよ。だって大きい火と小さい火がありますからね。それで、大きい火のときは大きい火のことを考えるし、小さい火のときは小さい火のことを考えるんです。そうすると、大きかったり小さかったりする、火に、なるん……ですか？」

知らないけどかわいいからいいよ。

「ありがと、分かってきたわ」

「わあああ！　なにしろ白茅ちゃんですもんね！」

紺屋さんがよくやられてるやつだこれ、なにしろ構文。自分がされる立場になると重いし気まずくて自己卑下したくなってきた。頼むから信頼だけは寄せないでほしい。欲を言えば目もかけないでほしいし感謝もしないでほしい。

「その、そうじゃなくて、なんにもないところから火を出せるようになったでしょ」

「これはねー、なんか、康太さんをあったかくしなきゃって思ったらこうなりました。康太さんがあったかくなってよかったです」

答えがさっぱりしすぎている。

あたしが戦慄《せんりつ》していると、榛美さんはすこしだけ困った顔をして、口を金魚みたいにぱくぱくさせてから、こう続けた。

「お父さんが来てびっくりしちゃって、でも、だからできたのかもしれません。思い出したんですよ、魔述を教えてもらった日のこと」

「ごめん、変なこと話させちゃった」

「いーえ！　なにしろ教えますから。なんでも話せますよ。たちまちになるまでです」

「ありがと、榛美さん」

結果として、榛美さんのやったことはエイリアスへの面当《つらあ》てになった。あれは最高だったな。めっちゃ気分よかった。あたしまで榛美さんの威を借りて過去にないほど強気に出ちゃった。

「やっぱり紺屋さんなのね、榛美さんは」

「はい！　それはそうです。だって康太さんですよ」

これ毎日されるの、重いなー。紺屋さんがんばってんなって気持ちになってきた。あの人はあの人でかなりあれだからぜひとも期待に応えなくちゃね。ぐらいのことを平然と言ってるしやってるけど。

「白茅ちゃんは、魔述を戻したいんですね」

「まあ、そうね。ほとんど諦めてるけど」

どうやら特訓によってどうにかなるものじゃないみたい。そりゃまあそうだよね。一人のつまんない引きこもりが、現実だりーとか言ってただけで降ってきた力でしかないんだから。

相談するって、紺屋さんが言っていたのをあたしは思い出す。父親を前にした榛美さんは、紺屋さんと、喋《しゃべ》らずにそうしたんだろう。

あたしは……あたしはまだ、キュネーのことを振り返れない。楽しかったこともしんどかったことも、思い出そうとするたびに心が止まってしまう。

冷たい水の中にいるときみたいだ。体温でかすかにぬるくなった水の薄い膜で自分を守って、動けば膜は簡単に破れちゃうから、じっとしている。そうこうしているうちにどんどん水が凍っていって、体温が下がっていく。あたしは、まわりの水がどんな事情でも良いから勝手にあったまってくれることを祈っている。忘れること、諦めること、どうでもよくなること、どんな事情でもいいから。

「一応、やってみるわ。ありがとね榛美さん」

あたしは立ち上がり、雪を蹴って火を消した。榛美さんはじーっとあたしの顔を見て、きっといろいろ見透《みす》かしてはいたんだろうけど、にこにこしてくれた。

「康太さんがね、楽しいことをするって言ってましたよ。白茅ちゃんもやりますか？」

「どんな？」

「分かんないですけど、なんかいいときの康太さんでした」

楽しくやる。紺屋さんも榛美さんも、そう言ってたっけ。あたしにはそれが足りないのかもしれないな。

「うん、お願いできる？」

「んふふ、はい！　絶対に楽しいやつですよ」

むくむくと湧き上がる嫌な予感を、あたしはぎゅっと抑えつけた。

◇

結論から言えば、あたしは嫌な予感にちゃんと従っておくべきだった。

まじで死ぬほど、これはたとえでも冗談でもなくまじで死の危険を感じる冷たさの風が吹きっさらしの、まじで死ぬほど揺れまくってまじで死ぬかもしれない船の上にあたしたちはいる。

朝陽が海をきらきら照らしている。

「なんで！」

あたしは絶叫した。風がうるさすぎて怒鳴らないと声が届かないのだ。

紺屋さんが首をかしげた。なんだそのちょこざいな顔。ぶっとばしてやろうか。

「どうして！　船なの！」

「おせちを！　つくろうと思って！」

「それ答えになると思ってる⁉」

「完璧な回答じゃないかなあ！」

ぶっとばしてやろうか。

朝ぼらけ丸という、河を行き来するための船で、あたしたちは岬を越えた。はえなわ漁とかいうのをするためらしい。十祭の常連のフェデリコさん——もともと街金をやってたけど失職して今は御用聞きをやってる、紺屋さんに命を救われた人——が漁業兄弟会に許可を取って、それはいいんだけどなんで紺屋さんが乗り合わせる話になったんだ？　この人、過労で倒れたばかりなんだけど。

縄を山盛りに詰めた竹かごを両足に挟んで、なんか箱みたいなものに腰かけた紺屋さんは、ものすごくごきげんな表情で海を眺めていた。久しぶりにからっと晴れて気分がいいのは分かるけど寒すぎる、命に係わる。

「白神さま、そろそろよろしいでしょう。お願いします」

フェデリコさんが紺屋さんに耳打ちした。紺屋さんは頷《うなず》きながらふんふん鼻を鳴らした。でかい犬だこの人も。飼い主と犬は似るってよく言うよね。

「これがね、枝縄《えだなわ》」

頼んでもないのに紺屋さんは解説しはじめた。仕方ないのであたしは近くにある箱みたいなものに座って話を聞くことにした。

「ほら、こっちのこの太い縄、これを幹縄《みきなわ》っていうんだけど、幹縄から枝みたいに飛び出しているでしょう。その枝縄の先に細い糸が結んであって、先端には、じゃーん！　釣針がついているんだよねえ」

じゃーんって口で言う人生きててはじめて見た。興奮しすぎている。

「そして、これがえさ」

「うおっ」

あたしは悲鳴をあげた。バケツの中で、なんかぬるぬるもにょもにょした黒っぽいものが大量にうごめいている。

「いそぎんちゃくだね。タテジマイソギンチャクだと思う」

「え、魚っていそぎんちゃく食べるの」

「みたいだよ。横浜の、本牧《ほんもく》って分かる？　あのあたりで昭和初期にやってたはえなわ漁はね、テーナワって地元じゃあ呼ばれるならわしだったんだけど、えさにいそぎんちゃくを使うことがあったらしいんだ。干潟で拾えて手軽だったんだろうね。大きいのはヤカンチビ、小さいのはイナチビなんて言ってね。これはイナチビだね」

紺屋さんは早口でぺらぺら喋《しゃべ》りながら針にいそぎんちゃくを引っ掛け、ぽんと海に放った。かごから縄がするするするっと吐き出された。

「さあ、どんどん行こう」

飛び出してきた枝縄《えだなわ》を掴《つか》んでえさをかけ、ぽい。またいそぎんちゃくを手に取り、針にぶっ刺し、ぽい。

「手慣れすぎてる」

「いつかはえなわ漁はやってみたいと思っていたからね。妄想の成果が出ているのかもしれない」

かごの中が空っぽになった。紺屋さんはかたわらに置いてあった次のかごを手に取って、縄をどんどん海に投げていった。どこからどう見ても完璧に漁師だ。料理人と同じぐらい向いてる。

「よし、終わり」

紺屋さんは、縄の終端に結んであった樽《たる》を担いで投げた。どぶんと沈んだ樽がぷかっと浮かび上がるまで、あたしはずっと呆然《ぼうぜん》としていた。樽を担いで投げるやつ、この世でドンキーコングしか知らない。

「スマブラで使ってた……ドンキーコング」

「お、いいチョイスだね。僕はトゥーンリンクだったなあ。地元じゃ負け知らずだったんだよ」

あまりにどうでもいい。

「白神さま、向かいますか？」

こっちの作業が終わるタイミングを見計らっていたのか、フェデリコさんが駆け寄ってきた。

「お願いします」

「はい、白神さま」

フェデリコさんはまた甲板を走った。

「いやあちょっと、気まずいぐらいご親切にしてもらっちゃってるなあ」

「そりゃそうでしょ。助けられてるんだもん、命」

「たまたまなんだけどね。こうなったら、向こうがぐったりするまでご厚意に甘えるしかなさそうだ」

紺屋さんがそこらへんで遭難しなければ、フェデリコさんは死んでいたのかもしれない。命はふざけた偶然で消えたり救われたりする。

景色がぐるっと動いて、船の目指す方向が変わったらしい。

「まだどっか行くの？」

「うん。最近ほら、あちこちで家が崩れちゃってるよね。それでがれきの撤去をお手伝いしたんだけど、そのときに――」

「待って、その話長くなりそう？」

「自分を抑えきれそうにないんだ」

そういや紺屋さんってこういう人だったな。

「じゃあいいわ、分かった、覚悟する」

「ええと、そう、がれきを片付けたときに、テラコッタの瓦がいっぱい出たんだ」

この人ついこないだ過労で倒れたんだよな？

「それでどうしたの？」

今のところ漁とは繋《つな》がらない。

「瓦でやれる漁があるぞって思い出して、片付けの報酬代わりに、いくらか分けていただいたんだよね」

すぐに漁と繋がった。

「それで、漁場に瓦を入れてもらったんだ。まあこっちはおまけみたいなものだね。獲《と》れるかどうかはちょっと怪しい」

「そんなもんに人を付き合わせたの？」

「うわ、なんて正論だ。でもやってくれるってフェデリコさんが仰《おっしゃ》るから……」

「親切にしてもらってよかったわね」

「すごい、イギリス人みたいな皮肉だねえ」

紺屋さんは感心してにこにこした。意外とまんざらでもない。

岬を左側に置いて、船はうねうねする波に何度も持ち上げられながら進んでいった。

「白神さま！」

「お願いします、フェデリコさん！」

こつんと、船の揺れる感じがした。なにかにぶつかったらしい。

「さあ、どうかなあ」

かぎのついた棒みたいなものを手にした紺屋さんが、船べりから身を乗り出した。片足が浮いている。落ちたらどうなるんだろう。冬の海に浸かってると数十秒ぐらいで死ぬって聞いたことがある。

「いよいしょー！」

紺屋さんが持ち上げた棒の先には、小さい樽《たる》がついていた。またドンキーコングだ。で、樽にくった縄をぐいぐい引っ張っている。しぶきでびしょびしょなんだけど大丈夫？ 凍死しない？

「んー、だめか」

穴を開けて縄を通した瓦が、ごとっと甲板に落ちた。

次から次へと瓦を引き揚げ、その全部がつるっつるだった。なんだかものすごく虚《むな》しい光景だ。瓦でやる漁、はたから見てると賽《さい》の河原《かわら》の石積みと同じニュアンスを感じる。

「すごいなあこれ。なんか、そういう慣用句になりそうな状況だぞ」

「砂を噛《か》むようなとか？」

「まさにね、っと、まずいな、引っかかっちゃった」

紺屋さんは縄を右に左に持ち替えながらぐいぐい引っ張った。縄はぴーんと突っ張って、棒みたいに海に突き刺さっている。なんだこれ。あたしの目の前で何が起きているんだ。

「手伝うわよ」

「助かるよ、衢川さん」

突っ立って見ているのが気まずすぎる。

二人がかりで綱引きみたいに引っ張ると、じりじり縄が動きはじめた。

「これ、あ、これ、根がかりじゃないよ衢川さん！」

「え⁉　なに⁉」

あたしは怒鳴った。意味分かんないこと言わないでほしい。

「がんばろう！」

「それはがんばる！」

船が、ごんごん鳴った。なにかが繰り返し船体にぶつかっている音だった。ぶつかっている何かというのは、あたしたちが引き揚げているもの以外に考えられなかった。

「うじゃらあああ！」

「かけ声だっさ！」

岩の塊みたいなものが、ごろっと甲板に投げ出された。岩は三つほど続き、そこからは急に軽くなって、あたしたちはあっという間に全ての瓦を取り込んだ。

「いだだだ手が潮が」

素手で綱を引っ張ったせいでてのひらがすりむけて、しかも海水がしみ込んでめちゃくちゃ辛《つら》い。

「うひゃひゃひゃひゃひゃ！」

紺屋さんが奇声をあげた。ついにおかしくなっちゃった。

「銜川さん！　これ！　ほら！」

さっき揚がった岩の塊を振りかざして紺屋さんが走ってきたのであたしは死の恐怖に硬

直した。

「見て！」

まだぽたぽた海水を垂らす、磯くさい塊。よくよく見ると、それは、岩ではなかった。

「うわー！　なんで！　あっはははは！」

あたしものけぞって爆笑してしまった。

というのも、瓦にびっしり、でかいあわびがくっついていたからだった。

「なんで！　なんで！　でっか！　でかすぎる！　あわびがでかすぎる！」

「衡川さん！　食べよう今！」

「食べる！　今！」

すごい、紺屋さんとこんなに心が通じ合ったのははじめてだし、もう二度とない気がする。

「あわびと言えば、海女《あま》さんなんてのはあまりにも有名だよね」

紺屋さんは獲《と》れた中で一番小さなあわびを選び出し、包丁でぶすっと一突きした。急所だったのか、びらびらをうねうねさせていたあわびは、いきなりぐったりして動かなくなった。

樽《たる》を転がしてきて板を置き、まな板がわりにする。

「でも、あわびハイ縄はあまりにも無名なんだ」

真水でじゃぶじゃぶあわびを洗いながら、紺屋さんが何かをぶつぶつ語っている。なんでもいいし一晩でも聞いていられる。あわびだ。あわび食べられる。異世界であわび。あたしはあわびが好きだ。

「あわびハイ縄漁っていうのは江戸時代末期に城ヶ島《じょうがしま》で開発されて、三浦半島《みうらはんとう》のごくごく一部で営まれていた漁法でね。あわびはつるっとした岩肌を好む性質があるから、瓦を海底に沈めておくとそこに居ついてくれるんだってさ。たこ壺漁《つぼりょう》みたいなものだね」

あたしは紺屋さんがナイフであわびを殻から外すのにぐっとフォーカスした。

「でも、明治の中ごろには廃れちゃったみたい。やっててばかばかしかったんだろうね。これで漁獲をあげられるとは思えないし」

まな板に置いたあわびの、黒いびらびらと内臓を外し、うすく切っていく。包丁をぎこぎこ動かして、取れた刺身は断面がぎざぎざになっていた。

「さざ波切りってやつだね」

「たこもこうなってるの見たことある！」

「そうそう、あとはつぶなんかもこんな感じで切るんだ。食べやすいし持ちやすいから」

「ふんふんふんふん」

「もうちょっと待っててね、衛川さん」

あわびを器に移しながら、紺屋さんは、いさめるようににっこりした。え何それ、さっきまで通じ合ってたでしょ心が完全に。急に裏切らないでよ。

「肝《きも》は食べられる?」

「食べる!」

紺屋さんはさっき外した黒いものを切り分け、包丁でとんとん叩《たた》いてペーストにした。

「肝醤油《きもしょうゆ》にしちゃおう。一番いいからねこんなの」

深めの器に醤油を注ぐ紺屋さんをあたしはこれまでで一番心から尊敬した。きっとこういう状況を想定して醤油の小瓶《こびん》を持参したのだろう。行き届きすぎている。一生信頼する。

まな板をどけて醤油と刺身の器を並べ、食器なんてないから刺身を手でつまんだ。ひんやりして、堅く引き締まっているのを、醤油にひたす。持ち上げると、醤油で染まったぎざぎざの断面に、もろもろになった肝が絡んでいる。したたる醤油を手で受けながら刺身を口まで持っていく。やばい急ぎすぎて舌から迎えにいっちゃった、口に入れる。

ぎゅううううっと、噛《か》みしめる。

ごりごりで、しょっぱくて、ほろ苦くて強烈な味。右の奥歯でよく噛んで、疲れたら左の奥歯で噛んで、ひたすら噛み続けてるうちに、口内であたたまった身から、ふわっと甘さが出てくる。

「んあおあああ……」

あたしは太った猫みたいな低い鳴き声で鳴いた。

うますぎる。

ばかになりそう。

「これは、これはだめだな、よくない。よくないぞこれは。だめになる味だこれ、人類には早すぎる」

紺屋さんもばかになってる。

「三切れずつね。三切れずつだから」

めちゃくちゃ念押しされた。

「分かってるわよ」

いやごめん本当は何も分かってない、あったらあるだけ食べたい。

で、あたしたちはあっという間にあわびを平らげた。もはやあたしは風も揺れも波しぶきも全て許せていた。母なる海にただただ感謝したかった。

「どう？　楽しくなってきた？」

腹立つタイミングで訊《たず》ねてくるな紺屋さん。

「……楽しすぎる」

こう答えるしかないでしょこんなの。

あわびを食べ終えた——紺屋さんは船員さんにもふるまった——あたしたちは、さっきはえ縄を仕掛けたところまで取って返した。

「はーまだおいしい。まだ口の中にあわびいてくれてる。あと三日はいる」

あたしはあわびの余韻を手放すまいと何度も心の中で反すうした。夢のような気分だった。

「それじゃあ衞川さん、ちょっとお手伝いしてもらおうか」

「どんと来いよ」

あたしは気が大きくなっていた。

「今からはえ縄の取り込みをやるよ」

なるほど漁師の仕事だな？

「幹縄《みきなわ》をたぐるのと、仕掛けをツリタテにまとめるの、どっちをやってみたい？」

知らない単語出てきたんだけど。

「ああ、ツリタテっていうのはこれだね。取り込んだ針をこれに引っ掛けて、仕掛けがぐちゃぐちゃにならないようまとめておくんだ」

舷《ふなばた》に立てかけられた、人ぐらいある藁人形《わらにんぎょう》を紺屋さんはぽんと蹴飛ばした。

「力がいるのは幹縄をひたすら引く係で、細かい作業はツリタテの係だね」

「引くわ」

あたしは躊躇《ちゅうちょ》なく単純作業を選んだ。ツリタテ係は嫌な予感しかしない。あたしは小学校のときに校外活動でやった凧《たこ》あげを思い出した。一瞬で墜落した凧は風にあおられて農道をはてしなく転がっていった。あたしは授業時間いっぱい、蜘蛛《くも》の巣みたくぐっちゃぐちゃに絡んだ糸を泣きながら一人でほどいていた。

「分かった、任せるよ。自分のペースで行こうね」

紺屋さんは身を乗り出し、樽《たる》を鉤《かぎ》付き棒《ぼう》で船上に引っ張り上げた。あたしはびしょびしょの幹縄をぐっと掴《つか》んだ。すり傷に海水が染みるし指先が凍ったように冷たい。

「やばい、不安になってきた。できるかな」

「キッザニアみたいなものだと思おう」

「いやそれは……うーん、医者があるくらいだからあってもおかしくないわよね、漁師。もうあるのかなもしかしたら」

ぐっと、縄を引っ張る。重い。海の重さだ。でもあたしにはあわびの力が宿っている。

「ふんぎぎぎぎぎ！」

両手を交互に前に出して、取り込んだ縄を後ろに送っていく。

「お！　衛川さん、ついてるよほら！」

紺屋さんの声に、海を見る。まっさおで透明な海の中、何かが白っぽくきらっと光りながら横滑りした、かと思えば赤くなってコンパスみたいに円運動した。

「なに！　魚⁉」

「魚だ！」

「うおおおお！」

海面から飛び出した赤い魚は、びびびびって震えながら船の上までやってきた。紺屋さんは魚を掴《つか》むと手早く針を外し、かごめがけてぽんと投げ込みながら針を藁人形《わらにんぎょう》に引っ掛けた。

「わああぞろぞろついてきた！　衛川さん！　漁獲が！　すごい漁獲が！　いそぎんちゃくで漁獲！」

「んがあ！」

腕が熱い、体が熱い、膝が震える。視界の端に、魚を取り込みつつ仕掛けをまとめる紺屋さんが映る。機械みたいな精密動作だ。ツリタテの係じゃなくてよかった。

呼吸困難の一歩手前で、はえ縄をなんとか回収し終えた。あたり一面あたしも含めて死ぬほど生ぐさい。

獲《と》れた魚を紺屋さんが他の人たちに見せて回っているあいだ、あたしは箱みたいなものに腰をおろし、肩でぜえぜえ息をしていた。半年ぶんぐらいの運動をした気がする。

「お疲れさま、衛川さん」

「ひっしっ、息っ、息が」

体から湯気が出てる。頭がじんじんして、ぼんやりする。

「ほら、見てこれ」

紺屋さんはかごから魚を掴《つか》みだした。前後からぎゅっと潰したみたいな体つき、背中からおなかにかけて桜色から白のグラデーション、透き通ってきらきらした目。

「鯛《たい》だ！」

あたしは目をむいた。綱引きに必死すぎて気づかなかった。これ鯛だ、完全にどう見ても鯛だ。あたしは鯛が好きだ。

「キダイってやつだね。こんなにでっかくなるんだなあ」

「え？　鯛じゃないの？」

いや鯛でしょ。それ以外のなんなの。

「ほら、このへんがうっすら黄色いでしょ。それにマダイと比べると体つきが縦長だし、口が前の方についてるよね」

「なんも分からん」

鯛にしか見えん。

「ああそうか、もしかしたら、れんこ鯛って言った方が分かりいいかな？」

「それ知ってる！　回転ずしでよく食べてた！」

きれいでしゃきしゃきしてておいしいやつだ。

「関東じゃあんまり食べないけど、西の方では一般的なお魚だよね。皮目のところがおいしくってさあ、しみじみ甘いんだ、脂が」

「うん、うん、そう、皮つきで」

れんこ鯛《だい》のおすしは、いいお砂糖をつかった和菓子みたいに、ふわっと味が消えていく。あんなにおいしいのに食べてないんだ関東。人生損してるわ。

「じゃあ僕はちょっと、こいつらを手当てしてくるよ。衞川さんは休んでいて」

「手当て？　助けるの？」

「魚が傷まないようにするためのくふうを、手当てって言い方するんだ。今回は神経締めで脊髄を破壊するよ」

「おお」

脊髄を破壊だけはされたくない。人間でよかった。

紺屋さんが手の空《あ》いた船員さんに呼びかける後ろ姿をぼーっと眺めて、それから空を、海を見た。

まじで死ぬほど寒くてまじで死ぬほど揺れていてまじで死ぬほど疲れ果てていて、でも、気だるさが心地よかった。プールの授業の後みたいだってあたしは思って、あくびをした。

◇

船だまりに戻り、獲《と》れた魚をみんなで分配して、あたしたちは紺屋さんの家に戻った。潮で全身べたべたしすぎて今すぐお風呂に入りたい。髪がやばすぎる、うねりすぎてパスタみたいになってる。

その旨伝えると、紺屋さんは、

「いいよいいよ、入っといで。その間にお刺身つくっとくから楽しみにしててね」

たまに会う親戚のおじさんみたいにやさしくしてくれた。

で、お風呂をいただいたあたしは、気づいたらなんか紺屋さんのリビングで、布団の中にいた。

「白茅ちゃん！　起きましたね！」

あれ？

榛美さんがいるな。あれ？

「え、おはよ？」

「お風呂入ったら寝ちゃったんですよ」

「うあー。ごめん」

「いいよいいよ。今日は疲れちゃったもんね」

親戚のおじさんがめちゃくちゃ甘やかしてくる。

「先に始めちゃってるよ。衢川さん、起き抜けだけど食べられそう？」

あったかくていいにおいがした。テーブルにはちっちゃい四角い七輪みたいなものがあって、土鍋から湯気がのぼっていた。

「……めっちゃおなかすいてる」

あたしは布団から這《は》い出して、榛美さんの隣に座った。鍋の中では大根と、あとなんか葉っぱがくつくつ煮えていた。平たい大皿に、皮つきのお刺身が並べられていた。白く濁ってきらきらしてオパールみたいで、うっすら透けてお皿の白地を映していた。

「れんこ鯛《だい》の、お皿の右側が皮霜《かわしも》づくりだね。こっちはお刺身でいただいてもらって、左のは切っつけただけ。これはお鍋に入れて、ちり鍋にしてあげてもおいしいよ」

「これで食べるんですよ。ライムのぽん酢ともみじおろしです。康太さんのいいやつですから、いいです。どうぞ！」

すごい、なんだこれ、寄ってたかって甘やかされてる。小学二年生以来じゃないだろうかこんなの。

「いただきます」

あたしは箸《はし》で皮霜の方を取り、ぽん酢にくぐらせ、いただいた。

「んっふぁあああ」

体がふるえた。

酸《す》っぱくて苦いぽん酢の後で、鯛が、甘い。しゃきしゃきしてて柔らかい。体の奥底から感動がせりあがってきて、泣きそうなぐらいおいしい。

「お鍋もどうぞ。しゃぶしゃぶみたいにしてもおいしいよ」

紺屋さんにうながされて、一切れ箸《はし》でつまむ。鍋に沈めると、水面に透明な水玉模様の脂がぱっと散って、切り身はまっしろになりながらくしゃくしゃにちぢんでいった。

半生の切り身でもみじおろしをくるんで、ぽん酢にぽんとバウンドさせる。また焦りすぎて舌から迎えにいっちゃった。

温まってとろとろになった身の甘さ、もみじおろしの香りと辛さ、口がきゅっとなるぽん酢、これは、だめだ。

「だめでしょ……」

あたしは目を閉じ、歯を食いしばって耐えた。え、何に？　何にか分からんがとにかく何かに耐えた。

「いやあこれはよくないね、本当によくない。僕はねえ、これ、ちょっとよくない気がするよ」

「よくないからもっと食べましょう！」

紺屋さんと榛美さんは顔をまっかにしてへらへらしていた。けっこう呑《の》んでるな。

「これ、大根の葉っぱね、これ辛くてえらいんだ」

「ああこれも大根なのね」

食べてみると、しょりしょりしてぴりっと辛くて、たしかにえらい。しっかり脂の乗ったれんこ鯛《だい》のあとにこれが来るのは発明だ。

「ふいー」

熱い息を吐いた榛美さんが、あたしにのしかかってきた。酒くさいし肌が熱い。

「楽しかったですか?」

「それは、まあ、うん。けっこう」

「それじゃあまたやろうか、はえ縄」

「いやもうそれはいい」

紺屋さんはしょんぼりした。

「あんなに楽しいこともないのになあ。だって、その……はえ縄なんだよ。だからさ、漁師しかできないことをやらせてもらえるっていうか、つまり、ほら、はえ縄ってなかなか、漁師の仕事で、それを、漁師しかできないのにやれるのってすごいよねって話なんだけど駄目かあ」

酔ってんなー紺屋さん。

「それにねー、おせちもやるんですよ。そしたらもっと楽しくなります」

棒美さんはしゃべりながらあたしの体をずるずる滑り落ちていき、最終的にあぐらの間にすぽっと収まった。

「んふふ！」

体をよじってあおむけになった榛美さんは、あたしのほっぺをむにむにしながらにこにこした。うーん、かわいいからいいか。

このかわいい生き物をなでてみたいんだけどいいかな、いきなり触ってきて気持ち悪いって思われないかな、いや耐えられん、もうなでるしかない。

「んふふふふ！」

なでてみると榛美さんはぐねんぐねんして、あたしの手に頭をこすりつけた。猫のやるやつだ。でかい犬のみならずでかい猫でもあるのか榛美さん。グレートピレニーズの体当たり力を持ちながらラグドールのいちゃつき力に目覚めた伝説の超動物だろこんなの。

「そうそう、おせちをね。ほら僕たちって、クリスマスもお正月も、なんか、ありゃりゃりゃりゃって言ってるうちに終わっちゃったでしょ。気分ぐらいはね。お正月っていうのは、ほら、まあ、僕たちも日本人だからさ。なんだろうね、大切にしたいっていうのは建前で、おせちゃったら、なんだろう、お正月で、楽しいからね」

「水呑めば？」

「え？　そうかな、ありがとう。それでなんだっけ、つまりお正月っていったらおせちだもんね」

紺屋さんは据わった目で水をごくごく呑《の》み、お手洗いに立ち、戻ってくるとあくびした。

「衡川さんのところは、おせちってどんなだった？　やっぱりからし蓮根《れんこん》？」

ちょっと酔い覚めた？

「やー別に、そもそもおせちあんまり食べなかったわね。なんか冷凍のオードブルみたいの、あれどうしてたんだろ、楽天かなんかで頼んでたんだと思うけど。親戚あんま集まらない家だったのよ」

「なるほどなあ。でも、僕の家でもきちんとおせちをやってはいなかった気がする。父が、これはつまり生物学的な父親なんだけど、がんすを揚げてたっけ」

「聞いたことないんだけどがんす。どこの文化よそれ」

「広島の、とくに西の方の郷土料理だね。にんにくと玉ねぎと、あとは唐辛子《とうがらし》なんか入れた魚のすり身をフライにするんだ。べつにお正月にいただくものじゃないけど、思い出でもあったのかもしれないなあ」

紺屋さんは鍋に切り身をくぐらせながら、お父さんの話をした。落ち着いた顔だった。余計な記憶を抜きにして、ただ単に懐かしんでいるように、あたしには見えた。

「僕も子どもだったからね。おもちばっかり食べさせられてるところに、強烈な味付けの揚げ物はありがたかったよ」

「……つくって、みる？」

ちょっと腰が引けた口調にはなっちゃったけど、あたしは提言してみた。紺屋さんはにこにこしてうなずいた。

「やってみようか。おせちに揚げ物あっちゃいけない決まりはないからね」

「どうせ異世界だしここ。あたしたちが開発すればいいのよ異世界おせち」

「一理ある気がする」

「じゃあできたらみんなでおせちですね！　あ、みんなでっていうのは、今いるみんなでってことなんですけど」

榛美さんが身を起こして、お刺身とお鍋とお酒をやりながら喋《しゃべ》った。一理ある気がする。

「マナちゃんのところに行きましょう！」

一理ない気がする。

「王宮に？　追っ払われると思うんだけどそれ。だって王でしょマナさん」

「でもマナちゃんですよ。ソコーリさんもいます。最近会ってません」

説得に聞こえないこともないようなことを榛美さんが言った。

「うーん……難しいとは思うけど、やるだけやってみようか」

「はい！　やります！」

紺屋さんがんばってんなー。尊敬の念が出てきた。あたしハーレムアニメけっこう好きなんだけどそれは女の子かわいーってぐらいの観点で、主人公に注目したことあんまりなかった気がする。好意と信頼と期待をどわーっと浴びせかけてくる他人って、よくよく考えたら怖いよな。

「じゃあそれはいいことにしよう。踏鞴家給地って、年越しはどうやって過ごすの？」

「家です」

「ふむ」

紺屋さんは慎重に相づちを打った。

「みんなが自分の家にいて、その年の決まった人が外を歩くんですよ。でも見ちゃだめなんです」

「なんだろ……なまはげみたいなものなのかな。そういえば歌継《かつ》ぎのときもそうだったけど、来訪神をもてはやす文化があるんだね。ああでも、来訪神の力で世界が出来上がってるようなものなのか、よく考えたら」

紺屋さんがどうでもいいことを言った。

「だからあんまり楽しくありません」

「ひとりで過ごす年越しなんて退屈だもんね。それじゃあぜひとも、みんなでわいわいやらないとだ」

「はい！　楽しいやつをしますよ！　わたしは！」

王宮うんぬんはともかく、いや絶対に無理でしょ王だぞ相手、だからそれはいったんともかくってことにして、おせちは楽しみだな。

「明日は一日仕事だね。長期休暇最高だなあ」

仕事してるのと活動量がまったく変わらない気がするんだけど、紺屋さんの中では違いがあるらしい。

それが、楽しいってことなのかもしれないな。あたしにはぴんと来ないけど。

◇

台所に立った紺屋さんは、れんこ鯛《だい》をかたっぱしからさばいていった。

うろこをばりばりはがし、三枚におろして、皮を引く。身を包丁で細かく刻む。中骨に残った身も、スプーンでかきとる。そうしたら、水を張ったボウルに身をいれてじゃぶじゃぶ洗う。

「そんななんか、洗うもんなのね。かまぼこづくり」

「脂とか水溶性のたんぱく質とか、邪魔なものを取り除かないとならないからね」

水が白っぽくもやもや濁り、透けるようだった切り身はぐったりと色あせていった。

「榛美さん、布お願いします」

「はい！　あちち！」

煮沸消毒した布を水で冷やして堅くしぼり、魚肉をあける。思いっきり全力でひねると、白っぽい水がぼたぼた垂れる。

「どれどれ」

きんちゃくにした布をほどいた紺屋さんは、水気のなくなった魚肉の一部を指でつまんでべりべりはがした。

「血合いだの筋だのだね。これまたかまぼこにはならないけど、除けておいておでんだねに使うよ。すじっていうんだけどね」

「へええ、なんでも無駄にしないのね」

「静岡おでんには知恵が詰まっているんだ」

隙あらば推してくる。関係者なのかな。

「それじゃあ半分はふつうのかまぼこに、もう半分はがんすにしよう。榛美さん、衛川さん、かまぼこお願いできる？」

「えあたし？　いや待ってなんも分かんないんだけど」

「白茅ちゃん、ふわふわがんばりましょう！」

「あー」

便利だな榛美さんのそれ。何やるのか一瞬で悟れたわ。

榛美さんは、すり鉢に入れた魚肉を、すりこぎでがつがつ叩《たた》き潰した。ぐっちゃぐちゃのミンチになったところで、塩とじゃがいものでんぷんを入れて、すりこぎでひたすらする。こないだ同様、鉢押さえ役とすり役を交代しながらだ。

鉢を押さえながら、紺屋さんの作業を見る。叩いた魚肉に塩をしてぐわっとすさまじい力で練り、めちゃくちゃ細かく刻んだ玉ねぎ、おろしにんにく、おろし唐辛子《とうがらし》、卵白を加えて手でこねた。

「おお……」

パワーが成人男性だ。そういえば成人男性だったこの人。

「ふいー、手があついです。白茅ちゃん、いいですか？」

「はいはい」

ナナフシぐらい細い割には筋肉がなさすぎてなんかぷにぷにしてる情けない腕の力をフルに使って、すりこぎを動かす。すり身はむっちむちでぱっつぱつで、すりこぎにくっついて鉢の中を暴れ回った。

「うわこれ駄目かも」

「力です！」

的確なアドバイスだ。あたしはすり身をすり鉢の底にぐっと押し付け、すりこぎをずずずっと動かした。頭の血管切れそう。

「そっちはどう？」

かちかちのパンをがしゃがしゃすりおろしながら、紺屋さんが訊《たず》ねた。

「白茅ちゃんの力があります」

ないよ。

「そっか、力があるならよかったよ」

「はい！」

だからないって。

紺屋さんは肉色のすり身をボウルから掻《か》き出し、長方形にまとめた。卵黄と小麦粉と水でバッターをつくってすり身をひたし、パン粉をまぶし、皿に並べる。鍋を火にかけて揚げ油をどぼどぼ注ぐ。なにもかも手際がいい。

どういうわけかちょっと悔しくなっている自分をあたしは発見する。

競うところじゃないのは分かりきっているのに湧いてくる悔しさは、たぶん、自分に感じるふがいなさの裏返しだ。

悪い気分じゃないな、こういうの。

「んぎぎぎぎ！」

あたしは奥歯をぎゅっと噛《か》みしめ、力いっぱいすりこぎを動かした。負けてたまるか。

じゃわわわって、耳に気持ちいい揚げ物の音がした。熱された油のにおいって好きだな。それから、鍋の底をあぶくが叩《たた》く高い音。きつね色に揚がりながら、油の表面を走るパン粉。

玉ねぎの甘いにおいとにんにくのおなかが空《す》くにおい、唐辛子《とうがらし》の喉に刺さるにおいがした。がんす、知らない食べものだけど絶対においしいでしょ。

「よし、じゃあこれでがんすは終わり。あなごとあわびやっちゃうから、かまぼこはお願いします」

「はーい！」

手際がよすぎる。負けてたまるか。

交代しながら練り続けると、すりこぎが勝てないぐらいぶりっぶりのすり身ができあがった。

「これをねー、こうします」

榛美さんは魚肉をがぼっとすくいあげ、木の板に盛りつけた。

「おー、かまぼこっぽくなってきた」

板に載っててトンネルみたいな形してたらもうかまぼこだよね。

あとはこれを寝かせて、蒸《む》したらできあがりらしい。手が空《あ》いたあたしたちは、お多福《たふく》豆《まめ》に取りかかった。これはそら豆を甘く煮たものだ。前に紺屋さんが作ってくれた。皮がさくさくしてて甘くて味が強くてめっちゃおいしい。

「あたしたち黒豆使っちゃったもんね」

おせちと言えば黒豆だよね。なんつって棚を開けた紺屋さんの愕然《がくぜん》とした顔、本当に申し訳ないんだけど笑ってしまった。その後すかさず、

「でもこの世で一番おいしいおぼろ豆腐をいただけたからね」

ってフォローして榛美さんをにこにこさせたのも個人的には加点です。榛美さんがにこにこしたので。

水戻ししたそら豆を弱火でゆっくり煮る。くせの強いにおいがするけど、個人的には嫌いじゃない。

そら豆の鍋の前であたしが突っ立っている間に、紺屋さんは、なんか、俊敏すぎて説明が追いつかないぐらい色んなことをやっつけていった。

「だいじょうぶ?」

不意に、桂剥《かつらむ》きにした大根をなんか汁から引き揚げながら、紺屋さんがあたしを心配そうに見た。

「え。なに急に」

「ええと……疲れてない?」

「別に。平気だけど」

「そっか、それならよかった」

あたしはまだキュネーのことをちゃんと思い出せない。

そら豆はくつくつ煮えてにおいを振りまく。きっとキュネーの郷《さと》のにおいを。

負けてたまるか。

◇

紺屋さんの言ったとおり、おせちづくりは一日仕事になった。できあがったものを重箱に詰めたあたしたちは、雪の降る中スプレンドーレ島まで行ってミリシアさんを引きずり出し、そのまま小舟で王宮に向かった。

「重箱を抱えて王宮に挑むとは、実以《じつもっ》てあきれた蛮行であるぞ」

皮肉を言いながら、ミリシアさんは嬉《うれ》しそうだった。予想外のことが起きるとテンション上がっちゃう人なんだよなミリシアさん。

「陛下が心安らかな日々を過ごされているとは、とうてい思えませんからね。ここはひとつ、気楽な友人として見舞ってあげてもいいんじゃないですか」

紺屋さんがぬけぬけと言って、ミリシアさんはますます嬉しそうだった。

「ピスフィの出立以来、私も退屈していたところだ。やんちゃをするのも悪くない」

「あ、それ。ピスフィって呼ぶのね、もう完全に」

あたしが指摘すると、ミリシアさんは、それ言う？　の顔をした。いやこっちだってだるいのは分かってるって、でもしょうがないでしょ他に誰も言ってくれないんだもん。

「彼女が一人前の商人となったとき、嬢呼ばわりは止《や》める。教師と生徒だった私たちの、それが、取り決めだったのさ」

「卒業、みたいなこと？」

あたしの言葉にミリシアさんは笑った。

「商機と命とを秤《はかり》にかけてみて、あえて秤を蹴倒し走り出すようなある種の愚かしさを、自分の裡《うち》に見出《みいだ》すこと。それがヘカトンケイル商人の条件だ。私の見立てでは、ようやくピスフィは階《きざはし》の一段目といったところであるな。卒業などとは、とても言えまい」

「手厳しいですね、ミリシアさん」

「最大限に甘いつもりだよ。自分ひとりで死出《しで》の道行きを決意する、その程度のことで認めたのだぞ」

竹を割ったような小ざっぱりした言い方だった。

「頼ってほしい、とか、思わなかった？」

あたしが訊《き》いてみると、ミリシアさんはうさ耳をひねりながらすこし黙った。

「それは……どうであろうか。止めたかもしれんな」

小舟のぎいぎい揺れる音が、しばらくその場を圧した。

「パトリトが御用聞きを引き連れて屋台に飛び込んで、私は、いささか動揺していたよ。二人も失うのか、と。そのときはじめて、現実にのしかかられたような心持ちであった」

空を見上げたミリシアさんは、落ちてくる雪が海に触れて消えるまでを目で追った。

「ピスディオであれば、あるいはカンディードであれば、ピスフィにどんな助言をしたものか。姉として、パトリトに何を言えたものか。あれこれ考えて、だが私には、黙って抱擁するぐらいしか手がなかった」

ミリシアさんも相談してたんだなって、あたしは気づく。

「舳先《へさき》が死を向いて、しかし幸福な航海というものは、ある。あるのであろうさ。そう思わないで、生者である我が身の上をどうして許せようか。それが欺瞞《ぎまん》でないのだと、ピスフィは私に教えてくれた」

いつもさばけた態度で明快に話すミリシアさんの、だけど、自分でも混乱してるみたいな喋《しゃべ》り方だった。ミリシアさんは自嘲っぽくかすかに笑って、それから無言になった。

横風に小舟が揺れた。よろけた紺屋さんを、榛美さんが支えた。

「榛美。死の淵《ふち》に立ってみて、あなたは何を思っていた？」

「あえ？　わたしですか？」

ミリシアさんはまっかな目を榛美さんにぴたっと向けた。榛美さんはしばらく口を半びらきにしていたが、急にひゃっと声をあげて閉じた。口の中に雪が入ってきたらしかった。

「なんかずっとぼわーってなってて、考えるのはあんまりしてませんでした」

ミリシアさんは目を見開いた。いやまあ、たしかにそうなるよなふつうに考えたら。死ぬほどの病気なんだから考える元気なんてないよな。

「あ、でも、死んだあとはだいじょうぶだって思いましたよ。康太さんに頼んでおきましたからね。ばらまいてくださいって」

「なんだと」

ミリシアさんは目を見開いた。あたしも目を見開いた。ばらまくって、その、死体を裂いて？

「踏鞴家給地の風習ですよ」

紺屋さんが言い添えて、ミリシアさんは胸を撫《な》でおろした。

「そうか。遺灰を棚田に撒《ま》くのであったな。実以《じつもっ》て奇妙な風俗だ。墓を持たない民とは、カイフェにも類を見ない。無墓の地たれど、詣でる場所は持っているのが尋常のことだ」

「そうなんですか？」

榛美さんはふしぎそうな顔だ。お墓がないっていうのは、あたしにも想像できない。毎日拝みに行っていたわけじゃないけど、お彼岸《ひがん》とお盆のお墓掃除ぐらいはやっていた。

「エルフの習慣を容《い》れたのかもしれませんよ」

紺屋さんが話をふくらませ、ミリシアさんはなるほどー！　の顔をした。

「そうか。あの地は漂泊の果てに見いだされたものであったな」

「墓地を持ち歩くってわけにはいきませんからね」

あたしと榛美さんは口を半びらきにした。いや榛美さんがそうなるのはおかしくないか？　地元の話だぞ。

「鼻祖のエルフは、代々の遺骨なり灰なりを新たな郷《さと》に……後の踏鞴家給地に埋《うず》め、その上に稲を実らせ、標《しるべ》としたのか」

ミリシアさんがぐぐっと身を乗り出した。

「とすれば、ある種の感染呪術ですね。その風習が、葬儀と結びついた。合理的でもありますよね。狭い土地がお墓で埋まっちゃうのは困りものですから」

紺屋さんがぐぐっと身を乗り出した。

「田に出ることは、そうであればとこしえの野辺送りとも表せよう。実以て興味深い。ピスフィとの仕事が片付いた後、そちらに滞在してもかまわないだろうか」

「もちろんですよ、って僕が許可することじゃないですけど。みなさん喜ばれると思いますよ」

なんだなんだなんだこの人たち。なんの話になってるんだこれは。

「失礼した、白茅」

あたしの視線に気づいたミリシアさんが、咳払《せきばら》いをした。紺屋さんはもうちょっと話したそうな顔をしていた。

「別に、楽しかったならよかったけど」

あたしの皮肉にミリシアさんは苦笑し、うさ耳をひとさし指でくるくるした。

「今のは推論というよりも妄想……いや、願望と呼ぶべきであろうな。託して逝《い》くことの、幸福を願いたいのであろう。榛美がそうであったように」

榛美さんはずっと口半びらきだった。

「あなたは、康太に託したのであろう? 死した後、その身の灰を棚田に撒《ま》いてほしいと」

「はい！ そしたら、きれいな灰ですからね」

あたしは榛美さんをじっと見た。けろっとしてにこにこしててもちもちしている。死にそうだったとも、死ぬ覚悟を決めていたとも思えないし、火葬の段取りまで付けていたなんて考えられない。

紺屋さんはどう思ったんだろう。あたしはこっそり顔をうかがってみたけど、そもそも何を考えているのか分からない人だしあたしは人の顔色を読むのが苦手だ。

遺言。

あたしは突如として適切な単語に思い至り、慌てて打ち消そうとする。

「もう着くんじゃない？」

あたしは海に目を向けた。

◇

王宮前の広場はしんとしていた。もっと武装した護衛がうろうろしていたりするものかと思っていたけど、まったくそんなことはなかった。門番すらいない。それどころか、

「おー、来たな」

マナさんが直々に出迎えてくれた。

「はい！　来ました！　わああ！」

マナさんは、飛びつこうとした榛美さんを尻尾で巻き取って吊《つ》り上げた。

「うひゃひゃひゃひゃひゃひゃ！」

紺屋さんがにこにこしながらめちゃくちゃ冷や汗かいてる。

「お久しぶりです、陛下――」

「あーいい、挨拶はいい、さみーから。眠くなんだよ寒いと」

マナさんはミリシアさんの口上を遮った。そういうなんか、油断すると冬眠しちゃうみたいな蛇っぽいところちゃんとあるんだこの人。

「んじゃ行くぞ」

庭園は、寒々しかった。大きなプールっぽいくぼみは水が涸《か》れ、土や葉っぱで汚れていた。背の低い木は、枯れるかぼさぼさに茂って醜い形になるか、どっちにしろ手が入っていなかった。

庭を通り抜けて宮殿の中に入ると、こっちはこっちでがらんとしていた。お金持ちしか泊まれないホテルみたいなでかい吹き抜けとでかい階段とでかい広間の、どこにも人がいない。しかも寒い。廃墟の一歩手前だ。

「わりーな、荷物持ちはいねえ。暇を出すか、ユクのおっちゃんとこに行かせちまった」

誰だユクのおっちゃん。

「では、ロンバルナシエに？」

ミリシアさんは分かってるっぽいんだけど誰なんだユクのおっちゃん。

「ま、これも歳費削減だ。ばかすか金食うからな王室って」

マナさんは尻尾をうねらせながら気まずそうにした。

「こないだ立太子儀を済ませた、王子さまだよ。つまり、次の王様になる人ってこと」

紺屋さんが榛美さんに説明しているのをあたしは盗み聞きした。なんかどっかで聞いたことあるような話だった。残桜症《ざんおうしょう》で逃げ出した王子が、逃げた先でなんかをした、ぐらいの理解度だけど。

「でしたら、私たちをおおいに歓迎すべきでありましょう。ピーダー秘蔵の白神の料理は、とうてい歳費で賄えるものではありませんよ」

マナさんは爆笑し、皮肉を言ったミリシアさんの背中をべしっと尻尾でひっぱたいた。

「ピーダーはどうしてる？」

「年の瀬に、船出をいたしました。海の先に商談を見つけたようです」

「……そうか」

あたしたちはマナさんに引き連れられ、どこもかしこも寒い宮殿をぞろぞろ歩き、王様の執務室《しつむしつ》に到着した。そこだけはあたたかくて、大きく取られた窓からは陽が差し込み、満潮の干潟がよく見えた。

「ひでーもんだろ、こうして上から見ると」

マナさんが紺屋さんに話しかけた。紺屋さんは、しかめ面《つら》を窓の外に向けていた。

「浸食って、こんな速度で進むんですね」

「そりゃな。あーしらが無理くり抑えつけてんだ。ほっときゃ自然に戻ろうとする」

「どっかおかしいの？」

「どこもかしこもさ」

訊《き》いてみると、ミリシアさんが答えてくれた。

「大評議会とヘカトンケイルモールの残骸、崩壊した都市の一部は、大運河を大きく損なった。流れが淀めば、潟《ラグーナ》は干上がって潮入の湿地や沼となる」

改めて海を見ると、変化が分かった。灰色の海のあちこちで、枝分かれする黄土色の砂地が発生している。脂の詰まった血管みたいだった。

「これこそがラグーナ・モナット、死者運びの潟だよ。沼沢地《しょうたくち》は悪性の溜《た》まり場となり、暑熱あらば熱病をもたらす」

多分だけど、それってマラリアのことだ。沼に蚊が湧いて本島に飛んでくるんだろう。

「ま、んなこた今日は置いとけ。気にしたってどうにもなんねーし。ソコーリ呼んでくるから待ってろ」

マナさんは尻尾をくねらせ執務室《しつむしつ》から出ていった。あたしたちは窓に近づいて、こわごわと海を見下ろした。何も言えなかった。口を開けば楽しい話にはならなそうだったから。

「準備しちゃいますね」

紺屋さんが荷物をおろし、ふろしきをほどいた。おせちの入った重箱だ。海と島とライムの枝が蒔絵《まきえ》になっている。

机に重箱を広げ終わったところで、扉が開いた。尻尾でノブを押し込んで入ってきたマナさんは、女の子を背負っていた。

「陛下、自分で歩けますから」

背負われた子は、こもった口調でマナさんに文句を言った。

「うっせーな白ツノ」

「差別的発言です」

「ほら、下ろすぞ。気を付けろよ」

氷に足を下ろすみたいにそうっと足で床を踏んだ子は、マナさんから杖《つえ》を受け取って体重を預け、背中を折ってゆっくり息をした。

「ソコーリ、さん？」

あたしが訊《たず》ねると、その子は微笑《ほほえ》んでうなずいた。

何度か、会ったことがある。陛下御側係《おそばがかり》の子だ。きれいな真珠色の巻角が頭の両側面から生えていて、陽射しにきらきらしていたのをあたしは覚えている。

左の角がなくなっていた。肩のところで切り揃《そろ》えられていた髪は背中まで伸びて、おおざっぱにひとくくりにされていた。ぱりっとした服じゃなくて、脱ぎ着しやすそうなゆったりしたシャツとズボンの姿だった。

どうしたらいいんだろうって頭がまっしろになった。なんにもなかったように気にせず接するのも、気を遣って同情するのも、間違っているような気がした。どうしてたっけってあたしは思った。めいっぱい弱ってしまった子に、あたしは、どうしてたっけ。それって正しかったっけ。

「わりーな、びびらせちまって」

「いいえ、ピスフィから伺っていましたから。僕に何かお手伝いできることはありますか？」

紺屋さんが立ち上がろうとするのを、マナさんは手で制した。ああそうか、それが正しいんだ。あたしの心臓はまだばくばくいっていて、くちびると歯茎がじんじん痺《しび》れている。

「おひさしぶりです、で、でぃ、ディタ、さま」

ソコーリさんは杖《つえ》にすがりながら一礼した。誰の名前だろう？

「久しいな、ソコーリ。抱擁するが、ばらばらになったりしないでくれよ」

ミリシアさんが立ち上がり、笑えない冗談でソコーリさんを笑わせ、抱きしめた。

長い時間、抱きしめていた。

ソコーリさんは杖をつきながら歩いてきて、マナさんの隣に腰を下ろした。

「おー、うまそうじゃねーか。康太、説明しろ」

「はい。まずはこちら、焼きものにはれんこ鯛《だい》の塩焼きですね。それから蒸《む》し煮《に》にしたあわび、煮あなご、あなごのきぬた巻、かまぼこ、菊花《きっか》かぶ、お多福豆《たふくまめ》、がんすをご用意いたしました」

「分かんねー」

「あのねー、あなごはマナちゃんみたいなんですよ」

榛美さんがぎょっとするほど不敬なことを言って、マナさんは笑い飛ばした。

「似てるかー？　おら見ろよ、うろこついてんだろあーしの尻尾」

尻尾でほっぺをぐりぐりされた榛美さんはきゃっきゃとはしゃいだ。

「でもあなごも尻尾をぎゅってするんですよ！　マナちゃんみたいです。ね康太さん、似てますもんね！」

「どうかなあ、ごめんね、いまいち覚えてないや」

紺屋さんがめっちゃ冷や汗かいてる。

榛美さんがふざけてくれたおかげで空気がほぐれ、いただきますの雰囲気になった。まっさきに箸《はし》を伸ばしたのはミリシアさんで、塩焼きの身をごそっとえぐってばくっと食べた。

「お……おい！　なんかすげーいっぺんに食ったな今！」

「ええ。陛下も、他の者も、私の寛容を期待するべきではないぞ」

なんて堂々と最悪なこと言うんだこの人。

「がー！　配るから待てばか！」

すごい、王様がおせちを取り分けてる。

「ほら！」

「えあっありありがとうございます」

マナさんがぐっとお皿を突き出してきた。一応は恭《うやうや》しく見えるよう、頭を下げて両手で受け取ると、マナさんは小さく噴き出した。

「なんだそりゃ」

えこれ間違いだった？　ふだん王様と接することなんて無いし小皿を受け取ったことも
ないから分かんないんだけど正解が。

とにかく、榛美さんとミリシアさんとマナさんの絶妙なパスワークで、だいぶ雰囲気が
和やかになった。あたしの動悸《どうき》も収まって、がんすを味わえそうだなってぐらいには落ち
着いた。

見た目はハムカツみたいだ。薄っぺらくて、断面は薄ピンク。これは唐辛子《とうがらし》の色だろ
う。けっこう辛そう。においは、玉ねぎとにんにくでおいしそう。

前歯で、噛《か》み切ってみた。

ざくざくっと崩れて、ぱつっとちぎれる。

「うわこれおいし」

忌憚《きたん》のない感想をあたしは口にした。こんなのおいしいに決まってる。

「あ？　どれだ？」

あたしはもぐもぐする口を手で押さえながら、お箸《はし》でがんすを指した。

「ほおー、うまそうじゃねーか。ソコーリ、毒見すっか？」

ソコーリさんは顔の左半分だけ笑った。

「失礼ですよ、陛下」

「っせーな。黙って食えおら」

マナさんは、スプーンで割ったがんすのひとかけらを、ソコーリさんの口もとに持っていった。ソコーリさんはスプーンと歯をかちかちぶつけながらがんすを口の中に留《とど》めた。ゆっくりゆっくり噛んで、慎重に飲み込んで、にっこりした。

「すばらしいでき、です。どうぞ、陛下も」

「ん。お、んおあ、辛っ、あ、うまっ、やっべーなこれ、おい、辛いな！　やべーな！」

「お口に合ってよかったです」

マナさんは次にかまぼこを食べて、呻《うめ》きながら尻尾で床をぴしゃんぴしゃん叩《たた》いた。

「うんまい！　鯛《たい》かこれ！　酒のみてー！　ソコーリほら食え！」

鳥の給餌《きゅうじ》みたいになってる。

「うめーだろ。っと悪い、こぼしちまった」

マナさんが服の袖でソコーリさんの口もとを拭い、ソコーリさんはそんなマナさんを押しのけようとして、だんだんあたしは、何を見せられているんだという気分になってきた。なんだこれ、公開主従百合か？　ありがとうございます。

「それはわたしと白茅ちゃんがふわふわがんばったやつですよ。いいかまぼこにしました」

「がんばったなー榛美」

マナさんに尻尾でほっぺをぐりぐりされて榛美さんがきゃっきゃした。

「ありがとうございます、ち……さま」

ソコーリさんが、律儀にあたしに頭を下げた。

「別に、そんな手間でもなかったわよ。でもありがと」

あたしはなんだか素直にお礼を言えていた。パスワークのおかげだろう。みんな自然に気を遣いあえてすごいな。いつまで経《た》ってもあたしはぼんくらなあたしのままだ。

あたしは箸《はし》をさまよわせ、あめ色のたれが絡んだ煮あなごを食べた。さらさら溶けて、あまじょっぱくて、うなぎっぽい香りがした。あなごってこんなに柔らかくなるんだ。

「そういえばなんだけど」

紺屋さんが口を開いた。

「キュネーさんにも、煮あなごを食べてもらったよ」

一瞬、ごくごくわずかな瞬間、絶叫しそうになった。何を叫びたかったのかは分からないけど、いろんな感情をいっぺんに吐き出したくなった。もしかしたら紺屋さんはあたしに喚《わめ》き散らす機会をくれたのかもしれない。酔っ払いの背中をさするみたいに。

「……そう」

だけどあたしの口から出たのはささいな生返事だった。あたしの中に沸いた膨大なエネルギーみたいなものはあっという間にしぼんでしまった。

「なにか言ってた？」

なんにも聞きたくなかったのに、場の空気を壊しちゃだめだなってあたしはそんなことを優先した。

「そうだねえ。管区として認められて租税台帳《ドゥームズデイ・ブック》に載って、まともな財政基盤を確保して、なんなら政界に移民島の出身議員を送りたいって言っていたよ。すごいよね、だいたい実行しちゃったんだから。一番最後のは、ちょっと国体が変わらないと難しそうだけど」

そんな話を、キュネーはいつもしていた。

「大評議会は常に市民を締め出したがっているが、毎度たくらみが成功しているわけではないぞ。ナバリオーネも三代遡《さかのぼ》れば地方の豪農であろう」

「そういえばそうでしたね。裏口はあるわけですか」

娼館《しょうかん》の一角を借りた教室で、学ぶ気のない子たちに文字を教えようとやっきになっていたときから、ずっとキュネーは、百年とかそれぐらい先の話をしていた。

「科挙を通じて、広く海外に官僚の門戸を開いている土地がらであるからな。うかうか忍び込ませてしまったまがいものも、時を経て本物になっているのがヘカトンケイル性《せい》というやつさ。我らネイデルの源流も、実のところ定かではない」

「なるほどなあ。悠太君からはじめて聞いたときは、とんでもない国だなーって思いましたけど」

キュネーからはじめて聞いたとき、途方もないなって思っていた。げろの混ざった残飯から選り分けた魚の皮や骨を煮詰めてインクを作りながら、キュネーは雪みたいに澄んだ理想の話をしていた。どう考えたって無理な夢は、あっという間に現実味を帯びていった。

マナさんが小さく笑って、あたしたちは会話を止めた。

「あ？　んだこら見てんじゃねーぞ」

あたしたちの視線に気づいたマナさんは威嚇《いかく》してきた。

「陛下」

ソコーリさんが一言、たしなめるような口調で言うと、すぐにマナさんは舌打ちしてそっぽを向いた。なんなんだよさっきからこれは。ありがとうございます。

「思い出しただけだ。キュネーと喋《しゃべ》ったこと。きったねー井戸で」

「わたしが白茅ちゃんを迎えに行ったときですね」

そんなことあったな。

「あれ拉致でしょ。怖すぎて泣いたわ」

「そか、いなかったかテメーは」

あたしは榛美さんに連れ去られ、紺屋さんといっしょに豆鼓《トウチ》とお酒と納豆をつくった。

今ちょっと思い返して、自分たちのはたらきぶりに震撼《しんかん》してしまった。活動的すぎる。紺屋さんむしろよく過労で倒れることができたな。

「説教されたぞ。ソコーリ以外にはじめてな」

思い出話の気配だった。聞きたくないって思った。みんなとっくにキュネーを思い出にしているんだってあたしは実感したくない。でも同じぐらい聞きたかった。キュネーがあたし以外と何を喋っていたのかどんなことを考えていたのか知りたいって、あたしはどうしたらいいのか分からなくて自分の傷の度合いをもてあましている。本当に痛いのかどうかさえ曖昧にしようとしている。

現実がいつもそうであるように、あたしがまごまごしているうちに、マナさんは話を始めてしまった。

◇

裁判所の地下には井戸がある。といってもこれは俗称で、最下等の罪人を押し込めておくための牢獄《ろうごく》だった。

大運河のすぐ脇に掘られたこの牢をマナが訪《おとな》ったのは、暴動の科《とが》によって収監された移民たちと面会するためだった。

——あーしのために、船を漕《こ》いでくんねーか。

——海の言祝《ことほ》ぎ？　ウチらを使って？

敵意で身を鎧《よろ》い、差し出した手を突っぱねようとするキュネーの口調を、マナはよく覚えている。痩せて荒れた手、薄い爪の内側の、栄養失調の白い肉をマナは忘れていない。銃弾にけがかれた皮膚と骨を覆い隠す汚れた包帯をマナは今でも思い出せる。

憎まれていたのだ。

――だったら、王様。

憎んだままで、キュネーは、言葉を交わしたのだ。

――みんなと話して。みんながどれだけ怒ってるか、憎んでるか、絶望してるか。ちゃんと聞いて。

マナは実際、その通りにした。移民のひとりひとりと言葉を交わし、通じなければ身振り手振りでコミュニケーションを取った。そこにはあまたの、声のない声があった。マナは耳を澄ませ、ひとつひとつの声を言祝《ことほ》いでいった。

力尽きたマナは移民たちと枕を並べてぶっ倒れ、ソコーリを心の底から動転させた。快適な寝具やらあたたかい食事やらを用意しようとしたソコーリをマナは一喝《いっかつ》した。ソコーリもついには諦め、べそをかきながらそこらへんの帆布《はんぷ》と木切れでベッドメイクした。

全ての移民がマナの提案を受け入れ、漁業兄弟会のガスタルドによってガレー船モンタータ号へと輸送されていった。キュネーとマナとソコーリとは、最後の一人を見送って、ぐったりとその場に崩れ落ちた。

「ありがとね、王様」

大あくびするマナに、キュネーはいくらか柔らかげな口調で声をかけた。

「ほんとに全員と喋《しゃべ》ってくれるなんて、思ってなかった」

「何言ってんだ。テメーが残ってんだろ」

キュネーはきょとんとした。

「ウチは、もう望んだよ。王様は叶《かな》えてくれた」

「全員と話せって？　じゃあテメー自身の望みはどうなってんだよ」

「それは……ウチは、別に」

「オイ、今さらイモ引いてんじゃねーぞ。簡単に帰れると思うなよ」

マナはぎざぎざの歯をむきだしに笑い、ソコーリは頭の重さを支えるよう巻角に手をやった。

ため息をついたキュネーは牢《ろう》に戻り、汚いベッドに腰かけた。マナはその隣に腰を下ろした。

「いや、近いよ王様」

「いいだろ」

キュネーは前髪をがさっとかきあげ、汚水の染み出す壁を睨《にら》んだ。足を組んで前のめりになり、頬杖《ほおづえ》をついた。のけぞって天井を見た。

「んだよさっきから。落ち着けよ」

「あのね、ウチがただ寝てただけだと思う？　暴動を起こして銃撃されて逮捕されて収監されて、それからいきなりやってきた王様を相手にしてるんだよ」

「お……おお」

「つまり何が言いたいかっていうと、すぐには考えがまとまらないぐらい疲れてるの。すこしは時間をくれる？」

ぽかんとするマナを見て、ソコーリがくすっと笑った。

「むいいいい！　テメーはせめてこっちに付けよ！」

「なんのことでしょう」

顔をまっかにしたマナは尻尾で繰り返し床を打った。

「望みを叶《かな》えるって」

キュネーが口を開いた。

「あ？」

「たとえば、病気は……そう、治せるよね」

銃創をひとさし指で撫《な》でながら、キュネーはひとりでに納得した。熱と痛みにうずいていた深い傷は、かすかに膨らむひきつれとなっている。言祝《ことほ》ぐ魔述によるものだ。

「時と場合によるな」

「ペストがどかっと襲ってきて、ヘカトンケイルじゅうで人がばたばた死にまくってたら、あーしは治さない」

キュネーは顎を引いて床を見据え、マナの言葉を検分するように沈黙した。

「それは、王様が、えらくなりすぎちゃうから？」

首肯《しゅこう》するマナに、キュネーは、同情のまなざしを向けた。

「王様の大変さ、すこしだけ分かったよ」

「そりゃよかったな。はやく言えよ望みをよ。ねみーしだりーんだよこっちはもう」

足をぶらぶらさせながらしばらく沈思したキュネーは、どういうわけだか挑みかかるような笑みをマナに向けた。

「じゃあ、戦争に勝たせて」

キュネーの意図を理解したマナは、受けて立つように笑った。

「王によっちゃ間接的に手助けすっかもな。実際、前の戦争じゃ百貨迷宮《ひゃっかめいきゅう》を言祝いで武器を調達したって聞いてる。あーしはやんねーな」

「お金持ちにして」

「ばか。テメーで努力しろ」

「できないんだ」

「あ？　おいナメてんのか？　金を刷《す》ってんのはあーしだぞ」

「分かりましたよ、陛下さま。じゃあ、死なない体にして」

「無理だな。んな強い魔述、大昔は成立したかもしんねーけど現代じゃ機能しねーだろ」

「へえ、面白いね。そういうものなんだ、魔述って。ちがちゃんの力は、その気になったら人をいっぱい殺せると思うけど」

「ありゃ白神だろ？　あーしの述瑚《じゅつご》が庭の池だとすりゃ、白茅のは海だな。いくらでも無茶が利くんだ、白神は」

白茅を褒められたキュネーは気を良くして胸を張った。

「そう、ちがちゃんはすごいんだよ。しかもかわいいし、面倒を見たくなっちゃうところがある。みんなの妹なの」

「本題に入れっつの」

「もうすこし聞かせてよ。王様とこうして話す機会なんて無いんだからさ。知っておきたいでしょ、いろいろと」

詰め寄られて、妙な迫力にマナはやや怯《ひる》んだ。

「これはどう？　ナバリオーネを辞めさせて」

「そりゃ駄目だな。あーしがどうこうじゃなくて王の職掌を超えてる」

「ふうん」

キュネーは瞳を細め、深く集中していった。知識と知恵が少女の頭脳の内で結びついていくのを、マナは黙って見守った。

「かいつまんで言うと、王様は、ウチらを見守ってくれているんだね」

マナは頷《うなず》いた。

「ヘカトンケイル人は宗教を持たねーからな。どっか心の支えを作るってときに、あーしが使いやすいんだよ」

「大変なお仕事だ」

「うぇっへっへ、だろー？　ようやく分かりやがったか。あんまナメてんじゃねーぞあーしをよ」

ソコーリが呆《あき》れ顔でキュネーを見て、キュネーは同意の苦笑を浮かべた。

「うん、分かったよ。じゃあやっぱりウチは、王様に何も望まない」

「おい！　なんだったんだよこの一連は！　あがっ！」

思わず立ち上がって怒鳴ったマナは、勢いよく尻尾を伸ばしすぎて天井に頭をぶつけた。

「ってーなボケが！　ナメてんのか！」

天井に悪態をつくマナを、キュネーは見上げた。

「あのね、王様」

見上げて、虚心《きょしん》に微笑《ほほえ》んだ。

「……んだよ」

「ウチはね、自分の力で未来を見るよ。だから、見守ってくれてるって、信じさせて。それだけでいい」

マナは尾を後ろに送って、キュネーと目の高さを合わせた。女王と娼婦《しょうふ》はしばし視線をぶつけ合った。

それからマナは、キュネーを抱きしめた。あたたかなふところに、キュネーは身を預けて目を閉じた。

「信じるよ、王様。ありがとう」

◇

「あいつが未来を観てたとき、あーしがその後ろにいられたかは分かんねーけどな」

マナさんは話を終わらせて、あなごのきぬた巻きを食べた。

「バルサミコかこれ。おもしれー仕立てだな」

「黄身酢もありますよ。キュネーさんはこちらの方がお好きでしたね」

「ほー……ん、うめーなこれ。うに入ってんのかこのソース。時期じゃねーだろ今」

「きつめに塩をして保存食にしてみたんです。越前《えちぜん》うにってやつですね」

あたしはきぬた巻に箸《はし》を伸ばした。

大根は甘酸《あまず》っぱくて辛さが残ってて、しゃきしゃきしてた。

あなごは甘くて、とろっとしてた。

うに黄身酢はマヨネーズみたいなこくのある酸味で、うにのしょっぱさと渋さを感じた。

びっくりしただろうな、いきなりこんなもの食べて。

また食べたいって思ったのかな。それとも、もういいやって思ったのかな。

そういえばあたしはキュネーの好物を知らない。食べものを選り好みできるような場所じゃなかったから。

選べるようになりたいってキュネーは言ってた。ナバリオーネのせいで干潟に追いやられて、干拓だかなんだかくだらない重労働をさせられて作業中にイストリアが死んで、あたしはエイリアスに突っかかってばかげた話を吹き込まれて、キュネーに何がしたいのかって食ってかかって、そのときにキュネーは言ってたんだってあたしは思い出す。

勉強したいって、世界のことを知りたいって、仕事をしたいって、せんせいに会いたいって——そういう未来を選びたいってキュネーは言ってた。

「ごめん、ちょっと……一人になる、帰るね、ごめん、ほんっとごめん」

あたしは立ち上がった。誰にともなく謝った。引き留めてほしいのか放っておいてほしいのかよく分からないまましばらく立ちすくんで、榛美さんが動こうとした気配を感じて逃げるように走り出した。

住んでるアパートの狭い一室にあたしは駆けこんで施錠して、がらんとした部屋のまんなかにぽつんと置かれたベッドに突っ伏した。

ここに引っ越したのはキュネーが死んで一か月ぐらいしてからだった。そこまでのあたしは人が変わったみたいに活発になって、ピスフィの会社の仕事に頼まれてもないのに首を突っ込んだり、移民島のみんなにやたら話を聞いてなんでも解決しようとしたり、振返って思うとあれは現実逃避だったんだろう。いきなりがくっと気持ちが落ち込んで体が動かなくなって一日中泣くようになって、そのとき、移民島の管区長代理とかいう知らない人に、やんわりと引っ越しを勧められた。

敗血姫が移民島にいると移民たちの自治の機運が高まって暴動を起こしかねないとかなんとか、そういう理由を、ものすごくオブラートに包んで管区長代理は言った。元気だったら蹴飛ばしてたと思うし、表面上はごねてみた。でもあたしは実はほっとしていた。逃げられるから。どこに行ってもキュネーとの思い出ばっかり詰まった移民島から逃げて、一人きりになれるから。

だからあたしはこの部屋に逃げ込んで、できもしないのに何かしようと毎日毎日じたばたして、全部そんなの言い訳だ。へとへとになるまで自分を追い詰めれば何かした気にはなれるし何も考えずに眠ることができたから。

一度思い出してしまうともうどうしようもなかった。あたしは次から次にあらゆることをかたっぱしから思い出している。一つ思い出すたびに心の温度が下がっていくような気がする。

凍ったままであたしはサイドボードの抽斗《ひきだし》に手を伸ばす。濡れてしわしわになった、きちょうめんに折り目の付けられた、一枚の紙を取り出して広げる。

あたしは紙に書かれた文字を見る。涙で濡らさないよう仰向けになって腕をいっぱいに伸ばして。

そこにはキュネーの遺言がある。

——ウチのものとされている一切合切を、ちがちゃんに譲ります。

何を託されたのか、何を相続すればいいのか、あたしはじたばた動きまわって考えたふりをして、できるだけ目を逸《そ》らしていた。

今もそうだ。考えようとするたびに頭がしびれてもやがかかったみたいになる。底なし沼みたいな疲れと眠気に襲われる。心の中にある、キュネーのためにつくった場所を訪れようとするたびに全身が凍る。

遺言書を抽斗にしまって、身を起こして、あたしはしばらく壁を眺めている。何も考えず、そうしている。

どれぐらい時間が経《た》ったのか分からない。気づけばひどく冷え込んでいた。

立ち上がって歩き出す。どこに行くつもりだろう？　なんだか全てに現実感がなくて、映画を観てるみたいだった。

凍結してつるつる滑る外階段を下っていくつかの橋を渡って、気づくとあたしは砂州《さす》にいる。真冬の短すぎる夕暮れが急速に終わろうとしている。雲に濾《こ》し取られたかすかな残照が海の上で平べったく力尽きようとしている。

いつだったかキュネーと二人でここを渡った。キュネーはめちゃくちゃに酔っぱらってずっとしゃっくりしていた。だからそれはたしか、干潟で紺屋さんの料理を食べたときのことだった。

あたしたちはマテガイを洗って、あたしは何個も貝を砕いてしまってそのたびキュネーは笑って慰めてくれた。

ハゼとツユクサのカルパッチョ。ディルが香るそら豆のポタージュ。

――バッテロたちに自慢してくるよ。スピカラにもね。ウチの郷《さと》の味なんだって。ちがちゃんが、おいしくしてくれたんだって。

キュネーがあたしを呼ぶときの声の調子があたしの中で響いている。組鐘《カリヨン》が鳴ってるみたいに。

あたしはそのとき思ったよ。キュネーはどうして、いちばん言ってもらいたいことを、いちばんしてもらいたいことを、いつもしてくれるんだろうって。

砂がせり出して汀《なぎさ》は遠かった。夜に隠れて雪が降っていた。

あたしは移民島にいる。きれいに整備された船着き場にあたしは古い港を重ねる。あちこち開いた穴に、腐りかけた木の板を渡した、いつ沈むか分からない港がかつてそこにあった。

あたしとキュネーはそこにいた。あたしたちは紺屋さんのおすしを食べた。

まぐろ。ひいか。あじ。くるまえび。

――ありがと、姫さん。

キュネーが触れてくれたときの、まぶたがむずむずするみたいな、体の力が抜けるみたいな心地よさがあたしの中で響いている。

――ねえ、なんて呼んだらいい？

「ちがちゃん」

あたしは口に出す。

――これからもよろしくね、ちがちゃん。

あたしは移民島を歩く。なんだか誰もがどたばた走り回っていて慌てた様子であたしに声をかける。あたしは生返事をして歩き続ける。

あたしは堤防に立って、ヘカトンケイルの本島を見ている。

こうしているとキュネーが声をかけてくれた。はじめて会ったときもそうだった。本島から逃げ出したあたしは腐りかけた木の堤防に立って海を見ていた。今度こそ死ぬ勇気が湧くかもしれないって、あり得ない期待をしていた。そんな勇気なんてあたしのどこを探してもあるはずないのに。いつもうやむやのうちになにもかも終わることを期待しながら呼吸していたのに。

手を掴《つか》まれて振り返ると、赤毛が風になびいていた。

通じない言葉でキュネーはあたしに何か言った。あたしはぽかんとしていた。ちょうど今みたいに。

「キュネー」

自分の胸に手を置いて、キュネーはそう言った。名乗ってくれたのだと理解したけど名乗り返すだけの気力が湧かなくてあたしは黙っていた。

俯《うつむ》いて愛想笑いするあたしを、キュネーは抱きしめた。あたしは汗と香水と白粉《おしろい》のにおいを嗅いだ。ようやく、泣いた。

あたしはもらいすぎるばかりで、なんにもお返しできないでいた。どうしてあたしなんだろうってずっと思っていた。ここに呼び出されるべき完璧な人がいて、その人だったらキュネーを助けられたかもしれないのに。鈍くさい能なしのあたしは、まともな相づちひとつ打てず、キュネーの優しさをむさぼるだけなのにって、ずっと。

ずしんと低い音がして、堤防が揺れた。

激しく打ち寄せた波があたしの脚を濡らした。

火？

あたしは火の光を見る。夕闇にあかあかと燃えているのを見る。あの瞬間があたしを凍らせる。

――さわら、ないで。

キュネーのかすれた声が耳の奥で唸《うな》っている。かさかさのくちびるの間から吐き出されて吸い込まれる今にも消えそうな息の音が耳の中に残っている。触れた手の燃えるような熱さがてのひらの内側にわだかまっている。

――妹がね。

キュネーは最期にそう言った。どういう意味だったのか、あたしは知らない。妹がいたけど死んじゃった、なのか、妹がほしかったからあたしのことをそんな風に思っていた、なのか。

もう、聞けない。

会いたいよ。会いたい、会いたい。

こんなに辛《つら》いのに、あたしはまだキュネーのことが大好きだ。

死んだ人のことはいつも、できたのにしなかったこととといっしょに思い出す。

だからあたしはキュネーのことを、できたのにしなかったこととといっしょに思い出す。凍った心にあたたかな温度を、あたしは探す。厚い氷の下で流れはじめた水のような、かすかな熱をあたしは感じている。

「おみやげ、お願いすればよかったね。パトリト君に」

あたしは言葉に出す。

「どこ行くのか知らないけど、そこにある花。そこで咲いてる花、摘《つ》んできてよって。あたしもこっちで摘んで、花束にするからって」

不可能な花束を、キュネーに届けたいからって。

吹きつけた雪を手で払って、前髪を直して、あたしは歩きはじめる。燃えはじめた本島に向かって。

もうとっくに決めてたんでしょ。

キュネーのやさしさを、相続するんだって。

第二十六章　こちこおりをとく

騒擾《そうじょう》の発端は、市場でのいざこざだった。

リズコからやってきた商人は例によってばかげた価格で石炭を卸し、商店は輪をかけてばかげた価格で販売した。スプレンドーレ島による樫材《かしざい》の市場供給が明日にでも始まるという噂《うわさ》が市場に流布しており、その日はごうつく張りな連中にとって最後の鉄火場だった。

室温を人質に取られた市民は、天井知らずの暴騰にもはや麻痺的《まひてき》な諦観を示していた。商店の店主はありったけの石炭を軒先にまで積み上げ、雪のちらつく中、声を張り上げ寒さの恐怖を喧伝《けんでん》した。

ところでこの店主は名も知れぬ男だが、驚くべき目ざとさを持ち合わせていた。客との世間話に興じながら、男の目は、悲壮な顔で店に歩み寄った少年が盗みに手を染めた瞬間を捉えていたのだった。

男はシャッター棒をひっつかむが早いか少年の背中を力いっぱいひっぱたいた。倒れた少年のふところから、むきだしの石炭が三つ四つ、ごろごろと街路に転がり出た。

ばかやろうだのなめやがってだの思いつく限りの罵声と共に、男はシャッター棒を何度も振り下ろした。少年は泣きながら大声で繰り返し謝っていたが、やがて声は弱々しくなっていった。

あわれな子どもの息の根を止めてやろうという無慈悲な暴力は、しかし、すんでのところで阻止された。ごくごく一般的な判断力と倫理観を持った大人が愚行をいさめたのではない。店主が暴行に夢中になっているすきを突いて、石炭を盗もうという不届き者が現れたのだ。

店主が右にシャッター棒を振り回すと、左から新手のどろぼうが現れた。左に向かって突きを繰り出すと、右と真正面から新手のどろぼうが現れた。

あっという間に多対一となった。店主にとってなお不幸なことに、市民は、悪質なぼったくり商店から石炭を奪い去ることに正義を感じていた。

古今を問わず、暴力の内に正義を創出した人間の寄せ集めほど危険な集団はない。群がった市民は手に手に石炭を盗み出し、店前のオーニングを引き倒し、拾ってきた棒で窓を叩《たた》き割った。たった一人で暴徒に立ち向かい、シャッター棒を振りかざす店主めがけて、盗んだ石炭を投げつける者まで現れた。

ことの始まりとなった最初の少年は、ぬけぬけと起き上がり、麻袋いっぱいに石炭を盗んで逃げ去った。この盗難劇は、残桜症《ざんおうしょう》に苦しめられる少年の両親を凍死の危地から掬《すく》いあげた。両親が無事に快癒し末永く幸福に暮らした話は一先《ひとま》ず措《お》いておこう。

唯一の武器であるシャッター棒を取り上げられ、ぼこぼこにされた店主は、街路に投げ出された。彼らはオーメントから剥ぎ取った布をシャッター棒のフックに巻きつけ、即席の旗とした。

悪の商人は無事にやっつけられ、破廉恥な商店は完全に破壊され、貧しさに震えるひとびとに石炭が行き渡った。この打ちこわしの成功は、市民を酩酊《めいてい》的な興奮状態に陥らせた。清廉なるヘカトンケイル市民よ、旗の下《もと》に、今こそ集え！　社会正義をことごとく実行し、悪徳という悪徳を本島から掃き出そうではないか！

旗印を掲げた市民たちは、高騰の気配を見せつつあった穀物商店を次から次に襲撃した。店主をさんざんに脅しつけて安値での販売を確約させ、念書に血判まで押させた。抵抗の気配を見せた商人はめちゃくちゃにぶちのめされ、店内を破壊され、売り物に泥雪だのし尿だのをぶちまけられた。

スプレンドーレ島のお触れも管区長の催告もどこ吹く風と暴利をむさぼっていた下劣な屑《くず》どもは、市場から蹴り出した！　我々の勝利だ！　篤実たるヘカトンケイル市民の、今日は勝利の日だ！

興奮した無法者は、道々、盗んだ石炭をストーブにくべて火を付けた。赤く熱き炎はまさに我らの熱意の証《あかし》。正義の炎はあらゆる汚濁を焼き払い本島に清浄をもたらすだろう。

市民に市民が合流し、総勢五百人となった凶徒が向かったのは、船だまりだった。リズコからやってきたジャンク船が、山ほどの石炭を腹に抱え、未《いま》だ呑気《のんき》に停泊していたのだ。燃やしてしまおうと、どこかの誰かが提案した。この素晴らしい意見はあっという間に総意となって、ヘカトンケイル浄化構想はここに山場を迎えた。

逆らう間抜けを海に蹴り落としながらずんずん突き進み、ジャンク船に火を投じた。甲板に生じた火へとどんどん石炭を投げ込んでいった。帆柱を駆け上がった炎が帆布《はんぷ》を焼き落とした。デッキの炎は石炭が積み込まれた船倉を上からじりじりと炙《あぶ》った。

ところでこのとき船倉は、石炭から生じるメタンで引火性の雰囲気を帯びていた。突然の衝撃に市民の群れは吹っ飛ばされた。意識を失ったまま海に落ちた何人かは瞬時に体温を奪われ水死した。

ジャンク船が再び爆発した。めらめら燃える石炭が火球となって降り注いだ。烏合《うごう》の衆《しゅう》は泡を食って逃げ出し、離れたところで顛末《てんまつ》を見守った。

船だまりに停泊した商船が、私船が、ことごとく引火し、燃えはじめていた。

焼けた竜骨がめきめきと音を立てて反りかえり、横倒しになった船が炎を噴《ふ》きながら沈んでいった。海水が沸き立って潮の臭いが立ち込めた。焼け千切れた帆布がばらばらの炎となって雪混じりの風に踊った。どす黒い煙と雪解けの湯気が混ざり合って、いがらっぽくも湿った風が、呆然《ぼうぜん》とする人々をなぶるように吹きつけた。

誰にとっても、やや我に返りたくなるような光景だった。ここまでさんざん狼藉《ろうぜき》をはたらいてきた彼らとて、爆発事故は想定していなかった。まして延焼に次ぐ延焼が船だまりを巨大な火災現場に転じてしまうなどとは、まったく埒外《らちがい》のできごとだった。

火事を眺める有象無象は、このように考えた。

なぜ正義を為《な》したのに、自然現象が牙を剥《む》くのだろうか。世界は裁定者としてあらゆる事象をフェアにジャッジすべきなので、正しい我々の正しい振る舞いが爆発事故を招くのは完全に誤謬《ごびゅう》であり、自然になんらかの齟齬《そご》が起きているのは明白である。

「……王宮だ」

どこかの地点で誰かが言った。

「王を」

誰かが同意した。

「王を替えろ」

誰かが補足した。

「陛下を見送れ！」

ひとびとは、立ち上がった。

爆発事故で傷ついた叛徒《はんと》は、どこかストイックな雰囲気すら帯びていた。正しさに殉《じゅん》じて死ぬのだと、陶酔的で悲壮な使命感を彼らは胸に抱いていた。すくなくとも、彼らが飢えていて、貧しくて、寒さに震え疾病に怯《おび》えていることは揺るがせない事実だった。

静かで、厳かな前進が始まった。吹雪の中を進む民衆は、ひとつの使命で結ばれた意志の塊だった。

聖なる集団に、多くのひとびとが音もなく合流した。暗い海を泳ぎ渡る孤独な鯨のような厳格さで彼らは歩んだ。先頭では、シャッター棒に捲《ま》かれたキャンバス地のぼろきれが強風にはためいていた。

棒が、群衆が、祈るような無言でヘカトンケイルモールを通過していったあとに、ぽつんと、小さな赤い光が点《とも》っていた。光は吹雪になぶられてがたがたと揺れ、闇にぎざぎざの航跡を曳《ひ》いた。

集団から離脱したひとりの男が、光をめざした。近づくと、光点の輪郭《りんかく》が風雪越しに立ち現れた。

赤ちょうちんには、十祭の二文字が描かれていた。

更に三つの光が生じ、赤ちょうちんにうっすら照らされていたちゃちながらくたの全貌が明らかになった。

台車の左右から張り出したひさし、半透明のビニールカーテン、椅子とカウンターだけの狭い店内。

あたたかで香り高い湯気が立ち昇り、ランタンの光を穏やかに散乱させていた。石をくって重石としたビニールカーテンを、男はくぐった。

「いらっしゃいませ！　お好きな席へどうぞ！」

張りのある声が、男を出迎えた。男は雪まみれの外套《がいとう》を脱いでハンガーに吊《つ》るすと、向かって右端の席に腰かけた。

康太は、あたたかいおしぼりを男に差し出してにっこりした。

「いらっしゃると思っていましたよ、アノン・イーマス」

◇

「榛美はどうした」

おしぼりで顔を拭きながら、アノンは訊《たず》ねた。

「すぐに参ります。よかったらなにかつまんでいってください」

「生」

「少々お待ちください」

僕は瓶《びん》を手に取り、栓抜きでしゅぽんと開栓してグラスに注いだ。

「お待たせしました。生と、それからこちらは突き出しです。本日はつぶ刺しをご用意いたしました」

アノンはビールを一口なめてグラスを机上に置いた。

「グルートビールか、これは」

ホップのかわりにハーブやスパイスを用いたビールのことを、グルートビールと呼ぶ。この世界ではどうもホップがあんまり流通しておらず、踏鞴家給地の近くに自生しているのを見かけたっきりだ。これは僕にとって最悪の誤算だった。どっかそのへんに生えているんだったら、当然ビールにも使われているだろうとすっかり思い込んでいたのだ。

僕は仕方なく、ひっそりとビールについての研究を進めていた。夢があるのだ。老後、ちいさなちいさなビール醸造所を営んでみたいという、まったく凡庸で人並みの夢が。紺屋ブルワリーでは、まっくろこげに焦がしたモルトをばかみたいに使った紺屋スタウトを作るのだ。

もちろん養蜂もしたいし自作の毛ばりでマスを釣りたいしはえ縄漁も極めたい。夢がいっぱいで困っちゃうよね。

「ヤチヤナギを使うビールだな。私も作ったことがある。上流層のご機嫌取りにな」

白神らしいことをしてるなあ。僕と違って、どこに行っても要領よく立ち回ったんだろう。

「残念ながら、このあたりにはヤチヤナギがなかったんです。でも、ヤチヤナギの香り成分は主にリモネン、シメン、ゲルマクロンですからね。あとはカリオフィレンか。ライムピールとコリアンダーシード、タイム、それからクローブやらローズマリーやら使って、自家製のグルートをでっちあげてみました」

ないものはない、あるものはある。ホップとヤチヤナギがなくたって、異世界でビールは作れる。紺屋スタウトは老後の楽しみに取っておこう。

アノンは皿を箸《はし》で引き寄せ、つぶ刺しをつまみ、ビールを呑《や》った。

「ところで、おまえは何をしている？」

「屋台ですけど」

あなたの目の前にあるものをなんだと思ってるんですかね。けっこう大変だったんですよ什器《じゅうき》まで自作するの。

「愚かな連中が王を殺そうと行進しているぞ。マナはおまえの友人ではないのか？」

「僕が割って入るなり雲が割れて光が差し込み、荘厳なアリアを伴って一団の天使が降りてくるっていうんだったらそうしますよ。睨《にら》み合っていたひとびとが武器を捨てて涙を流し、手を取り合って永遠の平和を誓うでしょうからね」

「つまらん人間だな。けっきょくは、あの男の種ということか」

アノンの揺さぶりに、僕は鼻を鳴らした。

「持たざるを知りながら死地へ向かうのが、いっぱしの男というものだろう」

「僕はこの世界の主人公じゃありませんからね。あなたと違って」

つぶ刺しが終わり、グラスのビールが半分ぐらいになっていた。僕は次の料理を小鉢に盛って、お出しした。

「からし菜のくるみ和《あ》えです」

寒い時期でも青々とした葉っぱを広げるカラシナは、真冬の拾い食いにぴったりの食材。こいつを湯がいて、すったくるみをまぶし、醤油《しょうゆ》を回しかける。アリルイソチオシアネート由来のぴりっとした辛さと青くささに、くるみの甘さがうれしい。お酒によく合う和え物だ。

くるみ和えを一口つまんだアノンは、ちょっと眉をしかめ、ビールをいっぺんに飲み干した。

「お代わり、お注《つ》ぎしましょうか？」

アノンは黙ってうなずいた。僕は空《あ》いた食器を下げ、二杯目のビールをお出しした。

「おまえは、間抜けだとは思わないのか？　どこからともなく寄り集まった人間は、いつも正しさを捏造《ねつぞう》して歯止めのない潰しあいに陥っていく。自由意志で集まっておきながら、積極的に敵を探し、攻撃し、離散しようとする。私が扇動するまでもなく、連中は王殺しの行進を始めたよ」

「爆発音が聞こえましたけど、あれはあなたのやったことですか？」

アノンは白い目を外に向け、冷たいため息をついた。

「そんな無粋をするつもりなら、私はとっくにもっと暴力的なやり方で理想世界を作っている。私が望むのは、人間の本質に沿った、ごく自然に生み出される小さく完璧な世界だ。あれは自発的なばかが自発的にやったことだ。石炭を積んだジャンクに、連中は火をくべた。どうなるかは分かりきっているだろう」

僕は頭がくらくらするのを感じた。この世界でだって、石炭輸送中の爆発事故は数限りなく起きているだろう。最低でも、命や船が吹っ飛んでしまうかもしれないから注意しようね、程度の知識は存在しているはずだ。

「何人かが爆死あるいは水死し、何人かが火傷《やけど》を負った。ばかどもはそれすらも、王殺しの焚《た》きつけに使った」

無知と熱狂の渦に絡め取られて死んでいくというのは、なんともやりきれない話だ。情熱だけは間違いなく本物なのだから。

「なんだか腹を立てているように見えますけど、誘導したのはあなたなんじゃないですか？」

「ばかを見て苛立《いらだ》つのは普通のことだ」

「同意したい意見だとは思えませんね」

敵対的な沈黙の中で僕たちは睨《にら》みあった。アノンは空になった小鉢を箸《はし》で音高く突いた。僕は食器を下げて、次の料理を準備した。

平皿に大根のつまを盛り、切っつけた魚を並べ、お出しする。

「お刺身の三点盛は、かさご、ひいか、ごまさばをご用意いたしました。かさごは肝和《きもあ》えにしましたので、よろしければこちらのぽん酢でお召し上がりください。グラスお下げしますね」

僕は棚から焼酎《しょうちゅう》の瓶《びん》を取り、お見せした。

「ストレートにしましょうか、それとも水割りで？」

「水割りで」

「かしこまりました」

杯に酒と浄水を注いで、提供する。アノンは水割りをやって肝和えにいき、再び水割りで舌を潤した。

「釣ってきたのか」

「はい、どれもすぐ近くの海で。ひいかは網ですくいましたけど」

乗合船で釣りをしていると、船の光に小さないかが集まってくることがある。これは釣り人にとってのうれしいボーナスステージだ。網でざばざばすくっておけば、万が一釣果がなくても何か持ち帰ることができる。異世界だろうと、それは変わらない。

ごまさばを一切れつまんだアノンは、懐かしむような笑みを浮かべた。

「おまえ好きだったよな。釣り」

出し抜けに紺屋大の貌《かお》が現れて僕の体と心を凍らせた。

「釣りも、そこらの食える草を拾うのも。一人きりになれたからか？　だろうな。おれのことも母さんのことも嫌いだったからな」

我知らず呼吸が浅くなっている。僕はできるだけ聞き流しているような顔をする。

「踏鞴家給地はどうだった？　おれの作った世界だ。白神の世界だ。おまえ、楽しかったろ」

震える手を、僕はカウンターの下に隠した。

「魚も釣れて草だの木の実だの採れて、どうだった？　答えろよ、聞いてるんだから」

「……ええ、そうですね。本厚木の里山かと思いましたよ」

義父は笑った。

「キノコ拾ったりドングリ拾ったり、してたよなあ。始発で電車乗っておまえ、わざわざ。くだらねえって蹴飛ばしたこともあった。悪かったよあのときは。仕事がうまくいかなくてイラついてたんだ。にしても母さんもひでえよな。いっしょになっておまえのこと叱ってんだから。自分のガキなんだから庇《かば》えよクソ女って話だよな今考えたら」

どうして笑い話にできるんだ？　僕は今でも忘れていない。何度も足を運んで見つけたタマゴタケやヤマイグチをぐちゃぐちゃに踏み潰された。父に買ってもらってずっと大事にしていた図鑑を破かれた。母も僕を怒鳴った。キノコなんて拾ってきて食べて死んだらどうするんだって、おまえたちに食べさせるために採ってきたわけじゃないし、なんなら死んだってよかった、どうでもよかった。

「おれにもいろいろあったんだ。認めてやるよ。おまえが正しい。おまえみたいな奴が増えれば人間どこでだって生きていける。違うか？」

「何を仰《おっしゃ》りたいんですか」

なんて情けない抵抗だろう。僕の怯《おび》えを見透《みす》かした義父は、立ち上がり、カウンターに両手を突いて身を乗り出した。

「おまえも認めてくれよ、父さんのこと」

とっさに後ずさって、僕の背中は格子戸にぶつかった。食器やら酒瓶《さかびん》やらが地面に落ちて砕け散った。

「言ったよな？　おれたち一緒にやれるって。おまえはそこらのカスとは違う。あいつより美味《うま》いもんが食いたい、あいつより良いものが欲しい、良い生活してることを自慢したい、そういうそこらのカスとはな。ないものとあるものの区別がついてんだ。だから、一緒にやれる。おまえは小さく完璧な世界の価値を誰よりも理解してる。違うか？」

この男は、いったい何を言っているんだ？

「まーた思考停止してやがる。おまえいつまでおれにびびってんだよ、まだ虐待されてるガキのつもりか？　大人になれ。っておれの言える義理じゃねえか」

義父はけたたましく笑った。

「謝るよ、マジで謝る。悪かったって。認めてやるからさおまえのこと」

僕は呼吸の仕方を思い出した。一面の灰色だった視野がどうにかこうにか色づいていくのを感じた。

「カスの寄せ集めが世界をゲロ溜《だ》めにしちまうんだよ。始発待ちの駅前だ、この世界は全部丸ごと。くだらねえだろ？　分かるよな？　なあ、おれだって努力したんだよマジで。だって不老不死だぞ、世界平和ぐらい考えるだろふつう。でも意味なかった。マジで意味なかった。なんでか分かるか？　人がカスとして生まれてくるからだ。カスの集まりを一人前に育て終わったところで新しいカスが入ってきて一人前になった奴は寿命で死ぬ。カスどものカスさはそうやって温存される。カスのわんこそばだよ。だから代々ずっと永久にカスの集まりなんだよな人類。これが真理だ、分かんねえはずねえよなおまえはおれより頭良いんだから」

この男が僕をいたぶり、楽しんでいるのは事実だ。けれど、ただ単に榛美さんが来るまでの暇つぶしをしているのでなければ、僕と一緒に世界をめちゃくちゃにしてやろうと本気で考えているのも事実だろう。

かつて義父は、ほとんど芸術的なやり方でこの二つを両立させていた。そうやって、非の打ちどころのない殺人に僕を導いた。それから数百年が経《た》ってなお、この男は僕の支配者であることをやめていない。

「もうさ、歳とってくるとプライドとかなくなんのよ。自分より頭いい年下をどんどん許せるようになってくる。だからおまえがおれより頭良いのをおれは許すよ。だっておまえ、おれより何百年も早く分かってたわけだ。小さく完璧な世界があるってことだよ、それに気づいてたわけだ」

事実、義父の夢見る冷たい社会に、僕は適応するだろう。そこにあるものをいただいて、満足して、ないものはない、あるものはある、そうやって人間は生きていける。異世界に迷い込んでからずっと、僕は義父の掲げる理想をこつこつ実践してきたようなものだ。

だからどうした?

理屈なんてどうでもいい。僕は僕の尊厳を何よりもまっさきに取り戻さなくてはならない。あのときの「はい」を、屈従から始まった関係を、粉みじんになるまでぶっ壊さなくてはならない。

「義理の息子としてひとつだけ言っておくよ」

僕は身を乗り出して義父の顔を真正面に見据え、大きく息を吸った。

「おまえと、なにかを、することは、永久に、ない」

ひとつひとつの文節をシャッターみたいに区切りながら、なにひとつ誤解しようのない言葉を、僕は義父に叩《たた》きつけた。

「今すぐ、僕の前から、消えろ」

男の表情が変わった。粗野な笑みが溶けるように消えて、静謐《せいひつ》な無表情が代わりに浮かび上がった。

「よく分かったよ。残念だが、この話は終わりにしよう」

椅子を引いて座り直した男は、水割りをゆっくりと飲み干した。

「どちらにせよ、ここでの私の仕事はもう終わりだ」

破裂音が三度、立て続けに響いた。

ヘカトンケイルに来てから幾度となく聞くことになった音だった。

「榛美はまだか？」

それは、銃声だった。

「始まったぞ、ヘカトンケイルの終わりが」

◇

「退位について、お考えになられたことは？」

ミリシアの問いかけに、マナはべっと舌を出した。

「今からテメーらで議論するか？　もう集まっちまってんだぞ広場に山ほど」

マナは泳ぐように胴をしならせ、長い廊下を進んでいた。かたわらで杖《つえ》をつくソコーリの歩調に合わせて、ゆっくりと。

「憲政に殉《じゅん》じて、死ぬおつもりですか。ですが、陛下。あなたの死は、王たる立場を神の座に押し上げることになりますよ」

ミリシアの指摘が効いたか、マナは立ち止まって頭を掻《か》いた。

「っつってもよ。何人いるよ今」

「数千人が吹雪の中に無策で突っ立っていますね。何人かは既に凍死しているでしょうが」

趣味の悪い皮肉に眉根をひそめながら、マナは追及しようとしなかった。ミリシアの時間稼ぎに付き合うつもりはなかったからだ。

「あーしが逃げたらどうなる？　そいつら、王宮でむちゃくちゃ暴れるだけで済むか？」

「なんとも言えませんね。暴力に味を占めた巨大な集団が、かつてヘカトンケイルに生じたことなどありませんから。しかし、陛下の死が彼らを鎮静化するとも思えません」

「満足はするだろ。今日のところは。んでユクのおっちゃんが即位すりゃ当分は持つ。ちんたら破綻を引き延ばしてる間に春が来て、そっから先はテメーらがなんとかしてくれる」

「冬のひと時の平穏は、陛下のお命と釣り合うものでありましょうか」

「だったら全員凍死するまでここで待っとくか？」

皮肉を逆手《さかて》に取られたミリシアは、苦笑して首を横に振った。マナは再び廊下を這《は》い進んだ。

「で、でぃ、ディタ、さま」

ソコーリが、ミリシアの袖を引いた。

「陛下の、これが、言祝《ことほ》ぎなのでしょう」

ミリシアは音が鳴るほど奥歯を強く噛《か》んだ。

「なるほど、よくよく理解したよ。あなたは親友をみすみす死地に追いやって満足するのであるな、ソコーリ」

ソコーリは顔の右半分になぐさめるような笑みを浮かべた。ミリシアはため息をつき、うさ耳を指に巻きつけた。

「……分かっているよ。しかし、あんまりではないか。どうして愚かしさの代償を、マナが払わねばならん」

背中をひっぱたかれて、ミリシアはつんのめった。先を行くマナの尾が、いたわるように、ミリシアの頭を撫《な》でた。

「うえっへっへ」

肩を震わせながら、マナは笑った。空笑《そらわら》いだとしても。

「史上最強だからな、あーしは」

それ以上、ミリシアが何か言えることはなかった。

建国の王は、断食と服毒によって命を絶ち、自らの遺体を後世に遺した。そのことについて、ミリシアは深く考えたことがなかった。彼女もまた建国神話を素朴に愛するひとりのヘカトンケイル人でしかなかった。

決して語られぬ、どうしようもない分断が、そのときあったのだろう。王は自らを贄《にえ》として、民にその身を捧《ささ》げたのだろう。

だとすれば、王家に向けられる敬意は単なる負債だとミリシアは苦く思った。市民は当然の権利として債権を振りかざし、王もまた当然の義務として債務を履行するのだ。ヘカトンケイルには、時のはじまりから王殺しの種が埋め込まれていたのだ。

無力感に襲われ、ミリシアのマナを追う足は鈍くなり、やがて止まった。マナとソコーリは振り返らず進んだ。

「悪い、しんどいよな。もう行っていいぞ、ミリシア・ネイデル。あーしに付き合うのは、一人だけでいい」

王女は陛下御側係《おそばがかり》の肩を抱いた。ソコーリは従容とマナの腕を受け容《うい》れた。主従は死に向かって、傲然と胸を張り、進んでいった。

ミリシアはしばらく冷えた廊下に突っ立っていた。知らず知らず債権者として、王家にいつかの償還を求めていた自分自身の、ヘカトンケイル人の、ヘカトンケイルが重ねてきた時の稚気《ちき》じみた残酷さに、彼女は打ちのめされていた。

ミリシアは、自らの両耳を掴《つか》み、

「えいや！」

裂帛《れっぱく》の気合を込めて左右に引っ張った。耳の付け根からけっこう危険な音がして、涙がにじむほどの痛みで、ミリシアは心を強引に励起した。

マナとソコーリをもろともにひっつかんで亡命するのか、叛徒《はんと》を何人か斬り倒してみせるのか、それともいきなり画期的な解決案を思いついて全てが丸く収まるのか、ともかくミリシアは走り出した。

それからふと、笑った。

「出たとこ勝負であるな、ピスフィ」

それこそが、かけがえのない友と築いた会社の社訓だった。

そのとき銃声が三度響いた。

◇

しじまと闇の本島に、あたしは上陸する。

通りも町も雪か人に埋め尽くされていた。みんな黙って動いていたけど、冷静なわけじやないことは見れば分かった。いけにえを捧《ささ》げるとき、人はきっと、こうなるんだろう。命を奪うときの見せかけの厳粛さで異常な興奮をくるんで、目をぎらつかせている。

人の流れは大きな満腹の蛇みたいにのろのろしていた。あたしは道幅いっぱいに広がった人の群れを掻《か》き分けながらじりじりと夜を進んだ。あっちこっちで灯《とも》された炎と群れる人の体温のせいで、梅雨のような不愉快な湿度が覆いかぶさっていた。おまけに臭い。最悪だ。

何が起きつつあるのかは、だいたい分かっていた。

王殺しが、始まっていた。

実際そんなことになるなんて、あたしは正直、信じていなかった。寄ってたかって王様を殺すなんて、そんな残酷なこと、人間にできるとは思っていなかった。あたしたちは何度も何度も寄ってたかって殺されかけたのに、それでも、信じられなかった。

エイリアスには分かっていたんだろう。煽《あお》れば人は動くし、王ぐらいかんたんに殺してみせるって。

屋根からどしゃっと滑り落ちてきた雪が、あたしのすぐ目の前で、何人か押しつぶした。あたしがびっくりして立《た》ち竦《すく》んでいるうちに、数人の男性が雪のかたまりに駆け寄って手で掘りはじめた。その最初の何人かに感化されて、他の人たちも救助に向かった。あたしは救助者のほとんど最後の一人になって、たいした意味もなく、雪山のはしっこを掘った。

助け出された人たちが深々と頭を下げた。助けた人たちは笑って、下がった頭に載った雪を払った。そうしてひとびとは、一匹の蛇を構成するうねりの中に戻っていった。

あたしは怖くなって、焚《た》かれた火にしもやけの手をかざすふりで立ち止まった。

どうかしてしまったわけじゃないんだ。王殺しの妄想に囚《とら》われて、壊れてしまったわけじゃないんだ。

目の前で誰かが困っていたらみんなで助ける程度にはちゃんと理性的な人たちの集団なんだ。

王宮に向かっているのは、単なるその他おおぜいなんだって、あたしは気づく。

あたしたちはいつだって誰かに誘導されている。

何も考えたくないから、楽な方へ楽な方へと流れていく。

その気持ちがあたしには分かる。本当に、心から、完璧に理解できる。

怖いからだ。

あたしたちはいつだってしじまと闇の中にいる。

光を灯《とも》すことができる人なんてほんの一握りで、凡庸で退屈なあたしたちは光っている方向にただふらふらと押し流されていく。導かれる先に何があるのかなんて想像もしてない。その場その場で安心したいだけだから。

だからあたしはエイリアスにあっさり乗せられて暴動の先頭を歩いた。正しいと思ったんだよ。でも、何も考えていないだけだった。キュネーは撃たれて、みんな逮捕されて、あたしたちは汚い牢獄《ろうごく》にぶち込まれた。

だから本島の人たちはスピカラを殺した。移民島に火をつけた。カンディードを刺して、ナバリオーネに撃ち殺された。

あたしは紺屋さんじゃない。榛美さんじゃない。ピスフィじゃない。パトリト君じゃない。ミリシアさんじゃない。マナさんでもナバリオーネでもカンディードでもない。

だから、あたしは、キュネーじゃない。

闇の中を自分の力で歩けない、その他おおぜいのうちの一人でしかない。

火に背を向けて、あたしは歩き出した。

進むにつれてどんどん人の密度が濃くなっていった。掻《か》き分けて進むのも逆走するのも脇道に入るのも不可能で、あたしも蛇のうろこの一枚として、自分の意思とは関係なく王宮に向かって流れていった。

呼吸が苦しかった。何度も何度も人の体を通ったぬるくて薄い空気をあたしはため息みたいに吸って吐いた。

王宮に近づくと、流速がだんだん落ちていった。とうとう三十秒に一歩ぐらいしか進まなくなって、人の群れは分厚い壁になった。無理に進もうとして肘で額を小突かれて、苛《いら》立《だ》ちと怒りが湧き上がった。

あたしはぼろぼろの空気をゆっくり吸って心を落ち着かせた。喚《わめ》いたって怒鳴ったってなにも変わらない。あたしは何もできないあたしのままで押し流されてここにいる。今までずっとそうだったように。

それでも決めたんだよ。キュネーを相続するって。

じたばたもがいて、舌打ちと罵声を浴びながらあたしはちょっとずつちょっとずつ前進した。人の壁はますます厚くなってあたしを拒んだ。つんのめってよろけて人に挟まれてちょっと浮いて、なおも前進して、とつぜん、壁を抜けた。

王宮前の広場に、あたしは飛び出していた。

いくつかの小さな集団がまばらに散って、それぞれに火を囲んでいた。何条ものまっくろな煙が空で合流して一塊になり、吹雪に押し流されながら、照り返しで地上を明るくしていた。

見回すと、四方の街路に人がみっしり詰まって、栓が抜かれるのを待つように踏みとどまっていた。

ぼろ布を棒に巻きつけた、旗に見えなくもないがらくたを掲げた男の人が、王宮へと続く門の前に立っていた。門は開いていた。

「陛下！　いと麗しき、偉大なるマナ陛下！　どうか、どうか、市民の前に、お姿をお見せください！」

旗の人はがらがら声で怒鳴った。

「私たちはマナ陛下より最後の言祝《ことほ》ぎを賜りたくやって参りました！　どうかお姿を！」

王宮は夜と吹雪の向こうで黒い大きな塊になっていた。

「陛下！　いと麗しき、偉大なるマナ陛下！」

男の人は同じ言葉を繰り返した。何度も何度も、声がかすれるぐらいに叫び続けたんだろう。しじまと闇の中で。

返事は無かった。王宮は死んだみたいに静かだった。男の人はもう二回繰り返してから、振り返って集まったひとびとを見た。

「王を見送れ」

耳を切り裂くような風の中で、不思議と、その小さな声はよく聞こえた。

動揺がざわめきになって人の群れを走った。ざわめきは興奮になって広場に打ち寄せた。男の人は旗を掲げた。

「王を見送れ！」

合図と同時に、旗を掲げて男は門を潜《くぐ》った。大声で喚くひとびとが、街路から押し出されるように広場に溢《あふ》れ出た。あたしの心臓は爆発するみたいにどくって鳴って、全身が凍った。人の波は、押しとどめようのない物理的な質量だった。立ちはだかれば一瞬にして轢《ひ》き殺《ころ》されるってばかでも分かった。

止められるわけがない。こんなに巨大なものを、どうこうできるわけがない。努力も願いも祈りも、重さと大きさの前ではまったく無価値にすり潰されるだけだ。

あたしはふと違和感を抱いた。一本の路から次々に飛び出してくるひとびとの、炎に照らされた表情が目についた。みんな焦っているようで、慌てているようで、悲鳴をあげながら何度も何度も後ろを振り返っていた。なにかから逃げるように。

空気の入った紙袋を叩《たた》き割るような音がした。

立て続けに、三度、聞こえた。

揃《そろ》いのジャケットを着た集団が、銃を構え、ひとびとを追い立てていた。その後ろには移民島のみんなが続いていて、しかも何人かはジャケットの連中と同じく銃を手にしていた。

その場の誰もがすくみあがって足を止めていた。ナバリオーネが自分のことを護民官とか人に呼ばせていたころ、ジャケットと銃は誰にとっても恐怖の対象だった。今、ジャケットは移民島に駐留し、移民を見張っているのか移民殺しを見張っているのか分からない謎の組織だった。

前触れなしにいきなり現れたのは、王立造船所の職員、ナバリオーネの私設兵、移民島駐留部隊、名前はなんでもいいけどとにかくヘカトンケイルにたった一つのまともな軍隊だった。

「姫巫女様！　やっぱりここにいらっしゃった！」

移民のひとりがあたしに声をかけてきた。

「事あるところに敗血姫ありってやつだな」

「やめろ、その敗血姫ってやつ！　姫巫女様だぞ！」

ジャケットを着た男があたしをいじって、移民がキレて、二人は笑いながら軽やかに走っていくと旗を持った男を追い抜き、王宮庭園に立った。旗持ちは銃で追いやられ、門の向こうまで慌てて逃げ去った。

「ささ、姫巫女様もこちらへ」

移民のおじさんに手を引かれ、あたしはぽかんとしたままよたよた歩き、整列した軍隊の先頭に立たされた。

軍と市民が、門を挟んで向き合った。一方は武装して堂々と、もう一方は空手《からて》で怯《おび》えながら。

「閣下の、最後のはからいですよ。事あらば迷わず動くようにって、俺たちを遺したんだ」

ジャケットの男があたしに言った、

「こうなっちまうことを、ナバリオーネ・ラパイヨネは分かってたんだ。あのなんでも見通す蜂蜜色の澄んだ目ですよ。センソがどうした、王の力がこうした、俺にゃあ分からねえことですが」

別のジャケットの男が、懐かしそうに目を細め、しみじみと息を吐いた。

「とにかく千里眼の持ち主だったってことだ。いかれぽんちみたいに言われちゃいるが、実際、閣下は俺たちによくしてくれた。なあ姫さん、俺はね、看取《みと》ったんだよ。閣下を看取ったんだ……」

「お前ら！　ナバリオーネの死体に沸いたうじ虫ども！」

旗をかかげた男が、門の向こうであたしたちに怒鳴った。

「陛下をその物騒な棒で脅しつけたのは、お前らが最初にやったことだろうが！　今になっておれたちの邪魔をするのかよ！」

ナバリオーネは武装した兵士を引き連れて王宮に乗り込み、マナさんに銃を突きつけた。もしピスフィたちが間に合わなかったら、ミリシアさんとパトリト君があのタイミングで薬を持って来なかったら、クーデターは成功していたかもしれない。

「恥じることはない。あのときもこのときも、閣下はヘカトンケイルを第一義に思っていた！」

「それじゃあ明日はおれたちにケツを向けてんだろうさ！　調子の良いこと言いやがって、ナバリオーネをしっかり継いでるよ、てめえらは！」

「身に余る評価をどうもありがとう！　今日もまた閣下の大暴れから生き延びたいなら、盗んだ石炭を土産に帰って寝ろ！」

怒鳴り合いながら、軍隊と市民の距離は狭まっていった。旗持ちに勇気づけられた市民はどんどん広場に溜《た》まっていって、兵士のひとりが空に向かって威嚇《いかく》射撃をしたけど止まることはなかった。

「門を、二度と踏み越えるな！　最初に撃ち殺されたいのは誰だ！」

兵士が挑発して、

「だったら、おれだ！」

旗持ちが挑発に乗って門を越えて、銃口が向けられて、

「そこまで」

白銀の尻尾がにょろっと伸びて、兵士から銃を取り上げた。

「おもしれーおもちゃで浮かれんのは分かるけどよ、ここ、あーしの庭だぞ」

ソコーリさんの肩を抱いて、マナさんが、闇から姿を現した。

市民も、軍隊も、一斉に平伏した。雪に膝をつき、頭をこすりつけた。マナさんは気まずそうに鼻の頭をかいた。

「さみーだろ、んなことしたら。顔上げろ顔、凍死する前に」

おずおず顔を上げた旗持ちを見て、マナさんは噴《ふ》き出した。

「凍ってんじゃねえかよヒゲがよ」

「陛下……」

「おう、来たぞ」

マナさんはぎざぎざの歯をむき出しに笑った。姿勢を低くして男の手を取り、立ち上がらせた。移民島でバッテロにそうしてくれたのをあたしは覚えている。ヘカトンケイル人を心から慈しむ仕草をあたしは覚えている。

「おもちゃは捨てろ」

振り返らずに、マナさんは命じた。兵士たちはためらうような一瞬のあと、銃を雪の上に放り捨てた。

兵隊と一般市民のあいだに、マナさんは立っていた。雪に杖先《つえさき》を取られながら、片足をひきずって、ソコーリさんがその隣に立った。

あたしはマナさんが何を言うつもりなのか分かっていた。

「殺したきゃ殺していいぞ。あーしの命は最初からテメーらのもんだ」

分かっていて、ただ、突っ立っていた。

「でも一つだけ約束しろ。これが最後だ」

あたしはしじまと闇の中にいる。

「あーし以外の、誰も、もう傷つけるな」

いつも右往左往して、あっちで音がした、こっちで光った、いつもいつもいつも、何も信じてないから何でも信じてふらふらしている。

「陛下の御命で、我ら、未来を贖《あがな》います」

「おう、そうしろ」

旗からぼろ布が外されて、半円形のフックが炎にぎらついた。

「……やべー痛そう」

マナさんがふざけようとした。男が棒を振りかぶった。

あたしは飛び出しながら自分の頭を疑った。

何もかもゆっくりに見えた。マナさんが手を伸ばした。ソコーリさんが杖を突き出した。フックの背が吹雪を裂きながらあたしに向かってきた。

激痛と同時に時間の速度がもとに戻ってあたしは雪の上に突っ伏していた。

首の付け根のあたりが火傷《やけど》みたいに熱くて凍傷みたいに冷たくて、冷や汗が背中を伝って吐き気がした。

誰かが駆け寄って、声をかけて、その全部が遠い、一キロ先にあるみたいに遠い。大きな痛みの壁で現実が遮断されたみたいだった。雪がやけに眩《まぶ》しいのは瞳孔《どうこう》が開いてるからだ、あたしの頭の中の妙に冷静な一部が目に映る景色をそんな風に分析している。

「はっ、は、は、は」

あたしは背中を丸めて痛む場所を押さえて、なんだか荒い息の合間に笑いが漏れ出した。

ブラウスの下でぐちゃぐちゃに潰れた、薄い皮膚と肉。染み出した血が急速に凍っていく。

右の鎖骨《さこつ》のすぐ上から、血がどくどく、溢《あふ》れている。

キュネー、あたしも同じところ怪我《けが》しちゃったよ。

こんなに痛かったんだね。

誰かが背中をさすっていてあたしはその手を立ち上がりながら払いのけた。マナさんが、払われた手を押さえながらあたしを心配そうに見ていて、ばかだ、みんなばかだ、マナさんもばかだ、殺されそうになってるくせになんであたしの心配なんてするんだ。

「キュネーは……」

あたしは誰かに向かって喋《しゃべ》る、誰か分からない、あたしの話を聞いてくれるかなんて分からない誰かに。

「……こんなこと、しなかった」

あたしはキュネーと同じ傷から同じ血を流している。

「殺したり死んだりで、何か変えようなんて思ってなかった」

こつこつやるんだって、ばかみたいな言葉で自分を奮い立たせて、本当にそれだけやっていた。

「目の前で死なれて、気に食わないからって殺して燃やしてまた殺して、勝手に満足して死にに行って……そんなことばっかりで、なにか変わったの⁉　なにも変わらない！」

死んだ人のことはいつも、できたのにしなかったことといっしょに思い出す。

「もう、何もできない！　話したくても、遊びたくても、そばにいたくても、もうできない！　だから死んだり殺したりしないでよ！　そんなことで未来を作ろうとしないでよ！」

時間が止まってくれるようにずっと願ってた。キュネーが死ぬほんの一瞬手前で止まってしまえってずっと。だからあたしの、できるだけ何もかもがあっという間に過ぎてほしいなんて、ばかげた願いから生まれた魔述が消えるのは当たり前だった。

もう聞けないんだよ。

キュネーは、生きていて、楽しかった？

聞きたくないことさえあたしはもう聞けないんだよ。

「なんで、なんで……どうして、手放せるの？」

あたしの問いかけに、答えはない。

その場の全員うなだれて黙り込んで、吹雪が嗤《わら》うように唸《うな》っている。

しじまと闇の中に、誰もがいる。

未来を知らず、誰もがいる。

そのとき、奇跡が起きる。

「うおおおおお！」

いきなり絶叫が聞こえてきたかと思ったら、抜刀したミリシアさんが飛び込んできたのだ。

「ネイデル家の一の太刀！　どひゃあ！」

ミリシアさんは剣をぶん回し、意外な重さに振り回され、そんなことをしたら当然だけど雪に足を取られてすっころび、うつ伏せになってカーリングみたいにあたしの前までつつーっと滑ってきた。

「白茅！　無事か！」

顔を上げたミリシアさんは、雪まみれで鼻血を垂らしていた。ばちばちのまつ毛に雪がこんもり載っていた。

「陛下！　御身は自殺劇に罪なき子まで巻き込むおつもりか！」

ミリシアさんはそのままマナさんに説教を始めた。マナさんは口を半びらきにした。旗持ちも兵士も口を半びらきにしていた。

「あはははははは！」

あたしはのけぞって爆笑した。

これが奇跡以外のなんだろうか。あまりにもばかすぎる、タイミングがばかすぎる。狙ってたでしょ絶対。そうじゃなきゃおかしいよこんなの。

そうだね、忘れてた。

楽しくなきゃって、榛美さんも紺屋さんも言ってたもんね。

キュネー、楽しかった？

楽しかったに決まってるか。恋してずっと追いかけてる人がいて、その人の理想を叶《かな》えられそうなところまで近づいて、あたしみたいに手のかけがいがあるぼんくらな友達がいたんだ。こつこつやって、きっちり成果を出したんだ。

楽しくなきゃうそだ。報われてるって、良い人生だったたって、最後に思えてなきゃうそだ。死ぬときに幸せだったたって思えてなきゃうそだ。辛《つら》かったたって苦しかったたって何もなかったたって思いながら死んでいくのは哀《かな》しすぎるから、全部全部全部うそだ。

ねえ、だから、未来はいつでも楽しいんだってあたしに思わせてよ、キュネー。

目を閉じて、ゆっくりと、開く。

互い違いに回転する二重の魔法陣があたしの眼《め》に映っていた。

お願いキュネー、力を貸して、あたしたちに、未来を見せて。

決めたんだ。キュネーのやさしさを、あたしは、相続するって。

あたしは願って、魔述は応える。

あたしの足もとを中心とした半球状に雪が払われ、寒さが蹴散らされ、乾いた石畳が露出する。音よりも早く広がった魔述は空に届くと夜を層雲を薙《な》ぎ払って青くしっとりとした空を描く。おぼろ雲を透かした陽光が、緑と水の庭園を照らす。

冷めた春風が吹き渡って、小路に、広場に、人の姿が現れる。にぎわう雑踏が現れる。

「なんだ！　わあ⁉」

振り下ろされた銀の杖《つえ》が、ミリシアさんの背中をすり抜け、王宮へと向かっていく。

「これは、私、ですか」

ソコーリさんは、魔述によって描かれたもう一人の自分を見出《みいだ》して息を呑《の》んだ。春を歩くソコーリさんは、買い物帰りなのか、片腕に紙袋を抱いている。春の庭園をソコーリさんが駆ける先には、マナさんがいる。マナさんはぎざぎざの歯をむき出しに笑って、ソコーリさんの角を掴《つか》んで軽く揺さぶって、それから二人は王宮に入っていく。

「う、あ、ああ……」

旗持ちの視線の先には親子がいる。父親は旗持ちと同じ顔で、別の表情をしている。

「魔述を、書き換えたのか」

ミリシアさんの言葉に、あたしは頷《うなず》いた。

敗血の魔述は生まれ変わった。あたしの宿した新しい力は、未来を現像する。ほんのすこし先の、あるかもしれない未来を。

キュネーが、あたしたちに示し続けてくれたものを。

ひとびとは未来を見た。未来の中に自分を見た。春を生きる自分を見た。

「こんな……」

あたしをぶん殴った棒が、地面に投げ出された。からんと、小さい鐘みたいな音が鳴った。

男は、他のみんながそうであるように、途方にくれていた。

「こんな、俺、こんなの、どうすりゃいいんだ、こんな……こんなものを、見せられて」

すがるように見上げられて、あたしは鼻を鳴らした。

「決まってるでしょ。こつこつやっていくのよ」

あたしは前髪をがさっとかき上げて春の空を見た。

「あたしの友達は、そうしてた」

男は顔を覆い、声を上げて泣きはじめた。

みんなすっかり毒気を抜かれて、わけもなく立っていた。

そのうちだれもが、行きかう幻の中に自分を見出した。はしゃいだり、泣いたり、祈ったりした。

あたしたちはもう、しじまと闇の中にいない。

◇

「この魔述……敗血姫の述瑚《じゅつご》か」

いきなりお昼みたいに明るくなってぽかぽか陽気が訪れたというのに、アノン・イーマスはびっくりするほど落ち着いていた。

「使えもしないと捨て置いていたのだがな。魔述を書き換えるほどの意志力があるとは、まったく信じがたい」

それどころか端的な説明までしてくれた。述瑚《じゅつご》ってそんななんか、識別可能な標識なんだ。ガンダルフここにあり、みたいな話だ。

どうやら衢川さんが、なんかしらのなんやかやをなんかしたらしい。あいかわらずやることの規模がばかでかい。定期的にこんなことをしでかしておいてよく自己卑下をやってられるなあって、ときどき感心しちゃうよね。

「呆《あき》れたよ。こんなことに何の意味がある」

アノンは気だるげな目を屋台の外に向けた。長年かけて仕込んだ一世一代の大ばくちに負けた人間の顔ではない。明日の仕事が面倒だな、と思いながらストロング系チューハイを片手にスマホを眺めているときの表情だ。

後の歴史は、今回の大量死をどんな風に記述するだろうか。

残桜症《ざんおうしょう》は、たびたび大陸を席捲《せっけん》した。縮小した市場は、人口の回復とともに復旧した。地主と小作、使用者と被用者の格差はちょっとだけましなものになった……こんなところだろうか。彼が望む小さく完璧な世界は、どこを探しても生じない。

不老不死の困った点は、何度でもやり直しが効くことだ。こうしてどうでもよさそうな顔を目の当たりにすると、あらためて実感させられる。ナバリオーネも、アノンを止めたいなら殺すしかないと言っていた。

それはともかく、そろそろ火を使った料理もお出ししようか。

僕はお手製の什器《じゅうき》を用意して、お手製のつゆをたっぷり注ぎ入れ、榛美さんお手製の火にかけた。あたたまったところで、具材を煮ていく。アノンはその間ずっと、退屈そうな顔をどこか遠くに向けていた。

「静岡おでんの五点盛り、お待たせいたしました。牛すじ、牛ふわ、れんこ鯛《だい》のすじ、黒はんぺん、じゃがいもです。よろしければこちら、だし粉をたっぷりかけてお召し上がりください」

アノンは牛ふわ串を取って一つ食べ、顔をしかめた。

「なんだこれは」

なるほど、もつは苦手なんだ。そういえば焼き肉行ってもカルビとタンしか食べなかったなこいつ。なんだか外食にまつわる忌々《いまいま》しい記憶が二つ三つ蘇《よみがえ》りそうだ。最初にクッパでおなかいっぱいにさせられる焼き肉、百円皿以外禁止の回転ずし……これ以上はやめておこう、文字通りの煮え湯を、それもじょうごで十リットルぐらい呑《の》ませたくなってきた。

「牛の肺ですね。おでんに入れるのは静岡ぐらいだと思いますよ。もともとはドッグフードの原料にされたり、廃棄処分されたりしていたのを、もったいないからっておでんに入れたそうです。だし粉をかけていただくと、おいしく召し上がれると思います」

意外なことに、アノンは言われた通りだし粉をぼっさぼさにかけ、牛ふわをもう一口いった。今度は顔をしかめなかった。もしかしたら不老不死特有の、なんであれ新鮮な経験に飢えているやつかもしれない。

「だし粉っていうのも、独特な文化ですよね」

アノンはだし粉の入った瓶《びん》に目を落とした。ひまつぶしに、僕の話を聞き流してやろうぐらいの気持ちにはなってくれたようだ。

「静岡の、由比《ゆい》って分かりますか？　桜えびで有名な。あのあたりで揚がったさばだのいわしだのを雑節《ざつぶし》に加工して、こう、かんなみたいな機械で削り節にするんですけど、そのとき、どうしてもくずが出ちゃうんですよね。それを、削り粉《けずこ》なんて名付けて売っていたそうです。で、そこからちょっと西にいってもらって……」

僕は立てたひとさし指を、静岡県の海岸線っぽくずいーっと動かした。最後にくるんと指を回してみたけれど、アノンには完全に無視された。

「はい、三保《みほ》半島です。三保の松原《まつばら》の三保ですね。このあたり、昔はのりの養殖をやっていました。ひび養殖ってやつですね」

海に木の枝をぶっ刺して、そこについた海苔《のり》を採取するのがひび養殖だ。この養殖法はけっこう難しいらしく、今ではほとんど見られない。というのも、枝を刺す場所を慎重に選ばないと、べらぼうにあおのりがついてしまうのだ。

こないだパトリト君にもやってもらったけど、あおのりは火を通すと一気に苦くなる。のりの養殖では、殺菌だったり他の海藻が付着するのを防除するためだったりで酸処理をするのだけど、この工程はアオ殺しと呼ばれる。アオはもちろんあおのりのことだ。養殖業者さんに忌《い》み嫌《きら》われすぎている。

「三保の養殖業者は、のりに混ざったあおのりをいっしょうけんめい取り除き、ついでに捨て値で売っていたようです。同じく安値で市場に流通していた削り粉を、どこかのだれかがあるとき混ぜて、どういうつもりかおでんにかけてみたんでしょうね。これは議論の余地なく発明でした。どんくさい牛すじだしの味付けに、魚介のうまみとあおのりの香りが足されて、とうとう僕たちの知る静岡おでんが完成したわけですからね」

僕はにっこりし、アノンに無視された。

「つまり静岡おでんでは、由比で出たごみ同然の削り粉と、三保で出たごみ同然のあおのりを混ぜて、犬のえさにされていた牛ふわを食べているわけです」

アノンはれんこ鯛《だい》のすじを口にした。魚肉のうち、かまぼこにならないきれっぱしをかき集め、でんぷんで強引につないだものだ。

「あるものをおいしくいただこうと、みんなくふうしたんですよ。わざわざくず肉でだしを引いて、安い魚を黒はんぺんに加工したんです。こういうくふうって、探せばあっちこっちで見られますよね。ラーメンもそうですし、お好み焼きもそうです。戦後、アメリカからただ同然で輸入してきた小麦を、なんとかおいしく食べようとして発展した料理ですね」

生きていくだけだったら、別に、なんでもよかったのだ。水で練った小麦粉を、醤油味《しょうゆあじ》の汁に落として菜っぱを浮かべておけばいい。お湯で溶いた脱脂粉乳でも添えておけば栄養バランスは改善される。

だというのに僕たちは、ラーメンを食べたいしお好み焼きを食べたい。

牛すじも、下魚も、犬のえさも、加工のときに出たちりやほこりみたいな削り粉《けずこ》も、養殖の邪魔になるあおのりも、おでんに仕立てて味わいたい。

「おいしさは、必要十分ってだけのところからは生まれません。もちろん味だけでもないですよ。形式も含めて、おいしさなんです」

赤ちょうちんの屋台で呑《の》むぬるいカップ酒。シュラスコで出てくる串に刺さった肉のかたまり。旅館でいただく懐石料理。

エクステリア、インテリア。お皿やグラス、おすすめメニューの紙質や字体。カウンター越しに見える厨房《ちゅうぼう》。電球の色温度。

時間も空間も雰囲気も、味と同じぐらい、おいしさには必要なものだ。おいしいって、ゆたかってことだ。

「くだらない」

僕のおしゃべりにがまんがきかなくなったのか、とうとうアノンが口を開いた。

「その、おまえのいうくふうが世界を地獄に変えることを、おまえは分かっている」

「ええ、そうですね」

僕があっさり同意すると、アノンは鼻白《はなじろ》んで頬杖《ほおづえ》をついた。

「人類以外のどんなばかげた動物が、酢と油と卵黄を混ぜ合わせたり、意図的に核分裂反応を起こして湯を沸かす？」

どうやら僕は、とうとうアノンを苛立《いらだ》たせることに成功したらしい。

「際限なく人類は膨れていく。無秩序に求めてくだらない歴史を紡いでいく。その先にあるのは不幸と収奪だ。浪費と疫病と差別だ」

「それは、あなたの理想で止まるものですか？」

切り返す。睨《にら》み合《あ》う。

だがアノンは、ばかばかしいとでも言いたげに首を横に振り、背もたれに体重を預けた。

「挑発はやめろ。ばかげているし意味がない。おまえたちが私に立ちはだかることは不可能だ」

「それはもう、完全にその通りでしょうね。あなたと違って僕は死にますし」

僕は挑発を続けた。

「やめろと言った。だが、そうだな……どのみち、榛美を迎えるまでのひまつぶしだ。ティコピアの豚については知っているな」

「もちろん。おなじみの話ですね」

ティコピア島は南太平洋に浮かぶ小島だ。面積は五平方キロ弱。どのくらい小島かというと、二十三区でもっとも小さな台東区《たいとうく》の半分もない。おまけに火山島であちこちでこぼこしていて、居住可能面積といえばこれはもうたいへんなことだ。

ティコピア島では、かつて豚が飼育されていた。小島に住むひとびとにとってはたいへん貴重かつおいしいたんぱく質だ。けれどもあるとき、住民はせーので豚を全滅させた。豚があっちこっちをほっつき歩き、農園を荒らしたからだ。

これはなんだかたいへん象徴的な話に思えるため、ひとつの訓話として流通している。というのも、僕たち現代人が、環境負荷だのカロリー効率だのを考慮して畜産をやめられるかと言われたら、たぶん無理だからだ。なぜかといえば、答えは決まっている。豚はおいしいし、僕たちはおいしいものを食べたい。

熱帯雨林が飼料栽培のためにことごとく農地転換されて最終的に砂漠化しようと、牛の排出するメタンガスが温室効果をもたらして地球の気温上昇に寄与しようと、僕たちは肉を食べたくて食べたくて仕方ない。

「なぜ、ティコピア島では豚を殺せた？　おまえは考えたことがあるか？」

「それだけ差し迫っていたからじゃないですか？」

「違う。彼らはありったけのものを食い尽くし、やむにやまれず決断したのではない。首長たちが話し合い、畜産を終わらせると決めた。そんなことができた理由は単純だ。あの地が小さく完璧な世界で、つながりを持たなかったからだ」

僕はアノンの発言を慎重に吟味《ぎんみ》した。

「豚はこんな感じで料理したらめちゃくちゃうまいよ！　って誘惑してくるような連中が、周りにいなかったってことですね」

アノンは頷《うなず》いた。

「比べるから欲しくなる。つながるから憎くなる。濫費も差別もそこから生まれる。だから私たちは、小さく完璧な世界を必要としている」

アノンの言葉を裏付ける実例は、わざわざ探さなくたってあっちこっちに転がっているだろう。この世界でだって、僕は見てきた。榛美さんは、生まれ育った踏鞴家給地を何もない土地だと恥じていた。悠太君は、ヘカトンケイルで打ちのめされてふてくされた。

もしも世界が分断されて、ひとびとが小さな泡のような共同体で充足すれば、不幸の総量はたしかに減るのかもしれない。すくなくとも、まわりで豚を食べている人がいなければ、自分だって諦められるわけだ。

「おまえは、私の作った土地を見たはずだ。踏鞴家給地のありようを、学んだはずだ。ティコピア島に再び豚を放つような真似をすべきではないと、知っているはずだ」

どうやら話が一周したようだった。

紺屋大のくだらないリクルートに関しては、それがどんなものであれ百パーセント完全にお断りだ。世界征服だろうが世界平和だろうが知ったことじゃない。もしもこの世界に諸悪の根源みたいな魔王がいたとして、紺屋大がそいつをぶちのめす選ばれし勇者だとして、勇者パーティに必要不可欠な人員だと誘われたとして、僕は後足で砂をひっかけるだろう。

「踏鞴家給地で……そうですね、僕は、豚を放ったんでしょうね」

でも、僕があの土地でやってきたことについて、誤解されたくはない。それとこれとは別の話だ。

「わけの分からないものばかり、つくってきた気がします。葛《くず》の葉っぱを茹《ゆ》でて湯葉《ゆば》をのっけてみたり、ピザみたいなものをでっちあげたり、どぶろくを蒸留したり、そういえば葛粉《くずこ》からお酒も醸しましたね。新芽もいただいたしお茶にもしたし、葛料理のレパートリーはこっちに来てからだいぶ増えました」

「ばかなことを」

アノンは舌打ちした。

「そうは思いませんよ」

僕は踏鞴家給地でやってきたことを誇りに思っている。地獄の底でも言い張るだろう。

「あっちこっち迷子になってはちみつを手に入れたり、麦芽糖《ばくがとう》を炊《た》いて焼きメレンゲや水まんじゅうをつくったり、羽二重《はぶたえ》もちに松の皮を混ぜてみたり、そう、ウェディングケーキにマジパン細工なんかもやったなあ。あれは本当にがんばったと自分でも思います」

ごはんとお酒で、だれかをゆたかに。

僕の料理は、きっと、人を幸せにできた。それぐらいのうぬぼれを、僕は僕に許している。

「おまえは小さく完璧な世界を穢《けが》しただけだ。私の世界を呪っただけだ」

まったくもってアノンの言葉通りだ。僕は、踏鞴家給地を呪ってしまった。ゆたかなれ、と。

「でも、だとすれば、穀斗さん」

僕は鷹嘴穀斗に呼びかけた。

「どうしてあなたは、榛美さんに、おいしい料理を食べさせていたんですか？」

穀斗は、目を見開いた。

ずっと疑問だった。榛美さんは父に変わったものをたくさん食べさせてもらったと自慢していた。米粉をはたいたえびの天ぷらだの、しじみをつかったお味噌汁だの、いずれも踏鞴家給地では出てこない料理だ。樫葉にこっそりはちみつやパンを――おそらくはクラウドブレッドを――与えていたとも聞いている。そうした振る舞いは、小さく完璧な世界と、どうも噛《か》み合わせが悪そうだ。

穀斗は、答えなかった。呆気《あっけ》にとられたような顔をカウンターの天板に向けていた。もしかしたら穀斗自身も分かっていないのかもしれないと、僕はふと思った。はじめて、この人の中に残っている人間味に触れた気がした。

「ところで、僕は居酒屋店主をやっていたんですよ。ご存じでしょうけど」

僕は一方的に喋《しゃべ》ることにした。

「お酒も好きだし料理も好きだし、天職だと思っています。でも、ときどき我に返ることがあるんですよね。お酒って本当にろくなもんじゃないなあって。まともに話ができなくなるし記憶が飛ぶし二日酔いは地獄だし」

穀斗は、聞いているのかいないのか。とにかく僕は話を続けた。

「理屈から言えば、こんなものは摂取するべきじゃないでしょう。毒ですよ毒、純然たる毒。二十二世紀ぐらいには麻薬と同じ扱いになってそうですよね。そのころはもう、禁酒法の時代より健康意識が高いから、違法にされてもけっこうすんなり受《う》け容《い》れちゃうんじゃないかなあ……って、ここまで妄想してぞっとするんです。すみません、一杯いいですか？」

訊《たず》ねて、当然、答えはなかった。

僕はグルートビールをグラスに注いで、ぐっと飲み干した。ほろ苦くて薫り高いビールが、火照った体にしゅわしゅわ行き渡った。涙が出そうなぐらいおいしい。空っぽのところにお酒をぶち込まれ、暴動みたいにきりきりする胃の痛みまで愛《いと》おしい。

「まあでも、やめられませんよね。僕たち日本人が稲作を始めたのは、お米でつくったお酒があんまりにもおいしかったからだ、なんて説があるんですよ。事実かどうかは知りませんけど、楽しくはありますよね。これもまたあなたに言わせれば、呪いなんでしょうけど」

僕たちは、ゆたかであることを、やめられない。

僕はビニールカーテンの向こう側に立つ人影に向かってうなずいた。

「穀斗さん、どうです、一杯」

「どうぞ！」

榛美さんが、陶器の杯をアノンに差し出した。

アノンは何か言いかけて、お酒を一口やって、目を見開いた。

「なつかしいお味でしょう。辛くて、酸《す》っぱくて」

「……なぜ、ここに、これがある？」

「持ってきました」

棒美さんが雲をつかむような回答でアノンを愕然《がくぜん》とさせた。

「あなたのお酒ですよ、穀斗さん。白麹《しろこうじ》を使った、踏鞴家給地のどぶろくです」

穀斗は、正真正銘完膚なきまでに絶句した。

「ちょっと待っててくださいね。すぐですからね」

棒美さんはするっと厨房《ちゅうぼう》に入ってくると、背負っていた行李《こうり》を下ろし、食材を取り出した。

「お鍋、火にかけちゃうね」

「お願いします！」

僕は鋳鉄《ちゅうてつ》の重たい鍋にたっぷり浄水を注いで火にかけた。棒美さんは、包丁でばしばしぶった切った食材を、次から次に鍋へと放り込んでいった。

なんだかよく分からない、たぶんアブラナ科ではある、小松菜っぽい菜っぱのたぐい。謎の根菜。からからに乾いた鮎《あゆ》の焼き干し。くしゅくしゅに縮んだ干しアミガサタケ。水戻しした黒豆。

「あとはねー、これです。搗《つ》いてきました」

「これがなくっちゃ始まらないよね」

僕たちは目線を合わせてにっこりした。

さらしの布に包まれた、一塊のおもち。手でちぎって、これまたお鍋にぽんぽん投げ入れる。

最後に、どす黒く邪悪な色をしたしょっぱい味噌を、呆《あき》れるぐらいたっぷりと。

全ての食材がぐったりするまで煮込んだら、できあがり。

欠けた陶器の器にたっぷり盛って、あめ色の木さじを添えて、お出しする。

「どうぞ、穀斗さん。踏鞴家給地風のごった煮です」

穀斗は、瞳孔《どうこう》をいっぱいまで見開いて、液面に映る自分の顔と向き合っていた。

◇

さてさて。

時間をすこし戻して、衢川さんが立ち去った直後のこと。

「白茅ちゃん！」

まっさきに立ち上がったのは、榛美さんだった。だが榛美さんは、なんかその場でどたばたした。追いかけるべきかそっとしておくべきか、苛烈《かれつ》な逡巡《しゅんじゅん》が足踏みの速度に表れていた。

「ほっといてやれよ。アイツ自分の悩みよりテメーの相手を優先させちまうだろ」

マナさんが尻尾の先を榛美さんの手首に柔らかく巻きつけ、榛美さんは「むうう！」みたいなことを言いながら手をぶんぶん振って、それでしばらく、尻尾と腕が大縄跳びみたいにぐるぐる回転した。

「分かりました。ちょっとだけ見ます。もしかしたら、いるかもしれませんからね」

榛美さんの折衷案は、かなり検討に値するものと思われた。勢い任せに飛び出したはいいけど急激に冷静さを取り戻した白茅さんが、さりとてのこのこ入ってくることもできず、扉の前をうろうろしている可能性はおおいにあるからだ。

マナさんも納得したらしく、尻尾の結び目をほどいて榛美さんを解放した。

榛美さんは、なぜか息をひそめ、足音を立てず進むと、ゆっくり扉を開けて顔だけ廊下に突き出した。すぐ逃げる虫を探すときのやり方だ。

「白茅ちゃん？　いますか？」

呼びかけに反応はなかった。どうやら衛川さんは、しっかり帰路についてしまったらしい。

きっと大丈夫だろうとは思う。衛川さんは自分のペースで助けを求められるし、そうでなくとも、根っこの強い人間だ。しんどいままで、しんどさと折り合いを付けられるだろう。

「うーん、いませんね」

榛美さんは更にぐっと身を乗り出していっそうきょろきょろした。なんなら片足を浮かせて上半身を水平にしている。とてつもないバランス感覚だ。

飛び立つ直前の竹とんぼみたいに上体を回転させていた榛美さんだったが、だしぬけに動きを止めた。

「あえ」

しかも、あえって言った。

あんまり聞いたことのない声だな。

「えあああ」

なんだなんだなんだ。

「どうしたの？」

だいぶ怖くなってきた僕は、おそるおそる榛美さんに歩み寄った。なにかけっこう規格外のことが起きているのは完全に明らかだった。

「わあああああああ⁉」

榛美さんが砲弾みたいな勢いで真後ろにぶっとんできて、その運動エネルギーたるやただごとではなく、僕はなすすべなく下敷きになった。

「んなっんなっなっなっ」

すごい、ここまで来てなにひとつ情報が増えないぞ。

榛美さんが間投詞で意思疎通しようとしてくるのはいつものことだけど、これはさすがに尋常じゃない。なにを一体どうしたら、榛美さんをここまで動転させられるのだろうか。

「何やってんだよオマエら……」

不意に、聞きなれた声がした。

絶対に幻聴だと思った。

「榛美さん！　榛美さんがひさしぶりで白神さまを潰してる！」

幻聴だ間違いなく。過労がいきすぎてとうとうおかしくなってしまった。こんなことになる前にばっちり休んでおかなきゃ駄目だったんだ。マルクスもたしか、ちゃんと休んで人生エンジョイしないと人間駄目になっちゃうから労働はほどほどにね。みたいなことを言っていた。

だからこれも、幻覚に違いない。

内臓を圧延されつつある僕が悠太君と鷹根さんに見下ろされているなんて、こんなの幻覚に決まっている。マルクスは正しかった。今からでも遅くない、二月革命に参加しよう絶対。

「んあ、あ」

棒美さんはぶるぶる震える手を伸ばし、鷹根さんのほっぺに指先で触れた。

「ええー？　ふふっ」

鷹根さんは榛美さんの手を取り、ほっぺにむぎゅっと押し付けた。

「わ、あ、わああああああ！」

びょーんと飛び上がった榛美さんが、両腕を翼みたいに広げて突進し、悠太君と鷹根さんをもろともに押し倒した。

「わ！　榛美さんすごい！　力が！」

「ありますぅううぶぶぶぶぶ」

「よせって急にオマエ！　どけ！」

「んぶぶぶぶぶ！」

鷹根さんはにこにこして榛美さんの頭をぽんぽんし、悠太君は照れまくって榛美さんから脱出しようともがいた。僕はよたよた立ち上がり、一連の幻覚と資本論について考えはじめた。

「わああああっく、わっく、ひっくぁあああっく」

榛美さんは泣きながらしゃっくりしはじめた。ものすごく久しぶりに見たな、泣きながらしゃっくりする榛美さん。

「さて、始めるかの」

「うえあ！」

いきなり真横に人が立っていて僕は飛び跳ねた。

「ピスフィ！　ピスフィ・ピーダー！　早くの帰参となりましたね」

ミリシアさんがピスフィをハグした。

「ゆうちゃん大丈夫？」

「悪いなパトリト」

パトリト君が悠太君を助け起こした。

いろんなことがいっぺんに起こりすぎている。どこから手を付けていいものやら……ゆうちゃん？

もしかして今パトリト君、悠太君のことゆうちゃんって呼んだ？　悠太君がパトリト君のこと名前で呼んだ？　どうなってるんだ。それはちょっと承服しかねるぞ。悠太君が僕のことを名前で呼んでくれるまでにどれだけかかったと思っているんだ。僕には君しかいないのに君にはいろんな友達がいるみたいなことか？　そんなのトニオ・クレエゲルだ。どうして異世界まで来てトオマス・マンの名編と同じ気持ちを味わわなければならないんだ、いやそれはともかく。

「つまり、ピスフィの手紙に応じてくれたわけですね」

我に返った僕は、ピスフィに声をかけた。

「踏鞴家給地のご惣領《そうりょう》が、こうして直々に参じてくれたのじゃ」

え、ご惣領？

「そういや知らねえかオマエ。オレ、踏鞴悠太になったわ」

悠太君がどんどん僕の知らない悠太君になっていく。

「そうだよ！　ユータ、あたしとぜんぜん遊んでくれなくなっちゃったんだもん。ばかみたい！」

鷹根さんが榛美さんを撫《な》でながらぷりぷり怒った。

「悪いとは思ってるんだよ。やることが多すぎる」

「でもユータはいつもあたしとごはん食べるんだよ、その時間だけは作ってくれるの」

「だって最低限だろ、それは」

悠太君が、悠太君がどんどんおとなになっていってしまう。そのうち僕がカブトムシ獲《と》りに誘っても、子ども連れてきていいかな？　って言い出すようになるんだろう。僕だけが自分のために夢中でカブトムシを獲って、悠太君はお子さんにカブトムシを獲らせて、僕は悠太君のお子さんにカブトムシのおじさんとして認識される。あれ？　悪くない未来に思えるぞ。カブトムシのおじさんとして一心に尊敬を集めたい。まわりがどんどん結婚していく独身男性の軟着陸する先としては一番いいな、カブトムシのおじさん。

「オマエまたくだらねえこと考えてるだろ」

悠太君が僕を肘でこづいた。

「え、あ、いや……ええと、背、伸びたね」

「なんか伸びたわ。樫葉もすげえでかくなったぞ。今度見に来いよ、康太」

「ん、んあ、うん、そうだね、今度ね。カブトムシを」

「あ？」

違う、カブトムシの話は今じゃないんだって。だめだ、ばかになりすぎている。

「始めてもよいかの、こうた」

ピスフィとミリシアさんが、いつの間にやら用意されたホワイトボードの横に立っていた。王宮のどこにあったんだろうこんなの。

「いや知らねーし。勝手に運んできたんだろこいつらが」

僕の目線に気づいたマナさんが否定するように尻尾を振った。

「さて、みどもらはさびがも丸を沖合に停泊し、咲太郎《さくたろう》と梅子《うめこ》のカピバラ車で、本土伝いにここまで来た。ひとまずは情勢を見定めるためにの」

懐かしい名前が出てきた。ピスフィが踏鞴家給地にやってきたときも、咲太郎と梅子に二頭立てのカピバラ車を牽《ひ》かせていたのだ。

「結果的に、これは佳《よ》い判断じゃった。エイリアス・ヌルが仕掛けるならば、今日じゃ」

ピスフィは、マジックで自分のてのひらをぴしゃっと打ってからばんざいした。ミリシアさんに腰を掴《つか》まれ持ち上げられたピスフィは、ホワイトボードにばーっと何やら書きなぐりはじめた。

「オマエらいつもこんなことしてんの？」

悠太君が小声で話しかけてきた。

「おおむねこうだよ」

「あほだろ」

いやいや、これはこれでけっこうちゃんと回っているんだよ。本当だって。

「市場《いちば》にて始まった騒擾《そうじょう》は、雪玉のように転がりながら膨れあがっておる。この機をエイリアスは逃さぬはずじゃ。スプレンドーレ島が市場《しじょう》に燃料を供給し始めれば、市民も落ち着くじゃろうからな」

「オレらの持ってきた穀物もな」

「踏鞴家に、ヘカトンケイルは救われるとも。しかし、みどもらは一手遅れた。陛下を弑《しい》せんと、市民は王宮に群がるぞ」

「ふーん。ま、しゃーなしだな」

マナさんが鼻を鳴らした。

「誠に勝手ではございますが、陛下には亡命先をご用意いたしました。ひとまずはカイフェの踏鞴家給地にてお過ごしいただければと」

　ピスフィの言葉に、マナさんは尻尾をぺしんと打ち鳴らした。

「国を割るつもりはねーな」

　ピスフィは苦笑した。

「陛下であれば、そう仰《おっしゃ》ることでしょう。ミリシア、陛下の説得を頼めるじゃろうか」

「ええ、身命《しんめい》を賭《と》して」

　マナさんは舌打ちした。

「人質みてーな真似するんだな、テメーも」

「では、陛下。処刑台に昇られる際は、どうぞ我が命を好きなだけ踏みにじってください」

　ミリシアさんがにっこりした。王様に対してもこの皮肉だ。

「で？　他にできることあんのか？　オレらに」

　悠太君の物問いに、ピスフィはしばらく沈黙した。

「禍《わざわい》の根を断っとすれば、エイリアス・ヌルじゃ。しかし、あの者が姿を現すとは思えぬ。また現れたとして、みどもらに何ほどのことができるじゃろうか」

「あ！　あの！」

「わあ急に榛美さん！」

　榛美さんが急に立ち上がり、くっついて撫《な》でていた鷹根さんがころんとひっくり返った。

「あの、お、お父さんは、来ます！　と、思い、ます」

「ふむ。聞かせてくれ、はしばみ」

いっせいに注目を浴びた榛美さんは、拳をぎゅっと握り、せいいっぱい胸を張った。

「お父さんは、また会おうって言ってました。ヘカトンケイルが終わるときにって。だから、その……わたしが康太さんと屋台をやってることは、お父さんも知ってると思うんです。屋台があったら、お父さんは来てくれると思います」

「仕掛け罠《わな》であるな。しかし、そうやすやすと捕らわれる相手であろうか」

「意外に来るんじゃね？　なんかナメられてるし俺ら」

パトリト君のあっさりした言い方に、ピスフィはややぎょっとしてから笑った。

「いかにも。あれこそは、白き画布たる世界に絵筆を走らせ、思うさま描き換えんとする強大な神じゃ。みどもらの卑小《ひしょう》なくわだてに、意を留めたりはせぬじゃろう」

「そうなってくると、あとはあなたがた次第であるな」

ミリシアさんは僕と榛美さんに目を走らせた。榛美さんは興奮して鼻をふんふん鳴らした。

「やりますよ！　なにしろわたしたちですからね！　わたしたちは、なんか……そう、わたしたちは、めぐりめぐって最後にはおいしいですからね！　ね康太さん、そうですよね！」

　そうまで言われてしまえば、やるしかないよね。

「それじゃあひとつ、心づくしの小さな饗宴《きょうえん》といきましょうか」

◇

　こうして僕たちは、アノン・イーマスに饗宴を仕掛けた。その効果といえば、かなりてきめんだったようだ。

「おい、急に春になったぞ。なんだこりゃ？」

「あったかくなっちゃった！」

　ビニールカーテンをくぐって、悠太君と鷹根さんが入店した。アノンは入ってきた二人の、服装に目を留めた。

「君たちは……踏鞴家給地から？」

「オマエが鷹嘴穀斗だな」

　悠太君が、鷹根さんをかばうように一歩前進した。

「讃歌・踏鞴戸・悠太。あ違うわ、踏鞴悠太。んでこっちが藁花《わらはな》・踏鞴戸・鷹根。オレの妻」

「そうか」

　穀斗は目を閉じた。

「それじゃあ君たちは、大くんと、荷鉄《にてつ》くんの」

「お、お父さんのこと、知ってるの？」

　鷹根さんが、悠太君の後ろから顔をぴょこっと突き出した。穀斗はほほえんだ。

「はちみつの採り方を、私は荷鉄くんから教わったんだよ」

「そう、なんだ」

　それから穀斗は、ふかぶかとため息をついた。

「なぜ、外に出た。どうして、ここに来た。君たちは病気で死ぬかもしれなかった。そうでなくとも、検疫と称した暴力に、殺されてしまうかもしれなかった」

「知らねえよ。単純に気の毒だろ、腹減ってて寒いんだから」

　悠太君は呆《あき》れたように答えた。あまりにも簡単すぎる回答だった。穀斗は言葉を失い、悠太君を見上げた。やがて、ぐったりと笑った。

「その程度のことで？」

「いや、その程度じゃねえよどう考えても。死ぬぞ腹減ったら。ふつう」

　悠太君と鷹根さんが椅子に腰を下ろした。榛美さんが、すかさずおでん五点盛をお出しした。

「なにこれ！　色がすごい！」

「康太さんのおいしいやつですよ。鷹根ちゃんも好きです」

「ええー？　榛美さんすぐあたしのこと決めるからなあ……おいしい！　なんか、この、なにこれ！　なんか、味、味がした！」

牛ふわをほおばった鷹根さんが大はしゃぎした。

「ユータ！　これ食べて！　これおいしいから食べて！　すぐ！」

「ん、ほんとだ、うまいな。わけ分かんねえけど」

「ね！」

鷹根さんが、もぐもぐする悠太君を見てにこーってした。穀斗は、悠太君と鷹根さんをぽかんと眺めていた。

「僕たちが困っていたから、助けてくれたんですよ。それ以上の理由なんてありません」

声をかけると、穀斗は我を取り戻したようで、僕を見上げて眉根をひそめた。

「死ぬことを考えていなかったのか？」

「もちろん、考えていなかったでしょうね」

「度外れた愚かしさだ」

まったくもって、すこし考えれば分かりそうなことだ。まあたしかに僕たちは死ぬかもしれなかった。だからといって悠太君たちが無茶をする必要は一切なかった。

それでも、悠太君たちは来てくれた。踏鞴家給地のひとびとも、快く……かどうかはともかく、送り出してくれた。そして今、ふしぎなことに、僕たちは屋台に集まっている。

「死ぬかもしれなくても、必要なんかなくても、なにも考えずについつい助けちゃうんですよ。僕たちって、たぶんそういう生き物なんでしょう。ピスフィはそれを、あわれみと呼んでいました」

タオルを山ほど担いでまっくらな夜道をやってきたピスフィのことを、僕はいつだって思い出せる。あのとき僕は、ピスフィを信じようって決めた。

「だからどうした？　米と黒豆と薪《まき》を、あるだけ船に積んできたか？　それが何の役に立つ。このくだらない煮込み料理で、私を食い止めるつもりか」

「まさか。あなたの夢に立ちはだかれるなんて、だいそれたことは思っていませんよ」

僕はおでんのお代わりをお皿に盛って、だし粉をたっぷりかけて、悠太君と鷹根さんの前に置いた。

「でもね、アノン・イーマス。僕はこう思うんです。必要もないのについつい助けてしまって、助けられたら恩返しをしたくなる。その恩返しって、助けてくれたその人に向かうのかもしれないし、ぜんぜん関係ない場所で、ぜんぜん関係ない人に向かうことだってあるでしょう。そうやって僕たちは、どうしようもなく繋《つな》がっていってしまうんです。なすすべなく、広まっていってしまうんです。どこの誰が、何をしようと」

アノンは無言だった。

「だからあなたは、夢に灼《や》かれて、灰にもなれず、永久にこの世界をさまよい続けてください」

男は静かに立ち上がった。これ以上、僕と会話をするつもりはないようだった。

「なんだ、もう帰るのか？」

悠太君に声をかけられて、男は振り返った。茫洋《ぼうよう》とした無表情を、男は悠太君に向けていた。

「オレさ、オマエに会ったら言ってやりたいことがあったんだ。榛美のことを大事にしてやれよって……今さらすぎるか。じゃあこっちだ」

悠太君は男の顔面を殴った。

グーで思いっきりぶん殴った。

「ってえ！　んだよ、なんにも楽しくねえわ。二度とやんねえ」

殴った手をぶんぶん振ると、椅子に座っておでんをほおばった。

男は殴られた箇所をぼんやりとさすっていたが、やがてわずかな、苦笑と取れなくもないような笑みを浮かべ、黙って屋台を去った。

「はー……終わったあ」

僕はふかぶかとため息をついた。

何かがどうなったわけではない。必殺技でぶち殺したわけでも、能力を奪ったわけでもない。火口に投げ込んで滅ぼしたわけでも、なんかクリスタルみたいなものに封じたわけでもない。もしかしたらアノン・イーマスは、今後もこの世界で好き勝手を続けるかもしれない。

それでも、僕は言いたいことを言える限り言った。うっかりこの世界に迷い込んでから得たものの全てを、不老不死の白神に叩《たた》きつけた。僕にしては上出来だろう。

泣きべその榛美さんが、ビニールカーテン越しの春を見ていた。僕は榛美さんを抱き寄せた。すんなりと腕の中に収まって、榛美さんは、いつまでも外を見ていた。

「さよなら、お父さん」

決別の言葉を、榛美さんは、きちんと口にした。

僕の腕からするりと抜け出した榛美さんは、カウンターを回って穀斗が座っていた椅子に腰を下ろした。

「食べます！　わたしは！」

けっきょく手つかずだったごった煮をすすった榛美さんは、なぜかちょっと笑った。

「しょっぱいです」

しょっぱかったかあ。

「踏鞴家給地の味だと思うけど」

「もしかしたら、康太さんの料理を食べすぎたのかもしれません」

ヘカトンケイルに来てから味覚が変わったってことかな。塩分の過剰摂取よりはいいことだ。

「つかオレら最近それ食ってねえしな。ごった煮」

「そうなんですか？　それじゃあ、わたしたちの家は使ってないんですか？」

榛美さんが訊《たず》ねると、なぜか悠太君と鷹根さんが気まずそうにした。なんだか牽制《けんせい》しあうような空気が流れ、最終的には鷹根さんが頭を下げた。

「ごめん榛美さん！　燃やしちゃった！」

あまりにもぶったまげすぎた榛美さんは口を全びらきにして硬直した。

「酒だの汁だののだめになっちまったんだよ。枯草菌《かれくさきん》ってやつが繁殖したんだ。ま、最終的には納豆になったけどな」

「そうだったんだ。へえ……厄介だものねえ」

「おい、オマエなんで今ちょっと無言になったんだよ」

「お、見抜くねえ悠太君」

「へらへらすんな」

「ええと、ホタテかカキか、まあなんでも焼成《しょうせい》した貝殻を水で練って、水酸化カルシウムでどうにかできたと思うよ。けっこう発熱して危ないけどね」

悠太君はハトみたいに目を丸くした。

「な……んだそりゃ。は？　石灰でどうにかなったってことか？」

「そうそう。強アルカリで枯草菌《かれくさきん》の芽胞《がほう》をやっつけるんだ」

「どうすんだよ、おいどうすんだよ。もう焼いちまったんだぞ」

わなわなする悠太君はやっぱりいいね。ものごとがあるべき場所に収まったような気持ちがこみ上げてくる。

「うーん、でもよく考えたらいいんじゃないですか？」

榛美さんがいきなりけろっとして、悠太君は頭を抱えた。

「何言ってんだよオマエ……いいわけねえだろ……」

「あと納豆ならそのへんの葉っぱで作れるよ。僕もシダで作ってみたことあるんだけどさ。松葉でもやれるんじゃないかな、味はともかく」

「もう止《や》めてくれ」

久しぶりだなあ、この感じ。僕たちまだまだカブトムシに夢中になれるよね？

「終わったようであるな」

ミリシアさんが入店した。なぜか銜川さんをお姫さま抱っこしている。

「あの、ミリシアさん、歩けるから」

「何を言う。あなたは英雄であるぞ。本来であれば素晴らしいカピバラに牽《ひ》かせた車で送迎されねばならんところを、この私で耐えてもらっているのだ」

「分かった、それはもういいから下ろし、え誰」

衛川さんはミリシアさんにぎゅっとしがみついた。

「こちらは衛川白茅さんだよ。すごい魔述を持った白神で、僕はいつも助けられているんだ」

僕は衛川さんを二人に紹介した。衛川さんは、まじでやめろ今すぐ。の顔で僕を睨《にら》んだ。

「そうか、こっちじゃアンタが振り回されてんだな。オレは踏鞴悠太。このばかの最初の被害者だ、よろしくな」

悠太君がにこっとした。ちょっとちょっと、いじってもいいって合意形成できてるやつを使って場の空気を和ませる技術、どこで手に入れたんだ。どこまでも僕を置き去りにするつもりか？

「えあっ、あっ、そんな迷惑だなんてそんないつもよくしていただきましたから！」

衛川さんは、ミリシアさんにセミみたいにへばりついた。

「いいよ分かってるから。座んねえのか？　メシ食いに来たんだろ？」

悠太君が、悠太君が、あああ、悠太君がおとなになっている。人見知りの固く閉ざされた心を丁寧に解きほぐそうとしている、どこの誰がそんなことを悠太君に教えたんだ。なんで僕はこんなに悔しがっているんだ。

ミリシアさんから剥《は》がれた衛川さんは、しばらくきょろきょろし、鷹根さんと目が合い、あまりにも興味しんしんな視線に負けて隣に座った。

「こんにちは！　あたし藁花鷹根！　白神さまなの？　どんな魔述？　白神さまより強い？　あ白神さまはそこの白神さまで最後にはおいしいって榛美さんが言ってるんだよ！　知ってた？」

「ひぃいいい光すぎる……」

衛川さんは今にも消滅しそうだった。闇すぎる。

「おいっすー、やってる？」

「なんじゃ、もう集まっておるのか」

パトリト君とピスフィがやってきて、屋台は満席。

これはもしかして、あれをやっちゃういい機会なんじゃないだろうか。屋台のシメと言えばの、例のあれを。

「実は、さっきの饗宴《きょうえん》でお出しできなかった料理があるんです。食べていかれますか？」

声をかけてみると、否やもない感じでみなさん頷《うなず》いてくれた。いやはやまったく、僕はお客さまに恵まれているなあ。

さあ、魂を込めてつくろう。

ゆたかなれと、僕たちは、呪いあおう。

内臓を抜き、ぬめりを取ったれんこ鯛《だい》。干しマテ貝。うずわのアンチョビ。ドライトマト。にんにく。

これらをぐらぐらっと炊《た》いて、スープを取る。

「ねえねえ、こっちの白神さまと榛美さんどんなだった？」

「えっあっそ、おいし、おいしい、元気でおいしい」

「わぁー！　じゃああたしの知ってる白神さまと榛美さんだ！　白茅さんはどんなおいしいもの作ってもらった？」

めちゃくちゃ迫っていくねえ鷹根さん。

「なんだろ、なんか、えび、あと、まぐろ」

「まぐろ！　知らない！」

「魚、なんか魚、赤い、おいしい」

「でっかい魚だよ、すごいでかい。たかちゃんよりでかい」

鷹根さんに絡まれ続ける衞川さんを、パトリト君が救助した。

「なにそれ！　ばかみたい！　そんな魚いないもん！」

「いるんだよなー」

「絶対いないもん！」

鷹根さんはげんこつで自分の腰をぽんぽん叩《たた》いた。

ぼこぼこ沸騰するスープは、白濁し、とろみが出てきた。薄黄緑色の油は、ドライトマトのオレンジ色に輪郭《りんかく》を染め、表面でくるくる踊っている。

炊《た》けたスープを、ちょっと味見。鯛《たい》の香りがしみじみ出ていて、貝だのアンチョビだのの旨味がぐわーっと押し寄せてきて、いいあんばい。こいつを、ざると目の細かい布で濾《こ》してやり、再び火にかける。

さあ、ここでいよいよ、秘密兵器の登場だ。僕は桶《おけ》から、一食分を一まとめにしておいた麺を取り出した。全粒粉《ぜんりゅうふん》と木の灰ででっちあげた、ぴろぴろの手打ち麺だ。

「ラーメン⁉」

すごい勢いで立ち上がった衞川さんがすごい勢いで絶叫した。

「そう、ラーメン」

屋台のシメと言ったら、それはもう一も二もなくラーメンだよね。豚骨が正統なんだろうけれど、ないものはない、あるものはある。ここはひとつ、鮮魚系ラーメンのおいしさを知っていただこうじゃないか。

「うあ」

銜川さんは立ったまま動かなくなってしまった。

「おい、失神したぞコイツ」

悠太君が含み笑いだ。なんか、その、なんていうか……おもしれー女。みたいな顔をするようになってしまったんだね悠太君。やっぱりもういっしょにカブトムシを探してはくれないのかな。

「できたら起こしてあげてね」

ばかでかい鍋でたっぷりの水を沸かし、麺を投入。茹《ゆ》で時間は一分半。新鮮な小麦の、しゃきっとするような香りを振りまきながら麺が踊る。

さあ、ここからは一瞬たりとも止まれないぞ。

干しアミガサタケ、まぐろ節《ぶし》、さば節、塩、醤油《しょうゆ》で作ったたれを、どんぶりの底に敷く。スープを注いで、くるりと攪拌《かくはん》。麺をざるに取り、ちゃっちゃか湯切りしてスープに沈める。

鯛の皮をじっくり揚げて香りを移した香味油を、一たらし。

「お待たせいたしました。れんこ鯛白湯《パイタン》ラーメンです」

具材は、あえて無し。シンプルにスープと麺を楽しんでいただきたい。

「わあぁ！　なんか、きらきらです！」

榛美さんが座ったままぴょんぴょんした。醤油だれと白湯で赤銅色《しゃくどういろ》をしたスープの表面には、香味油の水玉が散っている。

「いただきます！」

お箸《はし》を手にした榛美さんが、麺をごっそりリフトアップした。黄地に果皮の褐色《かっしょく》がまだらになった全粒粉麺《ぜんりゅうふんめん》が、とろっとろの白湯《パイタン》スープをぽたぽたしたたらせた。

「んずずっ」

いっぺんに啜《すす》るねえ榛美さん。

「んずっ、ず、ず、んんんんん！　これ、ちゅるちゅるで、とろとろで、わあああ！」

よかった、どうやら大成功だ。

「うん、佳良《かりょう》である。素晴らしい麺だな。実以《じつも》って、ふすまと灰がよく香る」

ミリシアさんがしみじみとうなった。その横で、ピスフィは、どんぶりに覆いかぶさるようにして麺をすすった。

「忘れてた……そうだ、白神の料理だったわこれ」

「ふわあ」

悠太君と鷹根さんは、やや呆然自失《ぼうぜんじしつ》。そうでしょうそうでしょう。ほら見たことか。悠太君が僕の料理の前でも余裕しゃくしゃくな態度でいられるわけないんだよ、これはもう昔から決まってる、天地開闢《てんちかいびゃく》のときからずっとそう。

「あ、くちびるおいしい！　康太さん、分かりました！　くちびるがおいしいです！」

てかてかつやつやのくちびるをぺろりとなめた榛美さんが、白湯の真実に辿《たど》りついた。

ぽっこぽこに炊《た》いたスープはゼラチン質がたっぷり溶け込んでいるからね。

「そうそう、味変もありますよ。お酢、魚粉、それからこっちは鮎《あゆ》の焼き干しの香味油。他にもいろいろ用意しましたんで、試してください」

僕はカウンターにずらりと調味料を並べた。

「あこれあたし好き、お酢いいわね、酸《す》っぱくておいしい」

「ちがちゃんちがちゃん、鮎油おもしろいよ。海と川が戦ってる」

「康太、酒はあるか？」

「はいどうぞ、グルートビールです」

「んおおお……なんだ、これは、ばかだ、ばかになる味だ、いかんだめになる、だめだこんな」

「鷹根、これ食ってみ」

「おいしい！　なにこれ！」

「ライム搾った。オマエ何入れた？」

「うーんとね、おいしいもの！」

「ああ、魚粉か。へえ、これはこれでおもしれえな。香りより旨味が立つのか」

めいめい好きなようにスープを改造し、それぞれの味を交換しながら品評しはじめた。

気づけば衡川さんの魔述は失せて、屋台の外は凍える夜明けになっていた。ちらつく雪が吹き寄せて、ビニールカーテンの隙間から飛び込んでくるなりちいさなしぶきになった。

「ごちそうさん。うまかった」

スープまできっちり飲み干した悠太君が、お箸《はし》をぱちっとどんぶりに置いた。

「んじゃ帰るわ」

「え、早くない？」

日帰りのつもりだったの？

「やること終わったしな。パトリト」

「ほいほい。あ、たかちゃんゆっくり食ってなね。俺ら港に船回して、荷下ろししてっから」

「んずっ、んずずっ」

鷹根さんは麺をちまちますすりながら頷《うなず》いた。

「ごちそうさま、康太くん！　行ってきます！」

なんか、そんな、近くのタイムズに停めた車を店先に持ってくるぐらいの感覚で船って動かせるものなんだろうか。

「んふぁーあーあ眠っ。ぜんぶガスタルドにやってもらっちゃおうかな」

大あくびするパトリト君の背中を、悠太君が平手で張った。

「信頼失くすぞ、船長」

「うぇーだるー。やりますかー」

パトリト君と悠太君は、軽口を叩《たた》きあいながらとっとと港に向かってしまった。僕はといえば、ふつうにショックで引き留める言葉も出てこなかった。二週間ぐらい泊まっていくかと思ったのに。

「おー……なんか、男の子ね」

衞川さんは、男子二人の絡みになんらかの感銘を受けたらしかった。

「んずずっ、ばかみたいだよね」

鷹根さんがすするのを一時中断した。

「ユータ、白神さまに会ったらなに話そうって船でずっと言ってたのに。照れてるんだよ。ばかみたい」

「男の子だ」

衞川さんがけっこう興奮した。

「そっかそっか。それじゃあ、今度は僕が出向くよ。それなら悠太君も逃げられないからね」

「ほんと⁉　待ってるからね！　すぐだよ、榛美さんも来なきゃだめだよ」

「んふふ！　はい、すぐです」

「白茅さんも！」

「うぇっあたし？　いや、あたしはいい、いい、気まずいから」

「そうなの？　でも楽しいよ」

「光すぎる……」

「ごちそうさま！　ユータ見てくる！」

鷹根さんが屋台を飛び出し、たったか小走りで駆けていった。

「たかね、主《にし》ゃは港への路を分かって……仕方ないの。ごちそうさま、こうた。行ってくる」

苦笑したピスフィが、椅子から飛び降り、鷹根さんを追った。

「どうやら検疫の義務について、ピスフィはすっかり忘れているようであるな。どれ、私はスプレンドーレ島の連中を叩《たた》き起こしてこよう。ではな、康太。ごちそうさま」

グラスのビールを干して、ミリシアさんが去っていった。

「えこれあたしも出てく流れ？　なんも思いつかないんだけど」

取り残された衞川さんがおろおろし、僕は笑った。

「ええと……ごちそうさま」

衞川さんはのそのそ去っていった。別に帰らなくてもよかったんだけどなあ。

「そろそろ片付けしようか」

「はい！　おつかれさまでした、康太さん」

「お疲れさま、榛美さん」

僕たちは屋台を撤収し、二人で台車を牽《ひ》いた。どこもかしこも凍結していて、もうろうとした表情の、あるいは自失した表情の、あるいは失望した表情の、あるいは希望を抱いた表情の市民が、それぞれの帰る場所を目指して、小路を歩いていた。

「ふわぁーあふ」

後ろについて台車を押す榛美さんが、おっきくあくびをした。

「帰ったらすぐ眠れそうだね」

声をかけると、榛美さんは口をむにむにしながらにこーっとした。僕もにこーっとした。

「すごい寝ます、わたしは」

「いっぱい寝たら、それからごはんだ。今日は何にしようか」

「お豆もお米もいっぱいありますよ。ユウと鷹根ちゃんがくれました」

「いいね。ささっと鹹豆漿《シェントウジャン》でもやっちゃおう。揚げもちでも添えて」

「しぇん……なんか、分かりましたよ！　おいしいやつですねさては」

「榛美さんはすぐ見抜くねえ」

「わたしは見抜きますからね。なにしろ康太さんのおいしいやつです」

行く先に光がさして、僕たちは目を細めた。

朝陽がぐんぐん昇ってきて、雪の街を黄金色に染めた。

気まぐれに吹き寄せたかすかな東風は、やがて訪れる雪解けを予告していた。

◇

冬が過ぎ、春が来た。

春が過ぎ、夏が来た。

いくつかの歳月が流れた。

◇

音高く回る外輪が水をかき混ぜしぶきを上げて、さびがも丸は、海を行く。

「船長！　見えやした！　アロイカです！」

景気のいい声が帆柱の上から降ってきて、最上後甲板で朝食を摂《と》っていたピスフィとミリシア、パトリトは立ち上がった。

水平線の先にとがった影が突き出す。

影は青くかすむ山並みとなる。

三つの山塊に抱かれて、都市があらわれる。

中つ海が唯一外海と接する顎の海峡に君臨する貿易王国、主無き諸国のとば口たるアロイカの姿だった。

斜面を這《は》い上がるように並べられた石灰岩《ライムストーン》の建造物は、青や黄色に染められている。港には何隻もの大型船が停泊し、または出入りしている。三角形の縦帆《じゅうはん》を張った小舟が、沿岸にひしめきあっている。

「おー、雰囲気あんねー」

パトリトは、手をひさしに海の向こうの都市を見た。

「懐かしき港市国家の姿であるな。ピスフィ、覚悟は良いか？」

「無論じゃ」

『ピーダーとネイデル、クエリアの会社』はカイフェ方面の事業をスピンオフし、ピスフィ自身は新規事業を立ち上げた。

「小国家の徴税権を獲得し、以《もっ》て凍れる冬に打《う》ち克《か》つ力とする。ようやっとの始まりじゃな」

まずは徴税請負人として、各国に大きなプレゼンスを示す。次いでプラントハンターによる新植物の発見、現地雇用者と連携しての品種改良や栽培、流通網の構築。ピスフィが夢見る世界平和のための、迂遠《うえん》ながら重要な第一歩だった。

よちよち歩きの適応ビジネスが世界を変えるか、爪痕を残さず歴史に消沈していくかは、誰にも分からない。白神にも計り得ぬ未来を、舳先《へさき》は指している。

ただ一つ、はっきりしていることがある。

ピスフィは止まらないだろう。

夢に呪われ、どこまでも進んでいくだろう。

◇

再建された大評議会の前の、なんか広場を、あたしはずっとうろうろしている。冷や汗をだらだら流しながら。

いつもこうだ。迷子になるかもしれないからはやめに会場へと向かい、想像以上に時間を余らせる。目当ての場所は分かっているのに、なにか言われるかもしれないって心臓がばくばくして、ずっと目的地周辺をうろうろしてしまう。だれかに許可されるのを待っている。そのくせ、人に声をかけられることを想像しただけで怖くなる。

汗はブラウスまでびしょびしょにしていた。鼓動にあわせてじくっと汗がにじみ、腕や背中を伝っていくのが分かった。

いつの間にか管区長に祭り上げられて、名前だけでも良いんでって言われて断るのが怖くて愛想笑いしてたら話がどんどん進んでいって、なんか知らん条例案とか予算案みたいなものを山盛りに持たされて議決のために大評議会に行く羽目になった。想像でしかないけど貴族とかいっぱいいて国会みたいなものでしょ大評議会。無理だろ、むりり川だろ、ほらまたりが余ってる。

あたしは深呼吸して、手汗をマントでぬぐって、てのひらに魔述を点《とも》す。ごくささやかに、未来を現像する。

キュネーがいて、あたしがいる、ありえない未来を現像する。

だれかにとってのありえる未来に変えていくんだって、あたしは決めた。

指を畳んで魔述を消して、前を見る。

「こつこつやっていくの。でしょ、キュネー」

あたしは歩き出す。

おたつきながら、怖がりながら、あたしにしては比較的まっすぐに。

第二十七章　たかすなわちわざをなす

昨日の雨で土も空もしっとりと水気を含んでいた。

市場《いちば》はにぎにぎしかった。放牧されているカピバラが領主林からおりてきて、小路に吹き出した雑草を、さして美味《うま》くもなさそうに食《は》んでいた。

老人はぬかるみを避けながら、ゆっくりと川向うを歩いた。曲がった背に担いだ天秤棒《てんびんぼう》の両端には、年齢にも体躯《たいく》にも不釣り合いな大きさの籠《かご》を提げていた。

こんにち、行商のたぐいは踏鞴家給地にそう珍しいものではなかった。物珍しそうにきょろきょろと首を振る老人を、誰何《すいか》する者はいなかった。

川向うと棚田下をつなぐ一本の橋のなかばまで歩いて、老人は、荷物を下ろした。襟付きシャツのボタンをひとつ外して風を入れ、真昼の太陽に煌《きら》めく川面を見下ろした。川のわずかな屈折が作ったささやかな河原には、焚火《たきび》の跡があった。老人は懐かしむような笑みを浮かべ、天秤棒を担ぎ直すと、ごく慎重な足取りで橋を渡り切った。

木陰に腰を下ろした老人は、土手を駆け上がる湿った風に涼を取り、棚田を見上げた。ちょうど中干の時期だった。水を抜かれた田には、小刀のような稲が鋭く青く立ち上がっていた。

老人は立ち上がり、人気《ひとけ》のない棚田下を進んだ。勾配だらけの土地には小さな畑と小さな家が泡のように散在していた。

変わっていないな、と、老人は思った。この土地を設計したころから、何も変わっていない。

日陰のない道を歩き詰めて、老人は目的の場所に着いた。天秤棒を下ろして、しばし、ぽかんとした。

真新しい建物がそこにはあった。だがその外観は老人に馴染《なじ》みのあるものだった。鉈割《なたわり》の木板を敷き詰めた板葺《いたぶ》きの屋根に、積まれた石の数まで記憶と同じだった。

「こんにちは！　商人さん？　どうしたの？」

声をかけられて、老人は振り向いた。ふたつ結びの女性が、いくらかの好奇心と山盛りの親切心をたたえた表情で老人を見上げていた。

「もしかして許可の場所分かんなかった？　こっちじゃないよ。商館はあっち、橋の向こう」

「ああ、いや……そういうわけではないんだ」

「そうなの？」

老人はやや言いよどみ、女性と建物を交互に見た。

「大昔、この土地を訪れたことがあってね。ここにはかつて、別の建物があったと記憶しているのだけど」

「燃やしちゃった」

老人はやや絶句した。

「あ、でもわざとじゃないよ！　燃やさなきゃだめだからそうしたの。氷も作れて便利だったんだけどしょうがないよね」

「となると、四季の宮も？」

「うん！　あれえ？　おじいさん、なんで知ってるの？」

「酔っ払いに囲まれていたからね」

女性は鼻を鳴らし、くちびるをとがらせた。

「みんなお酒飲むとすぐばかみたいになるよね。秘密なのに。なんの話してたっけ」

「ここにかつてあった建物のことだよ。それじゃあ、再建したわけだね」

「んへへ。そうなんだ」

女性は口もとを両手で押さえ、ゆるゆるの笑顔を隠した。

「あのね、昔ここに住んでた人たちが帰ってくるの！　なんか、仕事のことで、だから帰ってくるっていってもずっとじゃないんだけど、それで白神さまと榛美さんのことびっくりさせようってみんなで作ったんだ！　すごいでしょ！」

老人は面食らったようにしばらく黙り、それから、にっこりした。

「そのお二人は、この土地にとって、大事な人たちだったんだね」

「そうだよ、みんな榛美さんと白神さまのこと大好き！　ユータ！」

話の途中で、主人を見つけた犬のように、女性は飛び跳ねた。女性が手を振る先に、老人は目を向けた。青年がこちらに向かって歩いてくるところだった。頭を傾け、首を揉《も》みながら、気だるそうに手を振っていた。

「ユータ！　おはよ！」

「おはよう、鷹根」

鷹根は悠太に駆け寄って、心配そうに見上げた。

「どうしたの？　首痛い？」

「や、だるいだけ。大丈夫。ええと、そちらの方は？」

老人は会釈《えしゃく》した。

「なんか、ここのこと知ってる人。榛美さん家《ち》のこと焼いちゃったって言ったらびっくりしてた」

「そりゃ驚くわ」

悠太は苦笑してから老人に目を向けた。

「珍しいですね。土地の者以外に、ここを知ってるやつなんてそういませんよ」

「ずっと昔の話だよ。先代の頃さ」

「つっても先代が長《なが》っ尻《ちり》でしたからね」

「違いない。とはいえ私が踏鞴家を訪れたころは、ほとんど無政府状態だったよ」

「ねえー、やめよ」

探りを入れ合うような雰囲気を感じ取って、鷹根は会話にくちばしを突っ込んだ。悠太も老人も、それで、ぎこちなく笑った。

「失礼しました」

悠太は頭を下げた。

「とんでもないさ。君たちを困らせるつもりはなかったんだ。そろそろ行くとするよ」

老人は腰を下ろし、荷物を掴《つか》んだ。

「ユータ！　せっかく昔のいろんな話が聞けるって思ったのに！」

「悪かったよ」

悠太はさっと手を伸ばし、天秤棒《てんびんぼう》を握った。

「じいさん、勝手な話だけど謝意を示させてくれ。せっかくだしメシでも食ってこうぜ」

「それはかまわないけれど……」

「いいからいいから」

悠太は老人の言葉を遮って荷物を持ち上げようとして、首を傾げ、頭を振り、繰り返しまばたきした。

「あれ？　なんだ？」

「悠太君」

「いや気にすんな。疲れてるだけ――」

言葉を言いきらないうちに、悠太の体がぐらっと揺れて、前のめりになり、そのまま地面に突っ伏した。

「ユータ⁉」

「触るな！」

飛びつこうとした鷹根を、老人は怒鳴って制した。硬直した鷹根の代わりに悠太の額に触れ、首に触れ、袖をめくった。

「あっ……あああ」

鷹根は息を漏らした。

悠太の体の、肩から胸にかけて、散り残る桜のような発疹《はっしん》が――桜班《おうはん》が生じていた。

老人は顔をしかめ、ゆっくりと呼吸してから鷹根を見上げた。

「残桜症《ざんおうしょう》だ」

「なん、って、なんで、なんで、いやだ、ユータ」

「悠太君を、運び入れてもかまわないかい？　鷹根さんはそこの荷物を頼むよ」

「あ、え、なんっ、どうしよ、どうしよ、どうしよ」

黒い小さな点となった鷹根の瞳孔《どうこう》が、目の中を虫のように這《は》い迷っていた。

「落ち着いて、鷹根さん」

静かで、低くて、よく通る声だった。老人は悠太を背負い上げた。

「治らない病気じゃないよ。ここに私がいたのは幸いだった」

「えっ、あ、なに、ユータ、どこに」

「ついておいで、鷹根さん」

悠太を背負い、老人は、新築された榛美の家へと向かった。いくらか歩んで、鷹根が動こうとしないのに老人は気づいた。

「実はね、私も白神なんだ」

秘密を打ち明ける、いたずらっぽい笑みを老人は浮かべていた。

「紺屋康太くんの知り合いだよ」

知っている名前が、鷹根の精神を呼び覚ましたようだった。鷹根は目をぱちくりさせ、口をぱくぱくさせた。

「白神、さまの？」

「そう。知らない仲じゃない。そう聞けばすこしは安心するかい、鷹根さん」

「あたし……あ、にっ、ひっ、そう、そうだ、荷物、あたし、荷物」

浅い息を繰り返しながら、鷹根は天秤棒《てんびんぼう》を掴《つか》み、荷物をひきずって歩いた。

入り口で、老人はすこしのあいだ立ち止まった。

「変わっていないな」

板の間《いたま》と土間を画すのれんは、麹色《こうじいろ》をしたつややかな葛布《くずふ》だった。床几《しょうぎ》と仕切り板からは新しい木の匂いがしていた。

「荷物をありがとう、鷹根さん。どこかから寝具を取ってきてくれるかい？」

「あっ、あの、え？　どこから……」

「近くの家でいいよ。領主さまが、ここで誰よりも先にお昼寝したがっていると告げてごらん」

老人はにっこりした。

鷹根の呼吸は、次第に穏やかで深いものに変わっていった。彼女は胸を手で押さえ、きつくまばたきした。

「鷹根さん、できそうかい？」

「うん、やる……できる、やれる」

「この病気のことは、君もよく知っているね。誰も、決して、誰もここに近づかせてはいけないよ。いいね？」

鷹根は強く首肯《しゅこう》した。

「行ってくる！　待ってて！」

鷹根は飛び出していった。

老人は板の間《いたま》に上がり、真新しい梁《はり》だの棟木《むなぎ》だのを見上げながら数歩進んだ。

「……おい」

悠太が、風のような音で老人に声をかけた。

「これ、おまえか」

「おや、さすがに気づかれたね。さすがは大くんの子だ」

「答えろ」

「私のしわざではないよ。と言ったところで、信じてくれるかね？」

「まさか」

「安静にしていなさい。余計なことを考えるべきではないよ。すくなくとも今は」

「おまえが、言うな」

「また私を殴りつけたいのなら、治った後にそうするんだね、悠太君」

湿った力ない舌打ちを、悠太は老人の耳元で鳴らした。

「持ってきた！」

布のかたまりを抱えた鷹根が板の間に飛び込んできた。老人は布団に悠太を寝かせ、周囲をパーティションで囲った。

「どうしよう、どうしよう、どうしよう！　何したらいいの、あたし、何ができるの？」

鷹根は、荷物をほどく老人の背中に声をかけた。

「そうだねえ。最初にしてもらいたいのは、私を信じることかな」

老人が荷物から取り出したのは、錠剤の入ったシートだった。

「これを悠太君に呑《の》ませてあげたいんだけど、いいかな」

「それって……？」

「薬だよ。残桜症《ざんおうしょう》を、体から追い払うためのものだ」

鷹根は息を呑み、悠太を見た。悠太は高熱にうるんだ瞳を老人に向けた。

「呑むかね、悠太君」

「……よこせ」

コップ一杯の水とともに差し出された錠剤を飲み下して、悠太は熱い息を吐いた。

「体の不調はいつからだい？」

「今朝。くそっ、すっげえ頭いてえ」

悠太はうつ伏せになって、目を枕に押し付けた。

「鷹根さん、頼まれてくれるかな」

老人は錠剤のシートを差し出し、ぼんやりと悠太を眺める鷹根に受け取らせた。

「まずは、君自身がこれを一錠飲みなさい。それから、悠太君と五日以内に接触した者に、これを三錠ずつ渡すんだ。一日一回、できれば食後に呑むことを念押ししてね」

「でも……うん、分かった」

「私はなにか、食べられそうなものをつくるよ。鷹根さんは悠太君に接触者の聞き取りを」

有無を言わさず、老人は立ち上がった。

「ユータ、話せる？」

鷹根の問いかけに、悠太がぼそぼそと答え始めたのを確認してから、老人は土間に向かった。

老人は窓を押し開け、つっかえ棒を立てた。裏庭に出て、差し掛け小屋から柴木を運んでくると、へっついに突っ込んだ。紐《ひも》をほぐして火口《ほくち》にすると、ぼろぼろのメタルマッチで何度か火花を飛ばした。煙を吐き始めた火口をかまどに投げ込んで、枯れ葉や小枝で火を大きくした。

「さて、どうしたものか」

老人は土間をぐるりと見回した。水を張った小さな桶《おけ》の底に、一握りの黒豆が沈んでいるのを彼は見つけた。

「本当に、何も変わっていないな」

一粒の豆を掴《つか》み出して潰し、断面がぴんと張っているのを老人は確かめた。無造作に積み重ねられた食器からすり鉢とすりこぎを選び出すと、鉢の中に黒豆を投じた。

両脚で鉢を挟み、背を曲げ、老人は豆をすり鉢にあてた。豆の戻し汁を何度かに分けて加えながら、滑らかになるまで黙々とそうした。

雨上がりの土間は薄暗く、蒸《む》し暑く、あっという間に汗がにじんだ。立ち上がった老人は、曲げた両膝に手を着き、息を整え、よろよろと歩いて板《いた》の間《ま》に出た。拳を固め、腰をなだめるように何度か叩《たた》くと、荷物を担ぎ上げて土間に戻った。

籠《かご》から出したタオルを頭に巻いた老人は、丹念に豆をすった。そうしてできた生呉《なまご》を、布で絞り濾《こ》し、生絞りの豆乳《とうにゅう》とした。

豆乳を羽釜に注いで、ゆっくりとあたためた。あふれそうになる泡を木杓子《きじゃくし》で掬《すく》っては捨て、掬っては捨てを繰り返すうち、豆乳は澄んでいった。

「さて」

土間には、細長い円錐状《えんすいじょう》のざるが吊《つ》るしてあった。そこに塩を入れ、潮解させていることを老人は知っていた。その方法を踏鞴家給地にもたらしたのは彼だったからだ。

彼はざるから塩を、ざるの下に置かれた鉢からにがりを得て、豆乳に振り入れた。軽く攪拌《かくはん》すると、鍋の表面にうずまき模様が生じた。老人はへっついから薪《まき》を掻《か》き出して火勢を弱めた。

老人は荷物から、かつお節とかつお箱を取り出した。節をかんなにあてて、体重をかけ、押し引きした。新鮮な削り節の香りが土間に満ちるまで、息を切らしながら、そうした。

小鍋に水を張って火にかけ、沸騰したところに、かつお箱から掴みだした削り節を放った。削り節は縮まりながら香りを撒《ま》き、湯を金色に染めた。

老人は細かな穴が打たれた陶器にさらしの布をかぶせ、一番だしを濾《こ》した。

壁に手をつき、体を引き上げるように老人は立ち上がった。羽釜の中を覗《のぞ》くと、豆乳《とうにゅう》は灰色がかった固形物と薄紫の液体に分離していた。彼は羽釜の中身をまとめて鉢に流した。

だしを器に敷いて、木杓子《きじゃくし》で液ごとすくった豆腐を、その上に落とした。塩で味を決め、かつお箱に残った削り節を散らすと、木さじを添えて悠太のところに持っていった。

「こんなものなら食べられるかね、悠太君」

「なんだこりゃ」

うっすらと目を開けた悠太は、差し出された食い物を見て憮然《ぶぜん》とした。

「コンクリートに見えるだろう。ゆし豆腐という食べものだよ」

「ああ、豆腐、分かる、それなら。作ってたな。康太が、よく」

悠太は老人に支えられて上体を起こし、器とさじを手にした。

一口すすって、悠太は笑った。

「うまいんだな。驚いた」

「ここの豆を使っているからね」

ゆし豆腐をすすりながら、悠太は老人を睨《にら》みつけた。

「歳、取るんだな。老いねえし死なねえって聞いてた」

「思うところがあってね。理由を聞きたいかい？」

老人から視線を外し、悠太は横になった。

「やめとく。どうせ信じねえし」

「そうだろうとも」

「寝る」

「そうしなさい」

空になった器を手に、老人は立ち上がった。

「……ごちそうさん」

かすれた声に、老人は頷《うなず》きで応じた。

しばらくすると鷹根が戻ってきて、残りのゆし豆腐をあっという間にやっつけた。それから囲いの中に入り、悠太のすぐ側に腰を下ろした。

汗で前髪を額にへばりつかせた悠太は、顎を上げ、口を開き、点を打つような短い呼吸を繰り返した。引っ込んだ舌を息のたびに空気で押しのけて、それが破裂音になっていた。

「熱が上がってきているようだね。でも、心配ないよ」

囲いの外から、老人は鷹根に声をかけた。すすり泣きの合間の湿った吐息で、鷹根は老人に応じた。

しばらく、静かだった。悠太の苦しげな呼吸音だけが雨のように板の間《いたのま》に降った。

鷹根は立てた膝に本を載せ、ページをめくっていた。糸張りの表紙で紙束を挟み、太い糸で綴《つづ》っただけの、簡素なつくりの本だった。

「何を読んでいるのか、聞いてもいいかい？」

老人が訊《たず》ねると、鷹根は鼻をすすって顔を上げた。

「あたしが書いたの」

「そうか、鷹根さんは文字を書けるんだね」

「うん。ユータに教えてもらった。そしたらあたしもユータの仕事手伝えるかなって思ったの」

「どんなことを書いたのか、聞かせてもらえる？」

鷹根は開いたページに目を走らせ、べそをかいたままですこし笑った。

「ユータに文字を教えてもらったって書いてある」

老人も笑った。

「なるほど、堂々めぐりだ」

鷹根の表情が柔らかいものになった。

「内緒だよ。ユータにしてもらって、うれしいって思ったこと書いてあるの。会いたいなって思ったら来てくれたって、おなか減ったって言う前にごはん連れてってくれたって、好きな花のこと覚えててくれたって、いろいろあって忘れちゃいそうだから」

「それはいいね。とてもいいことだ」

「それで、まる付けてるの」

鷹根は開いたページを老人に見せた。

「ほら。うれしいって思ったら、同じぐらいうれしいって思ってもらいたいから。できたなって思ったらまるを付けるんだよ。あたしはいつもユータにたくさんもらってるから、お返ししなくちゃって……」

鷹根は言葉に詰まって、本を閉じるとうなだれ、目を閉じた。

「もっとちゃんとすればよかった。あたし、ユータとずっと一緒って……」

「治る病気だよ」

老人が語勢を強め、鷹根の言葉をさえぎった。鷹根は首肯《しゅこう》し、まなじりの涙を拭うと、無理に笑った。

「そうだね。白神さまが助けてくれるんだもんね」

「今回のことで、たくさんまるを付けたらいいさ」

「そうする」

ふと老人は、閉ざした口を手で覆い、深い思索の中に沈んでいくような表情を見せた。

「白神さま？　どうしたの？」

「いや……まったく個人的なことだよ。債務と通貨にまつわるつまらない話について、つまらない検討を加えていただけさ」

鷹根は、肩を揺らして小さく笑った。

「なにそれ。ばかみたい。白神さまってみんなそうだよね」

「君の知っている白神は、そうだったんだね」

「うん。あたしに分かんないことずっと考えてた。でも、ユータはそういうの好きだよ」

鷹根はうるし塗りの小さな箱を開け、筆を取ると墨壺《すみつぼ》に浸した。

「どんなつまらない話？」

「なるほど、これもまた、まるを付ける機会になりそうだね」

鷹根はいたずらっぽい笑みを浮かべた。

「通貨の……お金の始まりについて考えたことはあるかい？」

問いかけると、鷹根は口を半びらきにした。

「ほしいものがあるとき、大昔の私たちは物々交換をしていた。つまり、肉を食べたいけどパンしか無い人が、パンを食べたいけど肉しか無い人をどうにか見つけ出して、パンと肉を交換していたわけだ」

「なんか大変だね」

「そのとおり、これはとても大変だった。一切れの肉といくつのパンを交換するべきかは、そのときそのときで変わってしまう」

「おなか減ってたらいっぱいパン欲しいもんね」

「それどころか、果物の気分だからりんごを持ってこいと追い返されるかもしれない。そうした大変さを解消するために、お金が生まれた。なんにでも値段を付けられるようになって、交換はとても楽になった。これはとても分かりやすい話だね」

鷹根は、唇をとがらせ筆を走らせた。何度か横線を引っ張って書いたものを打ち消し、いくつかの図を書き入れ、最後には納得してうなずいた。

「分かった。それがお金の始まりなんだね」

「という風に思われていたけど、これは実は間違いらしいんだ」

「んへあ？」

鷹根ははじめ困惑し、次に怒り、喚《わめ》こうと大きく息を吸い込んだところでかたわらに病人がいるのを思い出してため息をついた。

「ばかみたい」

老人は苦笑した。

「申し訳ないことをしたね。この話をしたのは、どうしてこれがもっともらしく聞こえるのかを考えるためだよ。お金は、決済のための手段として使われるものだ。肉を一切れほしい人は、肉を持っている人と取引して、ヘカトンケイル貨幣を一枚支払い決済する」

　鷹根は筆で空中を撫《な》でながらしばらく考えた。

「分かった。ヘカトンケイル貨幣一枚って決めればかんたんだもんね」

「いいね、すばらしい。それじゃあ、取引と決済について、もうすこし考えてみようか。たとえば鷹根さんが、悠太君に好きだと言ってもらう。想像してごらん。鷹根さんはすごくうれしい気持ちになるよね」

「……んへへ」

　鷹根はしまりのない顔になった。

「そうしたら鷹根さんは、なにかお返ししたいと思う。その気持ちを、債務と呼ぼうか。さあ、鷹根さんはどうする？」

「ぎゅってする」

「うん、決済できたね」

　鷹根はかなり長いことと不思議そうに老人を見ていたが、だんだんと理解が浸透していくにつれ、目をきらきらさせた。

「お返しするための手段が、お金なんだ。たとえば、これから農業を始める人が種を借りたとするよ。そのときのお返しは、獲《と》れた作物だったり、もしくは自分自身が貸主のところで働くことだったりする」

「それもお金なんだ」

「すくなくとも、その始まりではある。債務監獄なんていう恐ろしい場所も、ヘカトンケイルには存在するよ。お返しできない人を閉じ込めて、むりやり働かせたり、腕を切ったりするんだ」

身を震わせる鷹根に、老人は、微笑《ほほえ》みを投げかけてみせた。

「君たちはもう、通貨の歴史を始めていたんだね」

鷹根に呼びかけているような、どこか遠くの漠然としたものに対して語りかけているような言葉だった。

「それって……いいことなの？」

「むずかしいね。いいことと悪いことは、同じところから始まるものだから」

「そっか」

鷹根は老人の言葉を書き留め、読み返し、ふんふん鼻を鳴らし、声に出した。墨が乾くと本を閉じて、にっこりした。

「ありがと、おじいさん。ユータに話すね」

「まるも付けるんだよ」

「うん、ちゃんと決済する」

冗談を交わして、笑い合おうとして、割り込むような甲高い音に老人と鷹根は顔を見合わせた。

濡れたほうろう引きの鍋肌を指でこするような音は、短く立て続けに繰り返された。

「なんか、鳥? なに鳥だろ。これぐらいの時期に鳴くんだよ」

「ハイタカの地鳴きだね。ちょうど今時分、森の中で子育てをしているんだ」

「はい、たか、あか、ちゃん」

鷹根はノートに書き留めた。

「鷹乃学習《たかすなわちわざをなす》、だ」

老人の呟《つぶや》きに、鷹根はきょとんとした。

「なにそれ」

「私たちの世界では、この時候をそう呼んでいた。鷹の子どもが、飛び方を習う季節だからね」

「へええ、そうなんだ。見たことあるかなあたし。たか、すなわち……あ！」

大声を出した鷹根は、手で口をふさぎ、ばつの悪そうな顔で悠太を見た。悠太はしかめっ面《つら》で眠っていた。

「あのね、思い出した」

ささやき声で口にして、自分でも声の小ささが思いがけなかったのか、鷹根はくすくす笑った。

「あたしの名前、鷹だからなんだよ」

老人はやや怪訝《けげん》な表情を浮かべた。

「もちろん、そうだろうね」

「ちがう、そうじゃなくて、あの、ここにね、鷹嘴さんって人が住んでたの。その人からもらったってお父さんが言ってたよ」

小さく呻《うめ》くような相づちを打って、老人はしばらく黙った。

「それは」

何か言いかけて、言葉にはならず、やがて老人は諦めたように笑って首を横に振った。

「それじゃあ、鷹根さんのお父さんは、その人と仲が良かったんだね」

「そうみたい。いろいろ教えてもらったって言ってた。でもあたし嫌い。だって榛美さんにひどくしたから。あでもあたし自分の名前は好きだよ。お父さんが付けてくれたし、それにユータが呼ぶとき、ちょっと怒ってるみたいになってそれがかわいいから」

老人はにこやかな表情を浮かべてみせた。

「なんだっけ、たか、すなわち」

「わざをなす」

「な、す……できた。そういうの他にあるの？　なんか、時期の言い方」

「もちろん、たくさんあるよ。夏土用とも言うね」

「ど、よう。どよう。すごい、なんでも詳しいんだ。やっぱり白神さまみたい」

「白神だからね」

鷹根はむっとして老人を見た。

「それも白神さまみたい。皮肉っていうんでしょ。そうじゃなくて、康太さんのこと。知り合いだから?」

「どうだろうねえ」

はぐらかすように呟《つぶや》いて、老人は腕を組んだ。鷹根は問い詰めるようなまなざしを老人に投げかけた。

ハイタカの地鳴きが通り過ぎて、老人は根負けした。

「私のこれは、ただの猿真似だよ。こうふるまえば他人に隔意を抱かれないと、長く生きるうちに学んだだけだ。彼のように、心からそうしているわけじゃない」

「でもユータのこと助けてくれたでしょ。みんなのことも」

老人は返事をせず、腿《もも》に手をついてうめきながら立ち上がった。

「土用の丑《うし》の日に、ぜひとも必要なものがあるんだ。用意してくるよ」

荷物の中から、柏《かしわ》の渋《しぶ》で染めた木綿糸と鋼線を一巻き、それから小指の先ほどの大きさの紡錘形《ぼうすいけい》をした陶器を老人は取り出した。土間に移った老人は、かまどから炭《すみ》を掻《か》き出し、曲げた鋼線をまっかになるまで炙《あぶ》って水で冷やした。

石と砂を使って鋼線の先端を鋭く研《と》ぎあげ、二センチほどのところで断って釣針とした。針の根本に木綿糸を結んだ。木綿糸を、陶器に通した。

「それなに？」

板の間《いたま》に戻ってきた老人に、鷹根は声をかけた。

「仕掛けだよ。ちょっと席を外してくるね」

鷹根の不安そうな表情に柔和な笑みを返し、老人は家を出た。

湿った大気はたっぷり熱を蓄えて、老人の体を蒸《む》しあげようとまとわりついた。突き刺すような陽光に、老人は片目をきつく閉じた。

影を追うようにぶらぶら歩いた老人は、なるたけ傾斜のゆるやかなところを選び、川へと降りた。

先客がいた。

「やあ、こんにちは」

川に入って網を打つ男に、老人は声をかけた。

「おう、なんだおめえ、どうした？　川涼みにでもきたのか？」

「そんなところだよ。どうだい、調子は」

「そりゃおめえ、見てみろってんだおめえ」

男は腰に提げた魚籠《びく》の口を老人に向けた。数尾の川魚が、薄暗い籠《かご》の中で白い腹や青い背を光らせていた。

「素晴らしいね。さすがのわざまえだ」

「そりゃおめえ、ご領主さまがなんだか病気になっちまったってんだぞおめえ。うめえ魚が要りようってもんだろおめえ」

男は誇らしげに胸を張った。

「申し訳ないんだが、私にも小魚が要りようなんだ。一尾分けていただけないだろうか」

「そりゃおめえ、かまわねえけどよ……」

男は、老人の手にした仕掛けに目を留めた。

「その物騒なもんでおめえ、なにをしようってんだおめえ？　ずいぶん物騒じゃねえかよおめえ」

「見ていればすぐに分かるとも」

要領を得ない返事に、男はにやりとした。

「おめえさてはおめえ、白神だなおめえ」

「分かるかい？」

「そりゃおめえ、ぶっとんだことをする連中ってのはおめえ、いつだって白神だろうがよおめえ。前にいた白神も、その前にいた白神も、そりゃあおめえ、おかしなもんだった」

老人は笑った。

「それでは、私も負けてはいられないね」

男から譲り受けたオイカワを釣針に引っ掛け、老人は川に踏み入った。手をひさしにして水面を眺めながらしばらく歩き、やおら屈《かが》みこむと、石の隙間に魚を突っ込んだ。投網《とあみ》の男は老人のふるまいを興味深く見守った。

老人の拳と川面のあいだでぐったりとたるんでいた糸が、不意に突っ張った。老人は腕をめいっぱい後ろに引いた。

水しぶきと共に、水面を割って、真っ黒で細長い魚が飛び上がった。

「どひゃあああおめえ！　でっけえにょろにょろがおめえ！」

びしょ濡れの老人は、腰を抜かした男に向かって、ふてぶてしく笑った。

「内緒だよ、足高《あしだか》くん。最近ではうなぎを獲《と》るのが非倫理的なふるまいとされているんだ」

「なっなっなっ、なん、そりゃ、さかっ、魚？　蛇？　にょろにょろでおめえ、ずいぶんにょろにょろなおめえ……」

投網の男は、息を切らしながら土手を登る老人を、唖然《あぜん》としながら見送った。

じたばた暴れるうなぎを吊《つ》り下げて、老人は家に戻った。生まれてはじめてうなぎを見た鷹根は、ちょっと泣いた。

老人は土間に転がっていたたがねでうなぎの目打ちをし、背開きにさばいた。骨と頭を水洗いして、陶製の焼き網で芯までじっくりと焼いた。そのあいだ、老人は土間に並べられた調味料のたぐいをかたっぱしから検分していった。

「みりんか。賽《さい》くんのやったことだな」

甘酒が沈んだ蒸留酒をなめて、老人は愉快げにまなじりを下げ、鉄《てつ》じいさんと呼ばれるドワーフの名を口にした。

醤油《しょうゆ》、酒、砕いた粗糖、はちみつ、みりんを鍋に注ぎ、焼いた骨を加え、火にかけた。細かなあぶくが沸き立って骨のかけらが踊った。醤油と蜜のにおいが、窓から吹き込んだ風で板《いた》の間《ま》に流れていった。

「なんかすごい良いにおいする」

鷹根が、のれんから顔を突き出した。

「ちょうどよかった。鷹根さん、荷物の中から、重箱とお米を取ってきてくれるかい？」

「……によろによろ、食べるの？」

「白神というのは、ぶっとんだことをする連中だからね」

鷹根の呆《あき》れた顔を意に介さず、老人はぬけぬけと言い放った。

老人は、井戸水の冷たさにちぢこまった指関節を何度もほぐしながら、ゆっくりと米を研《と》いだ。火にかけた羽釜は、かたかた揺れる木蓋のすきまから、でんぷん質の泡をこぼした。

老人は煮詰まったたれをなめ、すこしだけ塩を足し、目の粗い布でじっくりと濾《こ》した。開いたうなぎに金串を打ち、網に載せた。

うすも色の肉が加熱に白くなり、皮が甲高い音を立てて縮んだ。老人は串を細かく揺すって網からうなぎを引き剥《は》がし、たれに沈めて、再び焼いた。網の上でたれがあぶくになり、弾《はじ》けて立ち上がった煙が、窓から差し込みはじめた光の中を昇っていった。

象牙色のやわらかげな肉が、たれをまとって焼かれるたび、琥珀色《こはくいろ》に、だんだんとあめ色に、引き締まっていった。老人はよく焼けたうなぎを皿に移した。

米が炊《た》けた。

老人は重箱を湯で洗い、水気を拭い、飯を盛った。たれを回しかけて、うなぎの身をのせた。川に向かう途中で摘《つ》んでおいた木の芽をあしらい、重箱のふたを閉じた。

「さあ、できたよ。うな重だ」

床几《しょうぎ》に置かれた重箱のふたを、鷹根はこわごわ持ち上げた。べっこう色のうなぎとまっしろな米が、甘い香りの湯気を立てていた。

鷹根は首を傾げて老人を見上げた。

「これがどように必要なの？」

「ぜひともね。食べてごらん」

うながされた鷹根は、木さじを手にすることなく、悠太を見た。

「すまない、失敗だったね」

老人は眉間を指で掻《か》いて、重箱のふたを閉じた。

「取り分けてくるよ」

「ごめんね、きれいに作ってくれたのに。あ！　おじいさんの分もなきゃだめだよ」

「もちろんだとも。天然もののうなぎなんだ。食べる機会を逸《いっ》するわけにはいかないからね」

米とうなぎを欠けた椀《わん》に盛りなおして、老人と鷹根は床几《しょうぎ》を囲んだ。鷹根はまだ、悠太を気にしていた。

「いいのかな。ユータが苦しいのに」

「むしろ、鷹根さんはよく食べるべきだろうね。病人の世話をするのには体力が必要だから」

「そう、だよね」

それでも鷹根は、料理に手をつけようとしなかった。

「大きな病気をしている人の家族を見ていると、はたしてだれが病人なのか、分からなくなることがある」

さじを置いた老人は、鷹根に語りかけた。

「できることなら自分が代わってあげたいと、そうでなくとも同じ苦しみを味わいたいと、思ってしまうものなんだろうね」

鷹根はうつむき、無言のうちに老人の言葉を認めた。それから、

「おじいさんも、そうだったの？」

そう、問いかけた。

老人は目を見開いて沈黙した。不意打ちの質問に答えを探し、しばし、視線をあちこちさまよわせた。

「私は、違うよ。今の言葉も単なる借り物だ。実体があるわけじゃないさ」

「なにそれ。分かんない」

「今が辛《つら》いのなら、かまわないよ。悠太君が起きたらいっしょに食べるといい」

不和めがけて滑り落ちていく会話を遮るように、囲いが倒れて音を立てた。老人と鷹根は、悠太が布団から這《は》い出し、立ち上がり、よろめきながらこちらに向かって歩いてくるのを、ほとんど呆然《ぼうぜん》としながら見た。

「食うわ。オレ」

自由落下するような勢いで腰を下ろした悠太は、椀をひっつかみ、うなぎと米をほおばった。

よく噛《か》んで、飲み込み、突っ伏した。

「ユータ！」

「悠太君？」

二人同時に腰を浮かせ、悠太に手を伸ばした。悠太は顔を上げ、わずかに開いた目で老人を見た。

「うますぎんだろ。なんだこれ」

それから、鷹根に目を向けた。

「食えよ。オマエも」

「えあ、あっ……うん」

鷹根はさじを取り、口にし、

「んふぁ」

突っ伏した。

老人は苦笑し、脱力したように座り直した。

「すげえ、なんだこれ、魚、すげえ」

「夏のうなぎも、なかなか良いものだね。脂も臭いもなく、引き締まった身質を楽しめる」

「ああ、すげえ。魚かこれ。すげえわ」

口調はかなり覚束《おぼつか》なかったが、悠太は椀《わん》にいっぱいのうなぎと米を食べ終えた。

「ごちそうさん」

悠太は空の椀に木さじを投げ込み、立ち上がろうとした。頭の重さに耐えかねたように前のめりになったところを、鷹根が支えた。

「なにやってんの。ばかみたい」

「食うの食わねえの、気まずいだろ。聞いてて」

高熱に熱く濡れた息を吐きながら、悠太はへらへらした。鷹根は悠太の胴に回した腕に力を込めた。

「……ばかみたい」

鷹根に支えられて寝床に戻った悠太は、すぐに寝息を立てはじめた。かたわらについた鷹根は、悠太の手を取った。

老人が後片付けを済ませる頃には、陽が落ちていた。老人はオイルランプに火を点《とも》し、悠太の様子をうかがった。熱はますます上がっていたが、桜斑《おうはん》の広がりは見られなかった。

「問題なさそうだね。食事も摂《と》れていたし」

「おいしかったよ。うなぎ」

「かえって気を遣わせてしまったな」

鷹根は首を横に振った。

老人は一組の寝具を、悠太の横に用意した。鷹根はしばらくぐずっていたが、いつの間にか布団で寝入っていた。

オイルランプの心もとない明りの中で、老人は、眠る二人の若者を見た。いくつかの記憶が彼の脳裏に去来したが、すべてはぼんやりとしていて、質感に欠けたものだった。

遠い過去にこんなことがあったような気がした。現在の自分を規定するような、辛《つら》く重苦しい経験があったような気がした。だがもはや正しく振り返ることはできなかった。呼びかけるべき名も彼は覚えていなかった。

ハイタカの地鳴きに、老人は目を覚ました。夜明けだった。オイルランプが燃え尽き、焦げた燈芯《とうしん》が最後の煙を吐き出していた。

布団を抱いて丸くなった悠太が何度かくしゃみをして、鷹根が飛び起きた。老人は荷物から二つのタオルを取った。

老人は鍋をへっついにかけ、かまどの蓋を開けた。

炭《すみ》が渋く香った。

――ほのおよ、ほのお。

幼い声が聞こえた気がして、老人は目をしばたたいた。

「ばかばかしい」

口に出して、メタルマッチで火をおこした。

タオルの一枚は沸かした湯にひたして堅く絞り、もう一枚は乾いたままのを、鷹根に渡した。

「あー……すっげえ気持ちいいわ」

されるがままに清拭《せいしき》を受けながら、悠太は無防備に呟《つぶや》いた。

「発疹《はっしん》は引きはじめているね。良い兆候だ」

「治ったってこと？ ユータはもう平気なの？」

「完治ではないけれど、一山越えたと言ったところだね。薬を呑《の》んで、よく食べて、よく眠るといい」

老人は膝に手をつき、体を引き上げた。

「なにか作ってくるよ」

よたよたと、老人は土間に向かった。朝食は昨日と同じ、ゆし豆腐にした。

その日は朝から、ひっきりなしに来客があった。鷹根は扉越しに応じた。訪れる誰もが悠太を心から心配していた。板の間《いたま》の一角は、客の持ってきた食べものだの布だのであっという間に占領された。

見舞い品の中から精米済みの米を取り出し、こしきで蒸《む》した。蒸しあがったものを臼《うす》に移し、砂時計型の杵《きね》でついた。途中で鷹根がやってきて、重労働を代わってくれた。

「足の早いものからやってしまおうか」

老人は、桶《おけ》の中でじっとたたずんでいた魚を掴《つか》みだした。客がお見舞いに持ってきたものので、鮎《あゆ》もあまごも良い型だった。

包丁の背でぬめりをこそぎ、はらわたを取って筒切りにしたものを、沸かした湯に投じた。その他、葉野菜だのなんらかの鱗茎《りんけい》だの、持ち込まれたものをなんでも鍋に入れた。桶の隅に沈んでいた網の切れ端にテナガエビが安住しているのを発見し、酒で洗ってこれまた鍋に入れた。

具材の味がよく出た汁にもちを入れ、塩辛い味噌を呆《あき》れるほどぶちこんで何もかも台無しにすれば、ごった煮のできあがりだった。

「たくさん汗をかいたからね。塩気を補わないと」

嫌そうな顔をした悠太に、老人はしたり顔を向けた。悠太は黙ってごった煮をすすった。

悠太は老人の言いつけどおり、よく食べてよく眠った。鷹根も、そうした。

翌朝には解熱の兆候があった。目を覚ました悠太が、ごった煮を三杯もお代わりするのを見て、老人はうなずいた。

「問題なさそうだね。でも、薬はちゃんと呑《の》むように。熱が引いてからも、五日はかならず服用しなさい。他に感染者が出たら、今回と同じように隔離し、投薬すること」

老人はあるだけの薬を荷物から出して、床几《しょうぎ》に置いた。

「行っちゃうの?」

帰り支度をはじめた老人に、鷹根が声をかけた。

「もともと、長居するつもりはなかったんだ。ただ、懐かしい場所がどんな風に変わったのか、見てみたかっただけなんだよ」

老人は、いくらか軽くなった荷物を、天秤棒《てんびんぼう》の両端に吊《つ》るした。肩に担いで、息を鋭く吐きながら立ち上がった。

入り口に先回りした悠太が、戸を開けた。

「ありがとう、悠太君。それじゃあ」

「最後ぐらいまじめに答えてくれるよな」

悠太は別れの挨拶を遮った。

「なんで助けた？　目的はなんだ？」

老人は枯れ木のように沈黙した。

「だから、白神さまって、みんなそうなんだよ」

庇《かば》うような鷹根の言葉に、悠太は唖然《あぜん》とした。

「オマエまさか気づいて……」

「え？」

悠太はため息をつき、それから、笑った。

「いや、もういい。いいよ。それで、白神って？」

鷹根は堂々たる態度を取った。それどころか、口で「ふふん！」ぐらいのことを言った。

「白神さまは、だれかが困ってたら絶対に助けてくれるんだよ。そんなことしなくてもいいのに」

「それは……」

老人は、腹でも殴られたように息を吐いた。打ちのめされたような表情を見ていたのは、悠太だけだった。

「だからね、あたし、お返しする。決済するの」

「どうやって?」

悠太は老人の表情を見ながら鷹根に問うた。

「わかんない! でもやる」

鷹根はもう一回「ふふん!」ぐらいのことを言った。

老人は、鷹根に振り返った。

「私の子が、同じことを言っていたよ。困っている人がいたら、思いがけずに手を差し伸べてしまうのだと」

「ほらね! あたし言ったでしょ!」

得意満面な鷹根と呆《あき》れる悠太のあいだで、老人はかすかに笑った。

「悪い。助かった」

悠太は頭を下げ、一歩横にずれた。

「いいさ」

老人は恬然《てんぜん》と応じて、振り返りもせず、歩いた。

老人は橋を渡った。空気はうるみ、行く先は霧にかすんでいた。

陽が高くなる前に、山道に入った。森はひんやりしていた。樹冠に切り取られた陽光が、地面をぎざぎざに光らせていた。

老人は深く息をつき、木陰に腰を下ろした。額の汗をぬぐって、水を呑《の》んだ。空を見た。

ハイタカの幼鳥が飛んでいるような気がした。そういえばこんな時期だったなと老人は思った。

こんな時期にここを来訪した。だから、鷹嘴と名乗ったのだろうか。弱く幼いこの地がわざをなすまで、親鳥のように導こうと考えたのだろうか。実感はなかった。記憶は全て他人事《ひとごと》のようだった。

まばたきすると、空に鳥の姿はなかった。

老人は首を振り、苦笑した。

おそらくは、高熱がもたらした都合のいい幻覚だろうと老人は思った。

襟付きシャツのボタンをひとつ外して風を入れた。汗ばむ胸板の、浮き出た肋骨《ろっこつ》の上に、散り残る桜のような発疹《はっしん》があった。

荷物を担ぎ直すと、彼は深い森の中に分け入った。

老人は――鷹嘴穀斗は、踏鞴家給地における最後の残桜症《ざんおうしょう》感染者となった。

◇

夜明けごろに生じた霧は、夏の暑熱に払われ、谷間からすっかり消えていた。

中干の終わった棚田に張られた水が、陽の光を浴びて煌《きら》めいていた。小刀のような稲はふてぶてしい緑色で、軟風を切り裂き鋭く立っていた。

二人分の足音は、駆け出すのをこらえるように弾《はず》んでいる。

やがて誰かが二人に気づき、手を振った。二人は手を振り返した。それから空を見た。

ハイタカの幼鳥が、危なっかしくも誇らしげに飛んでいるのを見た。

「さてさて、帰ってきたね」


〈『康太の異世界ごはん7』完〉

ヒーロー文庫

康太《こうた》の異世界《いせかい》ごはん 7

中野在太《なかのあるた》

2023年10月10日 第1刷発行

発行者 廣島順二

発行所 株式会社イマジカインフォス
〒101-0052 東京都千代田区神田小川町 3-3
電話／03-6273-7850（編集）

発売元 株式会社主婦の友社
〒141-0021
東京都品川区上大崎 3-1-1 目黒セントラルスクエア
電話／049-259-1236（販売）

印刷所 大日本印刷株式会社

ISBN 978-4-07-456272-5